實用‧速查
零失誤的 英文
數字表達

作者 Jonathan Davis、柳弦廷

譯者 許竹瑩

全音檔下載導向頁面

http://www.booknews.com.tw/mp3/9789864543540.htm

掃描QR碼進入網頁後,按「全書音檔下載請按此」連結,可一次性下載音檔壓縮檔,或點選檔名線上播放。

全MP3一次下載為zip壓縮檔,部分智慧型手機需安裝解壓縮程式方可開啟,iOS系統請升級至iOS13以上。

此為大型檔案,建議使用WIFI連線下載,以免占用流量,並請確認連線狀況,以利下載順暢。

NUMBERS

作者序

其實一開始決定寫這本書時，最先浮現在我腦海的念頭是：「放棄數學的我，能寫這種書嗎？」。我對數字一直抱持著莫名的恐懼感，而且到現在也仍然心存畏懼，但我很快就想通了，因為我要寫的既不是數學理論書、也不是大學入學的考試用書，所以我可以做到！事實上，在這本書裡，我們不會需要學那些複雜到令人搖頭認輸的數學，而且當我完成最終版手稿時，成果讓我感到相當自豪。

但願這本書的讀者們也能從中獲得這種成就感。無論你是已經放棄數學，還是放棄了英文的人，這本書都很適合你。如果你跟我一樣都是放棄了數學的人，只要抱持著跟我一樣的心態直接開始看就行了。

本書不是講解數學理論的書，而是收錄在日常生活中做為常識或對生活來說至關重要的數字讀法。需要讀出數字的情況出乎意料地多，若你是一看到數字就感到莫名畏懼的人，更推薦你看這本書，因為除了數字，這本書亦能讓你建立對英文的自信。強烈推薦你先慢慢跟讀 WARM-UP 部分提及的數字讀法，先打好基礎再正式開始，這樣學起來也會更容易。若能大聲朗讀並好好學習本書中依序提及的各種句子和表達方式，一定能滿足你對於那些以往只知道中文唸法的數字，要怎麼用英文來表達的那份好奇心，這部分獲得滿足後，你對英文的恐懼亦會消散不少。

如果各位是已經具備中級以上的英文實力、卻覺得自己遇到了瓶頸且停滯不前的人，那麼若能因為看完這本書，而使英文實力得到進一步的提升，那就更好了。如果能夠學會生活中所會遇到的各種數字和相關表達用語的英文讀法，一定能讓你的英文能力更上一層樓。此外，我認為這本書對於準備出國留學或移民的人來說，也非常有幫助，因為本書中收錄了從學校課堂到購物及運動等等情境下會用到的數字相關用語，各位可以透過練習用英文聽、閱讀與朗讀這些數字來準備留學或移民。

　　事實上，完美的語言學習方法是不存在的。這本書雖不能說囊括了所有數字相關的表達用語，但我已盡力收錄了各種貼近生活、100% 實際派得上用場的數字相關的英文表達用語。

　　這本書成為了照進我自移民到加拿大後，就一成不變而沉悶的生活中的一道光，感謝讓這本書變得如此精彩的出版社夥伴們，以及本書的共同作者——Jonathan，辛苦你了，謝謝你。就如同這本書之於我，但願這本書也能成為你在生活中或學習英文時的一道光。

　　　　　　　　　　　　　　　　　　來自加拿大的柳弦廷

這個數字及相關的數字用語可以用英文來表達嗎？

　　你能想像沒有數字的世界嗎？如果沒有數字，要如何講電話號碼、如何表達你住在大廈裡的幾樓，又該如何描述體溫與血壓的量測結果呢？可能直到你拿起這本書的這一刻，你都沒意識到數字在我們的生活中扮演了多麼重要的角色吧。沒有數字的生活，真是連想都不敢想吧？

　　事實上，正確用英文把數字唸出來並不容易。當然，對於英文母語人士來說，這件事輕而易舉。然而，有很多人即使已經學英文學到了一定程度，依然不擅於用英文來表達數字。究其背後原因，有可能是因為練習不夠充分，但也有可能是因為，當在一堆文字中看到數字或數字相關的表達出現時，總會習慣性地光用眼睛閱讀來理解語意，而缺乏想弄清楚這些數字相關的表達要怎麼唸的想法。

　　對於把重點放在英文閱讀能力上的人來說，即使不懂數字的英文讀法也無傷大雅。然而，現今的英文學習，已經將重點從以往的閱讀與寫作，轉移到聽力與口說之上了，因此能夠用英文正確讀出數字就變得格外重要了。

　　現在這個時代，縱使你不會在工作場合上遇到英文母語人士，實際接觸到外國人的機會也變多了，總是有可能會遇到需要用口頭告知電話號碼、電子郵件或地址的情況。此外，如果是大學生，隨著全英文授課的比例提升，需要做英文簡報的機率也大大增加，遇到這些情況，就會深切體會到我們真的使用了非常多與數字相關的表達用語，還有自己又是多麼粗心，居然會忽略了它們的重要性。

　　請各位確認一下自己是否能用英文正確讀出下列句子。

New York is located at latitude 40° 71′ N

and longitude 74° W.

My blood pressure is 120/90.

The score was 3:2.

第一句的語意是「紐約在北緯 40 度 71 分和西經 74 度的位置」度，第二句的語意是「我的血壓是 120 跟 90」，最後一句的語意則是「比分是三比二」。這幾句的意思大家都懂，但你能用英文正確唸出這些句子嗎？請再看看以下三個句子。

我拿到第 1 名了。

創世記的第 1 章 1 到 4 節。

排行前 10 名

有看到句子裡的數字表達用語了吧？老實說，這部分是最讓人頭痛的地方了。因為中英文在數字說法上實在無法完全對照使用，所以如果只單純唸數字，可能就會出現意思完全不對的離譜句子。因此我們有必要知道，該如何用英文來表達在與外國人交流時經常會用到的數字相關用語。在翻閱本書目錄時，你會看到書中出現了許多會讓你萌生「對耶……這個的英文要怎麼唸啊？」念頭的數字相關表達，可能也會讓你出現「我不知道要怎麼唸的數字讀法居然這麼多？」的訝異感。其實不用感到意外，因為現在手上拿著這本書的讀者們，其實多半也都不知道。

當你在翻閱這本書時，也是有可能會找不到浮現在你腦海中的中文數字表達用語。原因在於，這個世界上的數字表達用語不計其數，所以當然不可能做到單用一本書就完整收錄。本書將重點放在與英語系國家的人交談，或在英國等國家定居時會用到的數字表達用語。即使你在看這本書的時候，覺得有些內容現在根本用不到，但只要你有好好讀過本書，未來一定會在某個時間點知道這些內容到底可以用在哪裡，這點我可以向你保證。

透過這些可以在旅行、演講、簡報、閒聊或開會等各種情況下使用的數字表達用語，你對於開口說英文的自信將能獲得提升，而閱讀英文的理解能力及寫作時的流暢程度也會一併成長。

本書構成與使用方法

　　本書由 2 個部分（PART）、加起來共 14 章（Chapter）所組成。在 PART 1 中會提到以各種形態出現於英文句子裡的數字讀法，包括「斜線（ / ）偶爾也會讀作 over」、「有時數字和數字之間，在唸的時候必須短暫停頓（pause）」等等，內容十分多元，在 PART 1 中主要會學到對於非英文母語人士來說很難的數學及單位相關表達。在 PART 2 中，則會提到中文裡的數字表達用語的英文讀法。無論是聽、說、讀、寫，都可以用得上這部分的內容。這就是為什麼，一旦熟練數字的相關表達，原本停滯不前的英文實力就能快速成長。

　　各 UNIT 的結構如下。

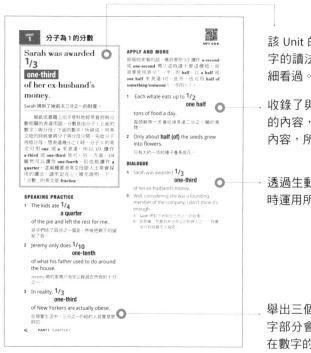

該 Unit 的重點內容，詳細說明了學習主題和數字的讀法。其他部分先不論，這部分一定要仔細看過。

收錄了與學習重點及 SPEAKING PRACTICE 相關的內容，因為有時會補充學習重點以外的實用內容，所以讀起來特別充滿樂趣。

透過生動的對話，確認並學習如何在實際對話時運用所學，以及該如何做出恰當的回應。

舉出三個例句來強調前面提及的學習重點。數字部分會以特殊顏色標出，而英文讀法則會放在數字的下方，方便對照閱讀。

* 在 SPEAKING PRACTICE 與 APPLY AND MORE 的英文例句中，若出現 [ ] or「或」，則音檔會收錄多個版本。DIALOGUE 中出現 [ ] or「或」時，則只會唸第一個版本。

* 灰色字體的數字，屬於雖非 Unit 主題相關的內容、但仍須學習讀法的數字。

和其他書不同，這本書不用從頭讀到尾，而是只要在你有需要時拿出來翻閱一遍就行了。如果臨時忘記就再翻一遍，就像這樣，透過反覆翻閱就能牢記內容。不過，針對習慣一拿到書就一定要從頭看到尾的讀者們，我想跟你們推薦下面這種學習方法。

第 1 階段　從 WARM-UP 部分開始看起

在查看目錄時會看到許多讓你想先睹為快的內容，但我還是想建議你先從 WARM-UP 的部分看起。和大家一般認為的不同，許多人在數字讀法的基礎上都相當薄弱。只要確實熟讀 WARM-UP 部分，就能學會數字的基礎讀法。

第 2 階段　閱讀 PART 1

在 PART 1 中，將學到會出現在英文句子裡的各種數字或數學公式等的讀法。我們在內容上會特別強調數字的部分，請一定要大聲朗讀出來。若對自己的發音沒信心，請掃描書頁上附的 QR 碼來確認正確發音。如果想更熟練這些數字讀法，建議將句子抄寫一遍。在抄寫時會用到眼睛、大腦和手，所以除了可以趁機整理一下所學內容，亦有助於加深印象及長期記憶。

第 3 階段　閱讀 PART 2

在 PART 2 中，我們將學到如何用英文來表達中文的數字表達用語。一開始請先不要看英文句子，而是先看中文的寫法，再思考該如何用英文來表達中文句子的內容，接著回頭確認英文句子的內容。有沒有經歷這段思考過程，會對學習效果造成顯著的差異，因為思考對於大腦造成的刺激，有助於提高學習效果。其他的學習方法與 PART 1 相同，請掃描書頁上附的 QR 碼來確認英文母語人士的發音並將句子抄寫一遍。

第 4 階段　一週後再重新看一遍

利用上述的學習方法仔細讀完整本書後，請先休息一週，接著再重看一次。若發現自己已經忘記了不少內容，不需要太過失望，只要定下心來再看一次，就可以記住內容了，這樣看過兩遍之後，就可加深記憶，久久不忘。建議可以用這種方式讀過三遍。

目錄

作者序 ⋯⋯⋯⋯⋯⋯⋯⋯⋯⋯⋯⋯⋯⋯⋯⋯⋯⋯⋯⋯⋯⋯⋯⋯⋯ 2

這個數字及相關的數字用語可以用英文來表達嗎？ ⋯⋯⋯⋯⋯ 4

本書構成與使用方法 ⋯⋯⋯⋯⋯⋯⋯⋯⋯⋯⋯⋯⋯⋯⋯⋯ 6

WARM-UP 基礎的數字讀法

數字 1~19 的讀法 ⋯⋯⋯⋯⋯⋯⋯⋯⋯⋯⋯⋯⋯⋯⋯ 24

數字 20~99 的讀法 ⋯⋯⋯⋯⋯⋯⋯⋯⋯⋯⋯⋯⋯⋯ 26

100 以上的數字讀法 ⋯⋯⋯⋯⋯⋯⋯⋯⋯⋯⋯⋯⋯ 28

1000 以上的數字讀法 ⋯⋯⋯⋯⋯⋯⋯⋯⋯⋯⋯⋯ 29

萬以上的數字讀法／10 萬以上的數字讀法 ⋯⋯⋯⋯ 30

百萬～兆的數字讀法 ⋯⋯⋯⋯⋯⋯⋯⋯⋯⋯⋯⋯⋯ 32

100 以上的序數讀法 ⋯⋯⋯⋯⋯⋯⋯⋯⋯⋯⋯⋯⋯ 34

日期的讀法 ⋯⋯⋯⋯⋯⋯⋯⋯⋯⋯⋯⋯⋯⋯⋯⋯ 35

不知道也無所謂，但知道會更有趣的數字小故事 ⋯⋯⋯⋯⋯ 37

PART 1　英文句子中的數字表達用語的讀法！

CHAPTER 1　令人摸不著頭緒的數字表達用語的讀法！

UNIT 1　分子為 1 的分數 ……………………………………………… 42

UNIT 2　分子為 2 以上的分數 ………………………………………… 43

UNIT 3　除法 ………………………………………………………………… 44

UNIT 4　有餘數的除法 …………………………………………………… 45

UNIT 5　乘法 ………………………………………………………………… 46

UNIT 6　加法 ………………………………………………………………… 47

UNIT 7　減法 ………………………………………………………………… 48

UNIT 8　平方 ………………………………………………………………… 49

UNIT 9　比（比例） ……………………………………………………… 50

UNIT 10　數字加上 % …………………………………………………… 51

UNIT 11　帶小數點的數字 ……………………………………………… 52

UNIT 12　帶連字號的數字 ……………………………………………… 53

UNIT 13　年份日期 ………………………………………………………… 54

UNIT 14　分鐘的讀法 ……………………………………………………… 55

UNIT 15　分數／得分 ……………………………………………………… 56

UNIT 16　24/7 的讀法 …………………………………………………… 57

CHAPTER 2　加上單位的數字讀法！

UNIT 1　平方公尺 ⋯⋯⋯⋯⋯⋯⋯⋯⋯⋯⋯⋯⋯⋯⋯ 60

UNIT 2　地震強度 ⋯⋯⋯⋯⋯⋯⋯⋯⋯⋯⋯⋯⋯⋯⋯ 61

UNIT 3　英寸和解析度 ⋯⋯⋯⋯⋯⋯⋯⋯⋯⋯⋯⋯⋯ 62

UNIT 4　緯度和經度 ⋯⋯⋯⋯⋯⋯⋯⋯⋯⋯⋯⋯⋯⋯ 63

UNIT 5　溫度（攝氏和華氏） ⋯⋯⋯⋯⋯⋯⋯⋯⋯⋯ 64

UNIT 6　血壓 ⋯⋯⋯⋯⋯⋯⋯⋯⋯⋯⋯⋯⋯⋯⋯⋯⋯⋯ 66

UNIT 7　脈搏數 ⋯⋯⋯⋯⋯⋯⋯⋯⋯⋯⋯⋯⋯⋯⋯⋯⋯ 67

UNIT 8　比率；百分比 ⋯⋯⋯⋯⋯⋯⋯⋯⋯⋯⋯⋯⋯ 68

UNIT 9　比例尺 ⋯⋯⋯⋯⋯⋯⋯⋯⋯⋯⋯⋯⋯⋯⋯⋯⋯ 70

UNIT 10　長度／高度／深度／寬度 ⋯⋯⋯⋯⋯⋯⋯ 71

UNIT 11　做為修飾語的長度／深度／寬度／高度 ⋯ 72

UNIT 12　身高 ⋯⋯⋯⋯⋯⋯⋯⋯⋯⋯⋯⋯⋯⋯⋯⋯⋯ 73

UNIT 13　距離 ⋯⋯⋯⋯⋯⋯⋯⋯⋯⋯⋯⋯⋯⋯⋯⋯⋯ 74

UNIT 14　面積 ⋯⋯⋯⋯⋯⋯⋯⋯⋯⋯⋯⋯⋯⋯⋯⋯⋯ 75

UNIT 15　容量 ⋯⋯⋯⋯⋯⋯⋯⋯⋯⋯⋯⋯⋯⋯⋯⋯⋯ 76

UNIT 16　角度 ⋯⋯⋯⋯⋯⋯⋯⋯⋯⋯⋯⋯⋯⋯⋯⋯⋯ 77

UNIT 17　速度 1 ⋯⋯⋯⋯⋯⋯⋯⋯⋯⋯⋯⋯⋯⋯⋯⋯ 78

UNIT 18　速度 2 ⋯⋯⋯⋯⋯⋯⋯⋯⋯⋯⋯⋯⋯⋯⋯⋯ 79

UNIT 19　重量 1 ⋯⋯⋯⋯⋯⋯⋯⋯⋯⋯⋯⋯⋯⋯⋯⋯ 80

UNIT 20　重量 2 ⋯⋯⋯⋯⋯⋯⋯⋯⋯⋯⋯⋯⋯⋯⋯⋯ 81

UNIT 21　重量 3 ⋯⋯⋯⋯⋯⋯⋯⋯⋯⋯⋯⋯⋯⋯⋯⋯ 82

UNIT 22　體積 ⋯⋯⋯⋯⋯⋯⋯⋯⋯⋯⋯⋯⋯⋯⋯⋯⋯ 83

UNIT 23 排氣量 ·· 84

關於數字的有趣小故事 ·· 85

CHAPTER 3　各種常見的英文數字表達用語的讀法！

UNIT 1　日期（月／日）··· 88

UNIT 2　西元前／西元後 ·· 89

UNIT 3　年月日 ··· 90

UNIT 4　世紀 ·· 91

UNIT 5　時間點 1 ·· 92

UNIT 6　時間點 2 ·· 93

UNIT 7　國內地址 ·· 94

UNIT 8　國外地址 ·· 96

UNIT 9　郵遞區號 ·· 97

UNIT 10　緊急救難電話 ··· 98

UNIT 11　電話號碼 ··· 99

UNIT 12　分機號碼 ··· 100

UNIT 13　電子信箱 ··· 101

UNIT 14　房間號碼 ··· 102

UNIT 15　航班編號 ··· 103

UNIT 16　歷史人物 ··· 104

UNIT 17　100 中的 80 ··· 105

PART 2　如何用英文表達中文裡的數字

CHAPTER 1　日常生活中的數字表達用語

UNIT 1　我贏得了第一名。 ……………………………………… 110

UNIT 2　前 10 個人 …………………………………………………… 111

UNIT 3　世界前五大的公司 ………………………………………… 112

UNIT 4　一次、兩次、三次、四次…… ………………………… 113

UNIT 5　第一次、第二次…… ……………………………………… 114

UNIT 6　三天一次（每三天）、三個月一次（每三個月）、

三年一次（每三年） …………………………………………… 115

UNIT 7　有效期限是 2020 年 3 月 10 日。 …………………… 116

UNIT 8　這已經完成一半了。 …………………………………… 117

UNIT 9　他十之八九（非常有可能）會給我一個皮夾。 …… 118

UNIT 10　他會來的可能性是一半一半。 ……………………… 119

UNIT 11　這兩個是半斤八兩。 ………………………………… 120

UNIT 12　三個禮拜以來的第一次 ……………………………… 121

UNIT 13　高 10 公分、寬 7 公分、深 5 公分的箱子 ……… 122

UNIT 14　只在偶數樓層 ………………………………………… 123

UNIT 15　把 10 美元分給 5 個人，

那麼他們每個人分到 2 美元。 ……………………………… 124

UNIT 16　長 10 公尺乘寬 3 公尺 ……………………………… 125

UNIT 17　以 4 的倍數 …………………………………………… 126

UNIT 18 機率不到萬分之一。 ························· **127**

CHAPTER 2　跟衣服或食物有關的數字表達用語

UNIT 1 比你平常穿的尺寸大兩號 ···················· **130**

UNIT 2 我覺得你穿 9 號剛好。 ····················· **131**

UNIT 3 這款有 44 號的嗎？ ······················ **132**

UNIT 4 我只有兩套換洗衣物。 ····················· **133**

UNIT 5 我穿 27 號半的鞋子。 ····················· **134**

UNIT 6 一雙襪子／一條褲子／一套睡衣／一雙手套／

一雙鞋 ····························· **135**

UNIT 7 一把菠菜／一串香蕉／一袋洋蔥／一塊巧克力／

一盒牛奶／一碗麥片粥 ····················· **136**

UNIT 8 一撮鹽巴／一湯匙醬油／少許醋 ················· **137**

UNIT 9 切成 2 公分厚的薄片 ······················ **138**

UNIT 10 這瓶 1997 年的威士忌 ····················· **139**

UNIT 11 一間二星級餐廳 ························ **140**

UNIT 12 （在餐廳）我們是三個人。 ··················· **141**

CHAPTER 3　跟出版、書籍有關的數字表達用語

UNIT 1 那份報紙的發行量是 150 萬份。 ················ **144**

UNIT 2 我現在看到第 225 頁。 ····················· **145**

UNIT 3　最新一版是第 32 版。 …………………………………… 146

UNIT 4　第五章是跟各式各樣的亞洲文化有關的內容。 ………… 147

UNIT 5　在第三段的第二行中～ ……………………………… 148

UNIT 6　初版 10 刷／再版 10 次、每次 2000 本 …………… 149

UNIT 7　全套是 5 本 ……………………………………… 150

UNIT 8　他的書總是有數萬本的銷量。 ……………………… 151

UNIT 9　這些書每本各五本 ………………………………… 152

與書籍相關的有趣小故事 ……………………………………… 153

CHAPTER 4　跟住宅或通訊有關的數字表達用語

UNIT 1　我家在 1403 棟的 513 號公寓。 ………………… 156

UNIT 2　我住在那棟大樓的三樓。 ……………………………… 157

UNIT 3　他住在我家往上數三層的樓上。 ……………………… 158

UNIT 4　三房公寓 ……………………………………………… 159

UNIT 5　屋齡 13 年的公寓 ………………………………… 160

UNIT 6　那間房子有 148 平方公尺。 ……………………… 161

UNIT 7　二到四樓都是我們公司的。 …………………………… 162

UNIT 8　那棟大樓有地上 5 層和地下 2 層。 ………………… 163

UNIT 9　服務台請按 1。 …………………………………… 164

UNIT 10　外線請先按 0。 ………………………………… 165

CHAPTER 5　跟交通有關的數字表達用語

UNIT 1　請搭 20 號公車。 ⋯⋯⋯⋯⋯⋯⋯⋯⋯⋯⋯⋯⋯ **168**

UNIT 2　請走國道 5 號。／請走 2 號公路。 ⋯⋯⋯⋯⋯ **169**

UNIT 3　還有 3 公里到下一個休息站。 ⋯⋯⋯⋯⋯⋯⋯ **170**

UNIT 4　這輛車可以坐五個人。／這輛車是五人座。 ⋯⋯ **171**

UNIT 5　先換到 3 檔，再降到 2 檔。 ⋯⋯⋯⋯⋯⋯⋯⋯ **172**

UNIT 6　我開的是一台 2003 年的賓士。 ⋯⋯⋯⋯⋯⋯⋯ **173**

UNIT 7　把你的速度降到 30。 ⋯⋯⋯⋯⋯⋯⋯⋯⋯⋯⋯ **174**

UNIT 8　您的航班會從第 3 航廈起飛。 ⋯⋯⋯⋯⋯⋯⋯ **175**

UNIT 9　我爸媽搭的是 14 點 10 分從紐約起飛的航班。 ⋯ **176**

UNIT 10　開往倫敦的列車將從 3 號月台發車。 ⋯⋯⋯⋯ **177**

UNIT 11　我坐過頭了 3 站。 ⋯⋯⋯⋯⋯⋯⋯⋯⋯⋯⋯⋯ **178**

UNIT 12　我在倒數第三節車廂。 ⋯⋯⋯⋯⋯⋯⋯⋯⋯⋯ **179**

UNIT 13　請搭 2 號線，然後在蠶室站轉乘 8 號線。 ⋯⋯ **180**

UNIT 14　單程票是台幣 300 元，來回票是台幣 500 元。 ⋯⋯ **181**

Drop your speed to 30.

CHAPTER 6　跟宗教、政治、音樂、軍隊有關的
　　　　　　　數字表達用語

UNIT 1　創世記第 23 章第 4 節 ···················· 184

UNIT 2　貝多芬的第九號交響曲 ···················· 185

UNIT 3　有 10 首曲子的 CD ···················· 186

UNIT 4　排行榜上的第二名 ···················· 187

UNIT 5　他是三屆議員。 ···················· 188

UNIT 6　林肯是美國第 16 任總統。 ···················· 189

UNIT 7　根據第 32 條第 4 款 ···················· 190

UNIT 8　這張專輯收錄了 12 首曲子。 ···················· 191

UNIT 9　（排成）一直排 ···················· 192

UNIT 10　（排成）一橫排 ···················· 193

UNIT 11　向左走三步。／前進三步。／後退三步。 ···················· 194

有趣的英文軍事術語 ···················· 195

CHAPTER 7　跟時間、期間、時代及數值有關的
　　　　　　　數字表達用語

UNIT 1　上午 10 點 23 分 36 秒 ···················· 198

UNIT 2　少 5 分鐘 2 點／再 3 分鐘 2 點 ···················· 199

UNIT 3　7 點 15 分 ···················· 200

UNIT 4　他是第二代的韓裔美國人。／

這間店的老闆是第三代。 ⸺⸺⸺⸺⸺⸺⸺ **201**

UNIT 5　我們家有四個人。我在三個小孩中排行第二。 ⸺ **202**

UNIT 6　在 17 世紀中葉（期） ⸺⸺⸺⸺⸺⸺⸺⸺ **203**

UNIT 7　凱薩大帝在西元前 44 年被殺害。 ⸺⸺⸺⸺ **204**

UNIT 8　在 1970 年代 ⸺⸺⸺⸺⸺⸺⸺⸺⸺⸺ **205**

UNIT 9　我在 2 點多抵達。 ⸺⸺⸺⸺⸺⸺⸺⸺ **206**

UNIT 10　其中一個角是 40 度的圖形／

這個坡的坡度是 30 度。 ⸺⸺⸺⸺⸺⸺⸺⸺ **207**

UNIT 11　第 10 號颱風往都會區直撲而來。 ⸺⸺⸺ **208**

UNIT 12　週五高溫 10 度、低溫 2 度。 ⸺⸺⸺⸺⸺ **209**

UNIT 13　100 公尺高的建築物 ⸺⸺⸺⸺⸺⸺⸺ **210**

一個有趣的颱風小故事 ⸺⸺⸺⸺⸺⸺⸺⸺⸺ **211**

CHAPTER 8　跟技術、播放有關的數字表達用語

UNIT 1　試著將格式設定成每行 30 個字元、20 行一頁。 ⸺ **214**

UNIT 2　以 2 倍速播放。 ⸺⸺⸺⸺⸺⸺⸺⸺⸺ **215**

UNIT 3　這是一個半小時的電視節目。／

這是一個 40 分鐘的電視節目。 ⸺⸺⸺⸺⸺ **216**

UNIT 4　（廣播）第 7 頻道在播什麼？ ⸺⸺⸺⸺ **217**

UNIT 5　這個影集有 10 集。 ⸺⸺⸺⸺⸺⸺⸺⸺ **218**

UNIT 6 我們德國使用的電壓是 220 伏特。 ⋯⋯⋯⋯⋯⋯ **219**

UNIT 7 時下電視的螢幕長寬比是 16:9。 ⋯⋯⋯⋯⋯⋯ **220**

UNIT 8 這個的能源效率是第 1 級。 ⋯⋯⋯⋯⋯⋯⋯⋯⋯ **221**

CHAPTER 9　跟經濟、工作有關的數字表達用語

UNIT 1 租金是每個月 8 萬元。 ⋯⋯⋯⋯⋯⋯⋯⋯⋯⋯ **224**

UNIT 2 一個月的零用錢是 15,000 元 ⋯⋯⋯⋯⋯⋯⋯⋯ **225**

UNIT 3 100 美元的盈餘／100 美元的虧損 ⋯⋯⋯⋯⋯⋯ **226**

UNIT 4 ～相當於 3 個月的薪水 ⋯⋯⋯⋯⋯⋯⋯⋯⋯⋯ **227**

UNIT 5 發薪日是每個月的 15 號。 ⋯⋯⋯⋯⋯⋯⋯⋯⋯ **228**

UNIT 6 每人 30 美元／學生 10 美元 ⋯⋯⋯⋯⋯⋯⋯⋯ **229**

UNIT 7 價值 20 美元的水果 ⋯⋯⋯⋯⋯⋯⋯⋯⋯⋯⋯ **230**

UNIT 8 每五個中國人才會有一個美國人 ⋯⋯⋯⋯⋯⋯ **231**

UNIT 9 用每個 2 美元來賣 ⋯⋯⋯⋯⋯⋯⋯⋯⋯⋯⋯ **232**

UNIT 10 打八折 ⋯⋯⋯⋯⋯⋯⋯⋯⋯⋯⋯⋯⋯⋯⋯ **233**

UNIT 11 原價打九折 ⋯⋯⋯⋯⋯⋯⋯⋯⋯⋯⋯⋯⋯ **234**

UNIT 12 總共是 15 美元。 ⋯⋯⋯⋯⋯⋯⋯⋯⋯⋯⋯ **235**

UNIT 13 第二季的銷售業績 ⋯⋯⋯⋯⋯⋯⋯⋯⋯⋯⋯ **236**

UNIT 14 這幾乎是那個的兩倍價。 ⋯⋯⋯⋯⋯⋯⋯⋯ **237**

UNIT 15 我有 100 股的 Ace Electronics。 ⋯⋯⋯⋯⋯ **238**

UNIT 16 道瓊指數下跌了 100 點。 ⋯⋯⋯⋯⋯⋯⋯⋯ **239**

UNIT 17 我不是 100% 確定。 ⋯⋯⋯⋯⋯⋯⋯⋯⋯⋯ **240**

UNIT 18 GDP 已經連三季衰退了。 …………………………… **241**

UNIT 19 我付了台幣一萬元的訂金。 …………………………… **242**

UNIT 20 你的薪水是我的兩倍。／我賺的是你的兩倍。／

這是去年售價的一半。 …………………………… **243**

UNIT 21 銷售額在過去三年間成長了三倍。 ………………… **244**

UNIT 22 它是世界第二大的公司。 …………………………… **245**

UNIT 23 我的車分了 36 期。 ………………………………… **246**

UNIT 24 我有一半的水電費是用自動扣款來付的。 ………… **247**

UNIT 25 請將這張 10 美元紙鈔換成 10 個 1 美分硬幣、

4 個 5 美分硬幣、7 個 10 美分硬幣，4 個 25 分硬幣，

剩下的換成 1 美元紙鈔。 …………………………… **248**

一定要知道的其他數字表達用語 ……………………………… **249**

CHAPTER 10　跟運動、健康有關的數字表達用語

UNIT 1 我們領先 2 分。 ……………………………………… **252**

UNIT 2 我們以 3 比 2 擊敗了他們。／我們以 1 比 0 輸了。 …… **253**

UNIT 3 這場比賽 3 比 3 平手。 ……………………………… **254**

UNIT 4 我們落後 3 分。 ……………………………………… **255**

UNIT 5 下半場第 23 分鐘 …………………………………… **256**

UNIT 6 他創下了 100 公尺 9.82 秒的世界紀錄。 …………… **257**

UNIT 7 他進到了第二輪。 …………………………………… **258**

UNIT 8　他的整體成績是 20 勝 3 敗。 ⋯⋯⋯⋯⋯⋯⋯⋯⋯⋯⋯ **259**

UNIT 9　現在是八局上。／現在是九局下。 ⋯⋯⋯⋯⋯⋯⋯ **260**

UNIT 10　他打了一支 3 分全壘打。 ⋯⋯⋯⋯⋯⋯⋯⋯⋯⋯⋯⋯ **261**

UNIT 11　他的打擊率是 3 成 32。 ⋯⋯⋯⋯⋯⋯⋯⋯⋯⋯⋯⋯⋯ **262**

UNIT 12　他打了 3 打數 2 安打。 ⋯⋯⋯⋯⋯⋯⋯⋯⋯⋯⋯⋯⋯ **263**

UNIT 13　那位投手 7 局失 3 分。 ⋯⋯⋯⋯⋯⋯⋯⋯⋯⋯⋯⋯⋯ **264**

UNIT 14　他的賽季防禦率是 3.43。 ⋯⋯⋯⋯⋯⋯⋯⋯⋯⋯⋯⋯ **265**

UNIT 15　在 7 場比賽中先拿到 4 勝的那一隊就贏得世界

　　　　　大賽了。 ⋯⋯⋯⋯⋯⋯⋯⋯⋯⋯⋯⋯⋯⋯⋯⋯⋯⋯⋯⋯ **266**

UNIT 16　他的脈搏在爬完樓梯之後飆破了 100。 ⋯⋯⋯⋯⋯ **267**

UNIT 17　我左眼有遠視 80 度。 ⋯⋯⋯⋯⋯⋯⋯⋯⋯⋯⋯⋯⋯⋯ **268**

UNIT 18　這個血壓計的最高讀數是 140。／

　　　　　這個血壓計的最低讀數是 100。 ⋯⋯⋯⋯⋯⋯⋯⋯ **269**

UNIT 19　我的太太懷孕 8 個月了。 ⋯⋯⋯⋯⋯⋯⋯⋯⋯⋯⋯⋯ **270**

UNIT 20　這種藥丸每天隨餐吃 3 次、每次 2 顆。 ⋯⋯⋯⋯⋯ **271**

UNIT 21　他肺癌第三期了。 ⋯⋯⋯⋯⋯⋯⋯⋯⋯⋯⋯⋯⋯⋯⋯⋯ **272**

知道會更有趣的棒球術語 ⋯⋯⋯⋯⋯⋯⋯⋯⋯⋯⋯⋯⋯⋯⋯⋯⋯⋯ **273**

CHAPTER 11　跟程度有關的數字表達用語

UNIT 1　若你支付的總金額在 3 萬元以上，～ ⋯⋯⋯⋯⋯ **276**

UNIT 2　3 萬元以下的罰款 ⋯⋯⋯⋯⋯⋯⋯⋯⋯⋯⋯⋯⋯⋯⋯ **277**

UNIT 3 若參加人數不到 10 人的話，～ ················ 278

UNIT 4 若參加人數超過 10 人的話，～ ················ 279

UNIT 5 最高 50,000 元 ································ 280

UNIT 6 如果未達最低人數 12 人，～ ················ 281

UNIT 7 數十人／數百隻狗／數千座島嶼 ············ 282

UNIT 8 這台機器要價一百萬元。 ···················· 283

UNIT 9 每兩戶就有一戶擁有超過一台車。 ·········· 284

UNIT 10 我們要打棒球還少一個人。 ·················· 285

UNIT 11 用不到 10,000 元的價格買到相同的東西 ···· 286

UNIT 12 每隔 2 公尺 ································ 287

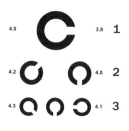

WARM-UP

基礎的數字讀法

1 ▶ 數字 1~19 的讀法

從 1 唸到 19

我們一般說的「1、2、3、4……」等數字被稱為「基數」，英文是 **cardinal numbers**。

雖然大家應該都知道該怎麼唸，不過還是一起確認一次吧！

1	one		11	eleven
2	two		12	twelve
3	three		13	thirteen
4	four		14	fourteen
5	five		15	fifteen
6	six		16	sixteen
7	seven		17	seventeen
8	eight		18	eighteen
9	nine		19	nineteen
10	ten			

有聽過 **teenager**（青少年）這個單字吧？指的就是數字單字中帶有 **teen** 的基數 13（**thirteen**）到 19（**nineteen**），所以青少年也就是指年齡介於 13~19 歲的孩子們，也可簡稱為 **teens**。

與數字相關的單字

英文中存在許多在拼字中雖不包含明確數字、但仍能用來表達數值／數量的單字，以下是在對話或閱讀素材中常見的數值／數量用語，請務必牢記在心。

a few	2~3 個的，少許的，一些的	**few**	很少的，少到幾乎沒有的
a couple	一雙的，一對的（＝ a pair）	**a couple of**	2~3 個的／一對的
several	幾個（5~6 個）的	**dozen**	12 個的
many = a lot of = lots of	很多的	**dozens of**	數十個的
a number of	一些的	**the number of**	～的數（量）

從第 1 唸到第 19

「第一、第二、第三……」這類用來表達順序的數字，會被稱作「序數（ordinal numbers）」，這種單字的組成方式，原則上是在基數的字尾加上 **th**，但凡事皆有例外，例如「第一、第二、第三」就不依循此原則，在拼法結構上與其他序數截然不同，因此在簡寫英文序數時也會採用「數字＋ **-st / -nd / -rd**」的表達方式。

此外，有幾個單字的拼寫方式會因為加上 **th** 而稍有變化，且發音時必須格外留意，表示第 5 的 **fifth** 與表示第 12 的 **twelfth** 即屬之，這種變化都是為了方便發音，才會將原本字尾的 **ve** 換成 **f** 後才再加上 **th**。

那麼，現在就來確認一下序數 1-19 的英文吧！

1st	first	11th	eleventh
2nd	second	12th	twelfth
3rd	third	13th	thirteenth
4th	fourth	14th	fourteenth
5th	fifth	15th	fifteenth
6th	sixth	16th	sixteenth
7th	seventh	17th	seventeenth
8th	eighth	18th	eighteenth
9th	ninth	19th	nineteenth
10th	tenth		

請注意「第 8」不是 **eightth**，而是 **eighth**（原本 **eight** 的字尾 **t** 脫落），「第 9」不是 **nineth**，而是 **ninth**（原本 **nine** 的字尾 **e** 脫落）。

2 ▶ 數字 20~99 的讀法

從 20 唸到 99

　　從 20 開始，只要先記住十位數的數字，後面再用連字號（-）連接數字 1 到 9 就行了，所以很好記。事實上，只要是稍微有讀過一點英文的人，多半都可以輕鬆唸出這些數字，關鍵在於是否能正確拼寫或有沒有記得加上連字號。

　　出乎意料地，除了有很多人會拼錯之外，忘了加上連字號的人亦不在少數。請仔細閱讀以下內容。

20	twenty		40	forty
21	twenty-one		50	fifty
22	twenty-two		60	sixty
23	twenty-three		70	seventy
24	twenty-four		80	eighty
25	twenty-five		90	ninety
26	twenty-six		91	ninety-one
27	twenty-seven		92	ninety-two
28	twenty-eight		93	ninety-three
29	twenty-nine		94	ninety-four
30	thirty		95	ninety-five
32	thirty-two		96	ninety-six
34	thirty-four		97	ninety-seven
36	thirty-six		98	ninety-eight
38	thirty-eight		99	ninety-nine

從第 20 唸到第 99

　　這部分也不太難。首先,如 20、30、40 這類尾數是 0 的數字,只要將字尾的 **y** 換成 **ie**,然後再加上 **th**,立刻就從基數變成序數了。之所以會有這種變化,是為了讓發音更加自然。除此之外,若尾數為非 0 的數字,如 1~9,則十位數的部分會採用基數,個位數則是序數,然後以連字號(-)連接兩者,即可構成序數。這裡補充說明一下,前面提到個位數的數字會使用序數,並不是說可以無腦在數字後方加上 **th**,請記得「第一到第三」的序數寫法是「**1st**(**first**)、**2nd**(**second**)、**3rd**(**third**)」。

20th	twentieth	40th	fortieth
21st	twenty-first	50th	fiftieth
22nd	twenty-second	60th	sixtieth
23rd	twenty-third	70th	seventieth
24th	twenty-fourth	80th	eightieth
25th	twenty-fifth	90th	ninetieth
26th	twenty-sixth	91st	ninety-first
27th	twenty-seventh	92nd	ninety-second
28th	twenty-eighth	93rd	ninety-third
29th	twenty-ninth	94th	ninety-fourth
30th	thirtieth	95th	ninety-fifth
32nd	thirty-second	96th	ninety-sixth
34th	thirty-fourth	97th	ninety-seventh
36th	thirty-sixth	98th	ninety-eighth
38th	thirty-eighth	99th	ninety-ninth

3 ▶ 100 以上的數字讀法

從 100 唸到 900

數字單位「百」的英文是 **hundred**。中文在講數字 100 時,可以用「百」來簡稱,但英文的 100 不能只用 **hundred**,前方一定要加上 **one** 或 **a** 才行。只要在 **hundred** 之前加上數字 1~9,即可用來表達數字 100~900。

100	one hundred (= a hundred)	600	six hundred
200	two hundred	700	seven hundred
300	three hundred	800	eight hundred
400	four hundred	900	nine hundred
500	five hundred		

「數百名/個」中的「數百」的英文是什麼呢?正是「**hundreds of**＋名詞」。

hundreds of students 數百名學生　　　**hundreds of books** 數百本書

100 以上的數字讀法

正常來說會先唸單位詞的百,再加上 **and**,最後再唸十位數,不過最近很多人在讀的時候會省略 **and** 不唸。

130	one hundred (and) thirty	670	six hundred (and) seventy
255	two hundred (and) fifty–five	724	seven hundred (and) twenty–four
349	three hundred (and) forty–nine	838	eight hundred (and) thirty–eight
462	four hundred (and) sixty–two	987	nine hundred (and) eighty–seven
501	five hundred (and) one	999	nine hundred (and) ninety–nine

在提到分機號碼、公寓大樓的戶數編號或房號等這類資訊時,會連 **hundred and** 都省略不唸,直接說 **one thirty** 來表示 130。以 501 來說,會讀作 **five oh one**,中間的 0 會讀作 **o** 音。

4 ▶ 1000 以上的數字讀法

　　緊接在百位數之後的是千位數。阿拉伯數字的標記方式是每三個數字加一個逗號（,），第一個逗號標記的單位就讀作 thousand（千）。

1,000	one thousand	6,000	six thousand
2,000	two thousand	7,000	seven thousand
3,000	three thousand	8,000	eight thousand
4,000	four thousand	9,000	nine thousand
5,000	five thousand		

　　至於千位數之後的百位數跟十位數，只要按照前面學過的方法來唸就行了。若遇到百位數之後是以 00 結尾時，也可先讀前方的兩個數字，再加上 **hundred** 就行了。

1,400	one thousand four hundred (= fourteen hundred)
3,658	three thousand six hundred (and) fifty–eight
4,099	four thousand ninety–nine
6,721	six thousand seven hundred (and) twenty–one
9,106	nine thousand one hundred (and) six

　　那麼，該怎麼用英文說「數千名／個」中的「數千」呢？即是「**thousands of ＋名詞**」。

thousands of students 數千名學生　　　**thousands of books** 數千本書

5 ▶ 萬以上的數字讀法／ 10 萬以上的數字讀法

緊接在千位數之後的是萬位數。這裡先舉個例子,請仔細觀察阿拉伯數字 10,000,會發現在 10 後面有一個逗號(,),所以只要先將逗號前方的基數 10 讀作 **ten**,然後再加上 **thousand** 就行了。

萬位數字的讀法

10,000	**ten thousand**	60,000	**sixty thousand**
20,000	**twenty thousand**	70,000	**seventy thousand**
30,000	**thirty thousand**	80,000	**eighty thousand**
40,000	**forty thousand**	90,000	**ninety thousand**
50,000	**fifty thousand**		

遇到萬位數時,要先讀逗號(,)前方的兩位數字,接著加上 **thousand**,最後再按照先前所學來唸出後方的三位數即可。這部分的讀法既不複雜也不難,只是需要充分練習而已。

12,321	**twelve thousand three hundred (and) twenty-one**
20,076	**twenty thousand seventy-six**
36,648	**thirty-six thousand six hundred (and) forty-eight**
45,876	**forty-five thousand eight hundred (and) seventy-six**
55,000	**fifty-five thousand**
62,981	**sixty-two thousand nine hundred (and) eighty-one**
79,534	**seventy-nine thousand five hundred (and) thirty-four**
82,999	**eighty-two thousand nine hundred (and) ninety-nine**
93,675	**ninety-three thousand six hundred (and) seventy-five**

10 萬以上的數字讀法

這次輪到 10 萬以上的數字。十萬的阿拉伯數字寫法為 100,000,先將逗號(,)前方的基數 100 唸成 **one hundred**,接著再加上 **thousand** 就行了。

就中文而言，會將十萬想成 10 個一萬，也就是會用「萬」當作單位，但英文卻是用「百」做為單位（以 100 為單位計算 thousand 的數量），故對許多人來說「十萬」是比較困難的數字單位。請務必牢記在逗號前方的數字是以百做為單位，所以必須使用 hundred 來表達。

100,000	one hundred thousand	600,000	six hundred thousand
200,000	two hundred thousand	700,000	seven hundred thousand
300,000	three hundred thousand	800,000	eight hundred thousand
400,000	four hundred thousand	900,000	nine hundred thousand
500,000	five hundred thousand		

　　先以百為單位唸出逗號（,）前方的數字，再加上 thousand，最後只要再讀後方的三位數字就行了。這部分並不困難，只要充分練習即可。

104,900	one hundred and four thousand nine hundred
200,487	two hundred thousand four hundred (and) eighty–seven
397,517	three hundred and ninety–seven thousand five hundred (and) seventeen
426,120	four hundred and twenty–six thousand one hundred (and) twenty
500,021	five hundred thousand twenty–one
699,999	six hundred and ninety–nine thousand nine hundred (and) ninety–nine
780,185	seven hundred and eighty thousand one hundred (and) eighty–five
830,250	eight hundred and thirty thousand two hundred (and) fifty
983,754	nine hundred and eighty–three thousand seven hundred (and) fifty–four

　　那麼，「數十萬名／個」中的「數十萬」的英文該怎麼說呢？沒錯，正是「hundreds of thousands of ＋名詞」。

hundreds of thousands of students 數十萬名學生

hundreds of thousands of books 數十萬本書

6 ▶ 百萬～兆的數字讀法

　　一百萬是 7 位數，所以寫成阿拉伯數字時會再多出一個逗號（,），這個新逗號就讀作 **million**。對使用中文的我們來說，就算不加任何數字或單位，只說「百萬」，大家也會心照不宣地知道指的是「一百萬」，但改用英文來表達時，請記得一定要加上 **one** 或 **a**。補充說明一下，「百萬富翁」的英文 **millionaire** 就是源自於 **million** 這個字。

從 100 萬唸到 900 萬

1,000,000	one million	6,000,000	six million
2,000,000	two million32	7,000,000	seven million
3,000,000	three million	8,000,000	eight million
4,000,000	four million	9,000,000	nine million
5,000,000	five million		

　　當在阿拉伯數字中出現兩個逗號（,）時，先唸完第一個逗號前方的數字，再加上 **million**，接著以百為單位讀後方的三位數，接著加上 **thousand**，最後再唸出剩下的三位數，這樣就行了。只要照規則唸，就能輕鬆唸對。

2,489,000	two million four hundred and eighty-nine thousand
3,180,050	three million one hundred and eighty thousand fifty
5,287,200	five million two hundred and eighty-seven thousand two hundred
7,852,997	seven million eight hundred and fifty-two thousand nine hundred and ninety-seven
9,358,432	nine million three hundred and fifty-eight thousand four hundred and thirty-two

　　因為以百萬為單位的阿拉伯數字寫起來實在太長了，所以在寫的時候，也能只用最前方的兩個數字來簡寫，其方法如下所示。

2.5 million	two point five million = two million five hundred thousand	250 萬
4.6 million	four point six million = four million six hundred thousand	460 萬
8.7 million	eight point seven million = eight million seven hundred thousand	870 萬

數百萬的英文是「**millions of**＋名詞」。

millions of students 數百萬名學生。 **millions of books** 數百萬本書。

百萬以上的數字們

就英文而言，一千萬視為 10 個百萬、一億視為 100 個百萬，所以一千萬的英文會是 **ten million**、一億的英文則是讀作 **one hundred million**。事實上，日常對話中提到金錢方面的話題時，會用到百萬、千萬或億這幾個單位詞的機會並不多，尤其當貨幣單位是美元時更是如此，但若將貨幣單位換成其他幣值，那麼不管是聊到月薪、年薪還是買房買車的話題時，就都免不了會用到這些單位詞了，所以一定要牢牢記住。

因為 10 億是 10 位數，所以寫成阿拉伯數字時會再多出一個逗號（,），這個逗號讀作 **billion**（十億）。100 億視為 10 個 10 億，所以讀作 **ten billion**。1000 億視為 100 個 10 億，所以讀作 **one hundred billion**。如果再多加 1 個 0，即為 1 兆，兆的英文為 **trillion**。

10,000,000	ten million	千萬
100,000,000	one hundred million	一億
1,000,000,000	one billion	十億
10,000,000,000	ten billion	百億
100,000,000,000	one hundred billion	千億
1,000,000,000,000	one trillion	兆

以十億為單位的數字寫起來實在太長了，所以書寫時也可以利用最前方的兩個數字來簡寫，簡寫方式如下所示。這種簡寫方式在經濟方面的新聞或報導中經常出現，請多多練習。

1.8 billion	one point eight billion = one billion eight hundred million	18 億
5.9 billion	five point nine billion = five billion nine hundred million	59 億
7.3 billion	seven point three billion = seven billion three hundred million	73 億

gazillions of 是人們為了強調數量非常多而創造出來的表達用字，語意是「數不勝數；多如牛毛」。**gazillion** 可做為名詞或形容詞。

7 ▶ 100 以上的序數讀法

　　一般來說會將 100 以上的序數全部當成基數來讀，除了尾數的數字要轉換成序數之外，沒什麼難度。當然，別忘了如果尾數數字是 1、2、3，就要讀作 **first**、**second**、**third**。補充說明一下，基數轉換成序數的方法，是在該基數的字尾加上 **th**。

100th	one hundredth
1,000th	one thousandth
10,000th	ten thousandth
100,000th	one hundred thousandth
1,000,000th	one millionth

478th = four hundred and seventy–eighth
3,512th = three thousand five hundred and twelfth
10,901th = ten thousand nine hundred and first

* 如果遇到的序數數值大成這樣，那麼就算讀作 **first**，寫的時候還是會寫成 **th**，但字尾縮寫若用 **st** 亦不能算錯。

8 ▶ 日期的讀法

　　日期的讀法會在後面的正文部分詳細說明，但因為這部分在我們的日常生活中非常重要，所以先在這裡介紹基本內容，請務必牢牢記住。

年份的讀法

　　年份是四位數，讀法為「兩位數＋兩位數」，以十位數來分段。

> **1976 = nineteen seventy–six**
> **1998 = nineteen ninety–eight**
> **1800 = eighteen hundred**

* 以 00 結尾的年份，要讀作 **hundred**。

　　2000 年到 2009 年的讀法，則是照一般數字那樣，利用 **thousand** 來讀。

> **2000 = two thousand**
> **2005 = two thousand (and) five**

　　從 2010 年開始，請再度以「兩位數＋兩位數」的方式來分段唸。

> **2019 = twenty nineteen**
> **2021 = twenty twenty–one**

月份的讀法

　　以中文而言，只要在數字後面加上「月」即可，但在英文中，每個月份都有其對應的單字，一定要好好記住每個單字。

1 月	**January**		7 月	**July**
2 月	**February**		8 月	**August**
3 月	**March**		9 月	**September**
4 月	**April**		10 月	**October**
5 月	**May**		11 月	**November**
6 月	**June**		12 月	**December**

日期／年月份的讀法

英文的日期永遠都採用序數讀法。或許在句子或文章中會看到如 **May 25** 這樣，純以基數寫成的日期，但即使字尾沒有出現 **th**，唸的時候還是必須使用序數的讀法才正確。相信大家都已經知道英文的日期必須使用序數，但還是一起再確認一次吧！

1st	first	11th	eleventh	21st	twenty–first
2nd	second	12th	twelfth	22nd	twenty–second
3rd	third	13th	thirteenth	23rd	twenty–third
4th	fourth	14th	fourteenth	24th	twenty–fourth
5th	fifth	15th	fifteenth	25th	twenty–fifth
6th	sixth	16th	sixteenth	26th	twenty–sixth
7th	seventh	17th	seventeenth	27th	twenty–seventh
8th	eighth	18th	eighteenth	28th	twenty–eighth
9th	ninth	19th	nineteenth	29th	twenty–ninth
10th	tenth	20th	twentieth	30th	thirtieth
				31st	thirty–first

讀年月日時，由於英文的年月日寫法是將最大的時間單位擺在最後面，所以年份會出現在最後，即「月＋日＋年」。

2020 年 3 月 25 日 ＝ **March 25, 2020**
March twenty–fifth, twenty twenty

1945 年 8 月 15 日 ＝ **August 15, 1945**
August fifteenth, nineteen forty–five

2005 年 10 月 16 日 ＝ **October 16, 2005**
October sixteenth, two thousand (and) five

2016 年 2 月 2 日 ＝ **February 2, 2016**
February second, twenty sixteen

日期部分，也可以使用「一個月的第幾天」的這種型式來寫，也就是寫成「**the** ＋序數日期＋ **of** ＋月份」。

We will have a party on the 30th of April. 我們會在 4 月 30 日舉辦一場派對。
thirtieth of April

不知道也無所謂，
但知道會更有趣的數字小故事

「壹、十、百、千、萬、十萬、百萬、千萬、億、十億、百億、千億、兆」這些全都是在新聞或電視上常聽到的單位，尤其是跟國家預算等有關的新聞中更常出現。那麼在 9999 兆之後使用的單位又是什麼呢？現在就來認識一下這些龐大到令人難以想像的數字單位吧！

兆	10 的 12 次方（億的 1 萬倍）	載	10 的 44 次方（正的 1 萬倍）
京	10 的 16 次方（兆的 1 萬倍）	極	10 的 48 次方（載的 1 萬倍）
垓	10 的 20 次方（京的 1 萬倍）	恆河沙	10 的 52 次方（極的 1 萬倍）
秭	10 的 24 次方（垓的 1 萬倍）	阿僧祇	10 的 56 次方（恆河沙的 1 萬倍）
穰	10 的 28 次方（秭的 1 萬倍）	那由他	10 的 60 次方（阿僧祇的 1 萬倍）
溝	10 的 32 次方（穰的 1 萬倍）	不可思議	10 的 64 次方（那由他的 1 萬倍）
澗	10 的 36 次方（溝的 1 萬倍）	無量大數	10 的 68 次方（不可思議的 1 萬倍）
正	10 的 40 次方（澗的 1 萬倍）	劫（劫波）	10 的 72 次方

那麼英文裡有哪些龐大的數字單位呢？

quadrillion	10 的 15 次方	duodecillion	1000 的 13 次方
quintillion	10 的 18 次方	tredecillion	10 的 42 次方
sextillion	1000 的 12 次方	sexdecillion	1000 的 17 次方
septillion	10 的 24 次方	octodecillion	1000 的 19 次方
octillion	1000 的 9 次方	novemdecillion	10 的 68 次方
nonillion	1000 的 10 次方	vigintillion	1000 的 21 次方
decillion	1000 的 11 次方	centillion	1000 的 100 次方（美式）

PART 1

英文句子中的數字
表達用語的讀法！

不出聲音、單純閱讀英文文章時，即使不知道數字的英文讀法也沒什麼大問題。不過，在做簡報或跟英文母語人士交談時，常會遇到需要說數字的情況，就像你多少都會遇到需要報電話號碼的時候吧？

在英文句子中會出現各式各樣的數字，而讀法也稍有不同。在這個 PART，我們將學到可能會出現在英文句子中的數字相關表達用語的讀法。

CHAPTER 1

令人摸不著頭緒的
數字表達用語的讀法！

UNIT 1　　　　　　　　　　　　　　　　分子為 1 的分數

UNIT 2　　　　　　　　　　　　　　　分子為 2 以上的分數

UNIT 3　　　　　　　　　　　　　　　　　　　除法

UNIT 4　　　　　　　　　　　　　　　　有餘數的除法

UNIT 5　　　　　　　　　　　　　　　　　　　乘法

UNIT 6　　　　　　　　　　　　　　　　　　　加法

UNIT 7　　　　　　　　　　　　　　　　　　　減法

UNIT 8　　　　　　　　　　　　　　　　　　　平方

UNIT 9　　　　　　　　　　　　　　　　　比（比例）

UNIT 10　　　　　　　　　　　　　　　　數字加上 %

UNIT 11　　　　　　　　　　　　　　　帶小數點的數字

UNIT 12　　　　　　　　　　　　　　　帶連字號的數字

UNIT 13　　　　　　　　　　　　　　　　　年份日期

UNIT 14　　　　　　　　　　　　　　　　分鐘的讀法

UNIT 15　　　　　　　　　　　　　　　　分數／得分

UNIT 16　　　　　　　　　　　　　　　　24/7 的讀法

MP3 009

Sarah was awarded 1/3 one-third of her ex-husband's money.

Sarah 得到了她前夫三分之一的財產。

　　報紙或書籍上出乎意料地經常看到與分數相關的表達用語。分數是由分子（上面的數字）與分母（下面的數字）所組成，用英文唸的時候會將分子與分母分開，先唸分子再唸分母。想表達幾分之 1 時，分子 1 的英文可用 **one** 或 **a** 來表達，所以 1/3 讀作 **a-third** 或 **one-third** 皆可。另一方面，1/4 雖然可以讀作 **one-fourth**，但也能讀作 **a quarter**，這兩種都是英文母語人士常會採用的讀法，請牢記在心。補充說明一下，「分數」的英文是 **fraction**。

SPEAKING PRACTICE

1　The kids ate 1/4 **a quarter** of the pie and left the rest for me.

孩子們吃了四分之一個派，然後把剩下的留給了我。

2　Jeremy only does 1/10 **one-tenth** of what his father used to do around the house.

Jeremy 做的家務只有他父親過去所做的十分之一。

3　In reality, 1/3 **one-third** of New Yorkers are actually obese.

在現實生活中，三分之一的紐約人其實是肥胖的。

APPLY AND MORE

照規則來看的話，應該要把 1/2 讀作 **a-second** 或 **one-second** 嗎？這時請不要這樣唸，而是要使用表示「一半」的 **half**，以 **a half** 或 **one half** 來表達 1/2。此外，也可用 **half of something/someone**（一半的～）。

1　Each whale eats up to 1/2 **one half** tons of food a day.

每頭鯨魚一天會吃掉多達二分之一噸的食物。

2　Only about **half (of)** the seeds grew into flowers.

只有大約一半的種子會長成花。

DIALOGUE

A　Sarah was awarded 1/3 **one-third** of her ex-husband's money.

B　Well, considering she was a founding member of the company, I don't think it's enough.

　A：Sarah 得到了她前夫三分之一的財產。
　B：這個嘛，考慮到她也是公司創辦人之一，我覺得分到這樣不太夠吧。

UNIT 2　分子為 2 以上的分數

MP3 010

Only **2/3**
two-thirds
of the students passed
the quiz.

只有三分之二的學生通過了小考。

　　這個 UNIT 要學的是分子為 2 以上的分數讀法。分數的讀法基本上都一樣，都是先用基數唸分子，再用序數唸分母。不過，當分子為 2 以上的複數時，分母也必須寫成複數形，這點一定要注意。「分數＋of＋名詞」表示「幾分之幾的名詞」，請多加注意細節並慢慢練習。

SPEAKING PRACTICE

1 I was about **3/4**
　　　　three-fourths 或
　　　　three-quarters

of the way through the book before I forgot it on the bus.

在我把那本書忘在公車上之前，我已經看到大概四分之三了。

2 **2/10**
Two-tenths is the same as
20%.
twenty percent

十分之二和 20% 是一樣的。

3 I would like to put **2/3**
　　　　　　　two-thirds

of the inheritance into a trust.

我想把繼承到的財產的三分之二拿去信託。

APPLY AND MORE

那麼，像「3 又 2/5」這種帶分數的數字又該怎麼唸呢？正確唸法是前面的整數使用基數讀法，接著再以 **and** 連接，後面的分數部分則用前面學到的分數讀法來唸，這樣就行了，所以「3 又 2/5」的讀法是「**three and two-fifths**」。

1 **3/3**
Three-thirds
equals **1**.
　　one
Therefore, **1 3/3**
　　　　one and three-thirds
equals **2**.
　　two

3/3 等於 1。因此 1 又 3/3 等於 2。

2 **5/4**
Five-fourths is
1 1/4.
one and one-fourth 或
one and a quarter

5/4 等於 1 又 1/4。

DIALOGUE

A The survey shows **2/3**
　　　　　　two-thirds
of the people are against the new policy.

B I wonder what the government will do next.

A：調查顯示，三分之二的人都反對新政策。
B：我很好奇政府接下來會做什麼。

43

$10 \div 2 = 5$.

Ten divided by two makes five

10 除以 2 等於 5。

日常生活中很常會用到除法，所以務必把除法的讀法牢牢記住。除法的英文讀法在語序上跟中文一模一樣，都是先讀前面的數字，也就是「被除數」，因此這裡使用的是表示「分；劃分」的 divide 的過去分詞，以「divided + by +除數」來表達除法的進行過程，最後再利用動詞 make 來帶出該算式的答案即可，此外，其中的 make 也可用 be 來替代。補充說明一下，「除法」的英文是 division。

SPEAKING PRACTICE

1 $9 \div 3 = 3$.
Nine divided by three makes three

9 除以 3 等於 3。

2 What is $70 \div 9$?
seventy divided by nine

Can you do the division?

70 除以 9 是多少呢？你會這道除法嗎？

3 $120 \div 4 people = $30
One hundred and twenty dollars divided by four people makes thirty dollars each.

120 美元 4 個人分，每個人 30 美元。

APPLY AND MORE

即使不是在學校上數學課，日常生活中也常用到除法，例如談到年薪或存款目標除以月份的平均金額時，或和好友一起吃飯後，想要分攤費用（**go Dutch**）時，都必須用到除法。請多加練習這些在生活中會用到的句子。

1 **$38,000 ÷ 12 months = about $3,166 a month.**
Thirty-eight thousand dollars divided by twelve months makes about three thousand one hundred and sixty-six dollars a month

38,000 美元除以 12 個月，每個月大概是 3,166 美元。

2 You need to divide the amount by the number of people.

你得把金額除以人數。

DIALOGUE

A How much is the total? Let's all chip in.

> chip in：「分攤費用「或「共同出資」的意思。

B Let's see. **$324 ÷ 6 = $54.**
Three hundred and twenty-four dollars divided by six makes fifty-four dollars

That's what you owe.

A：總共多少？我們平分吧！
B：我看看。324 美元除以 6 是 54 美元。每個人就付這樣。

有餘數的除法

11 ÷ 2 = 5 remainder 1.

Eleven divided by two is five, remainder one

11 除以 2 等於 5 餘 1。

因為除不盡而出現餘數時，可利用 **remainder** 來表達。**remainder** 表示除法或減法的「餘數」。

SPEAKING PRACTICE

1 **48 ÷ 5 = 9 remainder 3.**
   Forty-eight divided by five is nine, remainder three

   48 除以 5 等於 9 餘 3。

2 **70 ÷ 8 = 8 remainder 6.**
   Seventy divided by eight is eight, remainder six

   What should I do with these 6?

   70 除以 8 等於 8 餘 6。我該拿這剩下的 6 個怎麼辦？

3 If you divide odd numbers, you will have a remainder.

   如果你拿奇數來除的話，就會有餘數。

   > odd number 表示「奇數」，even number 表示「偶數」。

APPLY AND MORE

奇數（**odd numbers**）除以偶數的話，當然會出現餘數（**remainder**）。

1 There's an odd number of dancers so you can't make pairs; **thirteen divided by two is six, remainder one**.

   舞者的人數是奇數，所以沒辦法兩兩配對；13 除以 2 是 6 餘 1。

2 If the remainder is **0**, **zero** it means the division is complete.

   如果餘數為 0，那就表示可以整除。

DIALOGUE

A What is **55 ÷ 3**? **fifty-five divided by three**

B The answer is **18, remainder 1.** **eighteen, remainder one**

   A：55 除以 3 是多少？
   B：答案是 18 餘 1。

UNIT 5 乘法

$5 × 4 = 20$.

Five times four

makes twenty

5 乘以 4 等於 20。

接下來輪到乘法了。把 5 相加 4 次不就等於 20 嘛!「倍數」和「次數」的英文是 **times**,所以可直接用 **times** 代替算式中的乘號(**x**)。雖然「乘;使相乘」的英文動詞其實應該是 **multiply**,但在讀乘法算式時會用 **times**。除此之外,句中的 **make** 當然也能用 **be** 動詞替換。補充一下,「乘;乘法」的英文是 **multiplication**。

SPEAKING PRACTICE

1   $6 × 7 = 42$.
    Six times seven
    makes forty-two.

    6 乘以 7 等於 42。

2   $3 × 9 = 27$.
    Three times nine
    makes twenty-seven

    3 乘以 9 等於 27。

3   Five chapters times four days makes twenty chapters in all.

    五章乘以四天,所以總共是二十章。

APPLY AND MORE

在各式各樣的情況下都會用到乘法,讀乘法算式時,可以按照上述方式來讀,但也可用動詞 **multiply** 來表達,此時後面要接「**by** + 乘數」。小時候有背過 2 到 9 的九九乘法表(**multiplication table**)嗎?我以前在北美上數學課時也背過這個,但聽說最近已經不要求學生背了,因為現在是追求用創意學數學的時代了。

1   If you multiply your monthly salary
    by 12
    by twelve

    months, that's your annual income.

    把你的月薪乘以 12 個月,得到的數字就是你的年薪。

2   Do kids still have to memorize the multiplication table?

    孩子們還必須背九九乘法表嗎?

DIALOGUE

A   How many students are there in our school?

B   We have about **25**
                    twenty-five

    students in one class. There are **2**
                                     two

    classes in each grade from **1**
                               one

    to **6**.
       six

    So, $6 × 2 = 12$.
        six times two makes twelve

    And we need to multiply
        25 by 12.
        twenty-five by twelve

    Can you do the multiplication without a calculator?

    A:我們學校有多少學生啊?
    B:我們一班大概有 25 個學生。一到六年級每個年級都有兩班。所以 6 乘以 2 等於 12。接下來我們就是要把 25 乘以 12 了。你可以不用計算機來乘嗎?

5 + 10 = 15.
Five and ten
makes fifteen

5 加 10 等於 15。

在唸加法算式時，可用 **and** 或 **plus** 來代替算式中的加號（+），所以上方這個範例的算式可以讀作 **five and ten**，也可讀作 **five plus ten**。句中的動詞 **makes** 除了可改用 **is** 之外，當然也可以用 **equal**（=）替代。「加；加法」的英文是 **addition**，源自於表示「加；增加」的動詞 **add**。

SPEAKING PRACTICE

1 **16 + 4 = 20.**
Sixteen and four makes twenty

16 加 4 等於 20。

2 **1 + 2 + 5 = 8.**
One plus two plus five is eight

1 加 2 加 5 等於 8。

3 Five cats and ten birds makes fifteen pets.

五隻貓加十隻鳥，總共有十五隻寵物。

APPLY AND MORE

「加；增加」的動詞是 **add**，所以「A 與 B 相加」的英文是 **add A and B**。

1 If you add all the casualties, it is almost **300**.
three hundred

如果把所有傷亡都加起來，差不多有 300 人。

2 You got this addition problem wrong.
6 + 7 = 13.
Six plus seven makes thirteen

Not **14**.
fourteen

這道加法題你算錯了。6 加 7 是 13，不是 14。

DIALOGUE

A What are our monthly expenses?

B Well, mortgage payment plus property tax plus insurance plus utilities plus Internet and phone makes about **$1,500**.
one thousand five hundred dollars

A：我們每個月的開銷是多少？
B：這個嘛，房貸加房地產稅加保險費加水電費加網路和電話的話，差不多 1,500 美元。

15 – 3 = 12.
Fifteen minus (=take away) three makes twelve

15 減 3 等於 12。

在唸減法的算式時，只要依照順序來唸就行了，最常見的唸法就是先唸大的數字，用 **minus** 代替算式中的減號（-），最後再唸要減掉的數字。句中的 **minus** 偶爾也會用 **take away** 替代，而句中的動詞 **makes** 也可以用 **is** 或 **equals** 替代。「減；減法」的英文是 **subtraction**。

SPEAKING PRACTICE

1 **22 – 3 = 19.**
   Twenty-two minus three makes nineteen

   22 減 3 等於 19。

2 **54 – 13 = 41.**
   Fifty-four minus thirteen is forty-one

   54 減 13 等於 41。

3 What is **3,982 – 156**?

   three thousand nine hundred and eighty-two minus one hundred and fifty-six

   Have you learned subtraction at school?

   3,982 減 156 是多少？你在學校學過減法了嗎？

APPLY AND MORE

「減」這個動作也可以用表示「從～去掉／減去」的動詞 **subtract** 來表達，因為這個字表達的語意是「從～減去」，所以要用「**subtract** ＋要減去的數字＋ **from** ＋大的數字」來表達。

1 If you subtract a big number from a small number, the answer is minus.

   如果你用一個小的數字去減一個大的數字，那麼答案會是負的。

2 Can you subtract **10 from 52**?
   ten from fifty-two

   你能用 52 去減 10 嗎？

DIALOGUE

A Tom and Jake said they're not coming.

B So **5-2 = 3**.
   five minus two is three

   I'll call the restaurant and change the reservation.

   A：Tom 和 Jake 說他們不來了。
   B：所以 5 減 2 等於 3。我會打給餐廳更改預約。

3^2

Three squared

或

The square of three

is the same as three times itself.

3 的平方等同於 3 乘上它自己。

有注意到數字的上方有一個縮小的 ² 或 ³ 嗎？這裡的 ² 稱作平方，其英文的寫法與讀法皆為帶有被動含義的形容詞 **squared**，源自於表示「正方形」的 **square**。只要先唸前面沒有縮小的數字，然後再唸 **squared** 就行了。那麼，立方（³）的英文又是什麼呢？正是源自於表示「正六邊形」的 **cube**、帶有被動含義的形容詞 **cubed**，同樣也是先唸前面沒有縮小的數字，然後再唸 **cubed** 就行了。平方與立方還有另一種讀法，那就是「the square of ＋數字」和「the cube of ＋數字」。

SPEAKING PRACTICE

1　4^2

Four squared 或
The square of four

is **16**.
　sixteen

4 的平方是 16。

2　10^3

Ten cubed 或
The cube of ten

is **1,000**.
　one thousand

10 的立方／三次方是 1000。

3　2^2

Two squared 或
The square of two

is **4**.
　four

2 的平方是 4。

APPLY AND MORE

平方或次方的另一種說法是 **to the power of two/three**。先唸前面的數字，再加上 **to the power of**，最後再加上 **two/three** 就行了（平方的話用 **two**，立方的話就用 **three**）。因此，4^3 的讀法是 **four to the power of three**。

1　5^2

Five to the power of two

is **25**.
　twenty-five

5 的平方等於 25。

2　6^3

Six to the power of three

is **216**.
　two hundred (and) sixteen

6 的立方／三次方等於 216

DIALOGUE

A　Are you sure the square root of
9
nine
is **3**?
　three

B　Yes. Because
3^2 is 9.
three squared is nine 或
the square of three is nine

A：你確定根號 9 是 3 嗎？
B：對，因為 3 的平方是 9。

UNIT 9

比（比例）

When you're building model cars, 2:4 = 3:6.

two is to four as
three is to six

你在做模型車時，2:4 等於 3:6。

　　只要將 2:4 等比例放大，就會變成 3:6，也就是兩者的比值會完全相同。比（比例）的讀法很簡單，只要將比例中出現的「:」讀作 is to，「=」讀作「as」，再唸後面的數字即可，所以上面這個例句中的比例會唸成 two is to four as three is to six。偶爾也會有人用 what 代替句中的 as。

SPEAKING PRACTICE

1　On the map, **1:100 = 2:200.**
one is to one hundred as two is to two hundred

在這張地圖上，1:100 等於 2:200。

2　In the picture, **2:4 = 5:10.**
two is to four as five is to ten

在這張圖片上，2:4 等於 5:10。

3　When you're designing a house, **4:8 = 8:16.**
four is to eight as eight is to sixteen

當你在設計房子時，4:8 等於 8:16。

APPLY AND MORE

還記得以前曾學過的慣用表達句型 **A is to B as C is to D**（**A → B** 的關係＝**C → D** 的關係）嗎？這個句型的直譯是「**A** 對於 **B** 來說，就像是 **C** 之於 **D**」。這種表達方式除了用來描述比例之外，也常被用來對於人事物之間的關係進行邏輯類比。

1　Wine is to France as beer is to Germany.

葡萄酒對於法國來說，就像是啤酒之於德國。

2　Reading is to the mind as exercise is to the body.

閱讀對於心靈來說，就像是運動之於身體。

DIALOGUE

A　How much sugar should I add?

B　**2:4 = 3:6.**
Two is to four as three is to six
Based on that, you can calculate the right amount.

A：我應該要加多少糖？
B：2:4 等於 3:6。用這個比例當基準，你就可以計算出正確的量了。

I think she has a
60%
`sixty percent`
chance[probability] of winning the election.

我認為她有 60% 的機會可以贏得選舉。

表示百分比的 **%** 要讀作 **percent**，所以想描述「有多少百分比的可能性時」，要用「數字＋ **percent** ＋ **chance/probability**」來表達。**chance** 的字義是「可能性；機會」，**probability** 的意思則是「機率」，所以 **a chance of V-ing** 即表示「做～的機會／可能性」。補充說明一下，就如同「**a chance (that) S ＋ V**」的型式這樣，**chance** 的後面也可以接子句。

SPEAKING PRACTICE

1 There's less than a **20%**
   twenty percent

   chance of ever getting your stolen bike back.

   只有不到 20% 的機會能找回你被偷的腳踏車。

2 There's a **70%**
   seventy percent

   chance it will rain tomorrow.

   明天有 70% 的機率會下雨。

3 I started keeping a record of my transactions, and I found out that food expenses take up **50%**
   fifty percent

   of my monthly salary.

   我開始記錄我把錢花去了哪裡，結果發現食物的支出占了我月薪的 50%。

APPLY AND MORE

當想表達「在～之中的百分之幾」時，只要把描述「在～之中」的「**of** ＋範圍」放在數字後面即可。此外，當想詢問「有多少百分比」時，請記得應該要用 **percentage** 這個字。簡單來說，當數字出現在前面時，使用 **percent**，其餘情況則都是使用 **percentage**。

1 Only the top **5%**
   five percent

   of applicants are accepted at the best medical schools.

   只有前 5% 的申請者會被最好的醫學院錄取。

2 What is the percentage of women on the staff?

   員工中的女性占比是多少？

DIALOGUE

A I want to ask Jane on a date, but I'm really nervous. What if she laughs and turns me down?

B Don't worry. I heard from her sister that she likes you, too. There's a **95%**
   ninety-five percent

   chance she'll say yes.

   A：我想去約 Jane，可是我真的很緊張。萬一她嘲笑又拒絕我怎麼辦？
   B：別擔心。我聽她姊姊說她也喜歡你。她有 95% 的機率會答應你。

UNIT 11 帶小數點的數字

The Dow Jones Index fell to a record low of 9852.8.

nine eight five two point eight

道瓊工業指數跌至歷史新低的 9852.8 點。

接著來學小數點的讀法吧！小數點前的數字只要按之前學過的數字單位規則或逐一唸出就行了，小數點的英文是 **point**，小數點後的數字則一定要逐一唸出。另外，用 EXCEL 時會調整小數點位數吧？這裡說的小數點，英文是 **decimal points**。

SPEAKING PRACTICE

1 The good news about the economy helped the stock market gain

83.85

eighty-three point eight five

points.

經濟上的利多消息帶動股市上漲 83.85 點。

2 She had grown a full

2.6 cm

two point six centimeters

in the last month alone.

她單在上個月就長高了整整 2.6 公分。

3 The calculator read

987.446,

nine hundred and eighty-seven point four four six

so he rounded down to

987.

nine hundred eighty-seven

round down to：尾數無條件捨去
round up：尾數無條件進位

計算機上的數字是 987.446，所以他把尾數去掉變成 987。

APPLY AND MORE

小數點前的數字是 0 的話，可讀作 **zero point** 或乾脆省略，直接從 **point** 讀起也行。

1 When Jack was pulled over by the police, his blood alcohol level was

0.08.

(zero) point zero eight

Jack 被警察攔停時，他血液裡的酒精濃度是 0.08。

2 Usain Bolt won the race by

0.3

(zero) point three

seconds.

Usain Bolt 以 0.3 秒的差距贏得了比賽。

DIALOGUE

A Are you sure these are the right measurements?

B Check the tape measure for yourself. From here to the window is

146.5 cm.

one hundred and forty-six point five centimeters

And then it's another

230.3 cm

two hundred and thirty point three centimeters

to the door.

A：你確定這些量測數字是正確的嗎？
B：你自己去確認一下捲尺吧。從這裡到窗戶是 146.5 公分，然後（從這裡）到門那裡是 230.3 公分。

The world's oceans are expected to rise

2-3 degrees

two or three degrees

或

two to three degrees

over the next decades.

預期全球海洋的溫度都會在未來的數十年間上升 2 至 3 度。

　　當想用兩個數字來描述範圍時，會使用連字號（ - ）連接兩者，連字號的讀法為 **or** 或 **to**，硬要加以區分的話，2 **or** 3 的語意是「不是 2 就是 3」，另一方面，**to** 則是出自於表示「從 A 到 B」的 **from A to B**，所以表達的是「（從）2 到 3」的意思。在小範圍時，這兩者所表達的語意沒什麼區別，但若範圍較大，語意就會天差地別，請特別留意。

SPEAKING PRACTICE

1　Tomorrow will be **3-4°**
　　　　　　three or four
　　　　　　degrees

colder than today.

明天會比今天冷個 3 到 4 度。

2　Keep your saltwater fish tank
24-25 °C.
twenty-four or twenty-five degrees Celsius

請將海水魚缸的溫度維持在攝氏 24 到 25 度。

3　He said he would be only **10-15**
　　　　　　ten to
　　　　　　fifteen

minutes late for the party.

他說過他只會晚 10 到 15 分鐘到派對。

APPLY AND MORE

除了溫度或時間之外，帶連字號的數字也常用來描述估計值，請參考下列例句。

1　I think my grade will drop
2-3 places
two to three places

in the final exam.

我認為我的期末考分數會掉個 2 到 3 名。

2　I filed my taxes and the return
this year is **10-15%**
　　　　　　ten to fifteen percent

higher than last year.

我報了稅，然後今年退的稅比去年要多了 10 到 15%。

DIALOGUE

A　I'm thinking of trying this new restaurant. But everyone says it's expensive.

B　That place is not bad. The total bill, including the tip, will be **65-75**
　　　　　　bucks.
　　　　　　sixty-five to
　　　　　　seventy-five
　　　　　　bucks

buck：原意是「雄鹿」，但在口語中常用來表示「美元」。

A：我正在考慮要去吃吃看這間新的餐廳。不過大家都說它很貴。

B：那間還不錯。加小費後總金額大概會落在 65 到 75 塊美元吧。

MP3 **021**

The expiration date is 3/10/2030.

March (the) tenth, twenty thirty

保存期限是 2030 年 3 月 10 日。

在美國，「年月日」這種日期資訊的順序是「月／日（日期）／年份」。日期必須採序數唸法，年份則會用兩位數分段，並使用基數唸法，不過，2000 年到 2009 年的唸法則是「two thousand ＋數字」。近年來在以序數口述日期時，放在日期前方的 the 經常會省略。

SPEAKING PRACTICE

1 Salt never goes bad. I bought some a few years ago and the expiration date is still not until **10/20/2025**.

October twentieth, twenty twenty-five

鹽永遠不會壞。我幾年前買了一些，而保存期限要到 2025 年 10 月 20 日才會到。

2 You should start your letter with today's date, which is **5/7/2023**.

May seventh, twenty twenty-three

你信件的開頭應該要用今天的日期，今天是 2023 年 5 月 7 日。

3 The application deadline is on **6/20/2020**.

June twentieth, twenty twenty

申請截止期限在 2020 年 6 月 20 日。

APPLY AND MORE

在日期資訊的順序上，英國、加拿大、澳洲等英聯邦成員國和美國並不相同，採用的是「日期＋ of ＋月份＋年份」的陳述方式。此時，接在日期序數後方的 of 可省略。不過也有一些人，即使書寫時採英式寫法，但口述時仍使用美式說法，也就是先說月份再說日期。

1 This cottage has recently renewed its ten year lease with the government, which means you don't have to worry about it until **14-Dec-2030**.

(the) fourteenth (of) December, twenty thirty 或 **December fourteenth, twenty thirty**

這間小屋最近才和政府續簽了十年的租約，這也就是說一直到 2030 年 12 月 14 日之前，您都不需要擔心這件事。

2 (In Canada and England) His Royal Highness Prince Harry will resign from his royal duties on **05-03-2020**.

(the) fifth (of) March, twenty twenty 或 **March fifth, twenty twenty**

（在加拿大及英國地區的陳述）Harry 王子殿下將於 2020 年 3 月 5 日辭去王室職務。

DIALOGUE

A That bottle of honey is too big. We'll never finish it before it goes bad.

B Don't worry. Honey basically lasts forever. Look. The expiration date is **2/15/2028**.

February fifteenth, twenty twenty-eight

A：那罐蜂蜜太大罐了。我們在它壞掉之前絕對吃不完的。

B：別擔心。蜂蜜基本上不會壞啦。你看，保存期限到 2028 年 2 月 15 日。

分鐘的讀法

MP3 022

You'll be able to get there in **20 min**.

twenty minutes

你將能在 20 分鐘後到達那裡。

接著我們來學一些英文縮寫吧！出乎意料地，有很多人不知道英文中的時間單位要如何縮寫。英文母語人士會將「小時（**hour**）」縮寫成 **hr**，將「分鐘（**minute**）」縮寫成 **min**，將「秒（**second**）」縮寫成 **sec**。請記得書寫時一律寫作單數（後面不加 **-s**），但口述時則必須唸成複數形態的 **hours**、**minutes**、**seconds** 才行。當然，如果是 1 小時、1 分鐘或 1 秒鐘這種，本來就是單數的時間單位，後面就不用加 **-s**。

SPEAKING PRACTICE

1 If you want to catch the next bus, you'll need to be at the stop in **10 min**.

ten minutes

如果你想要趕上下一班公車，你 10 分鐘後必須到站牌那裡。

2 They said it usually takes about **2 hr**

two hours

to process the application.

他們說通常要花大概 2 個小時來辦理申請。

3 I don't know where he is; I've been calling for the last **45 min**.

forty-five minutes

我不知道他在哪裡；我過去這 45 分鐘都一直在打電話給他。

APPLY AND MORE

語意為「1 秒」的 **a second**，在對話中也會被用來表示「等一下」或「馬上」，這裡也可以用 **second**（秒）的縮寫 **sec**，即用 **a sec** 來表達。

1 I will be back in **a sec**.

我會馬上回來。

2 Can you hold your breath underwater for more than **50 sec**?

fifty seconds

你能在水下閉氣超過 50 秒嗎？

DIALOGUE

A Can you give me a hand this weekend? I need to change the filter in my furnace.

B No problem. It's easy to do and shouldn't take more than **10 min**.

ten minutes

A：你這個週末能幫我個忙嗎？我得更換暖氣爐的濾網。

B：沒問題。這很簡單，應該不用花超過 10 分鐘吧。

UNIT 15 分數／得分

The score was 3:2.

three to two

比分是 3 比 2。

聊到體育賽事的比分時，會先說獲勝隊伍的分數，也就是較大的數字，再將「:」讀作 **to**，最後才是落敗隊伍的分數，即較小的數字。補充說明一下，句中的「:（to）」也可省略不讀。

SPEAKING PRACTICE

1　The final score was **7:4**,

　　seven to four

and he lost a lot of money on bad bets.

最終比分是 7 比 4，結果他因為賭錯隊而輸了很多錢。

2　After scoring a buzzer-beating basket, the final score was **65:63**.

　　sixty-five to sixty-three

在投進壓哨球之後，最終比分是 65 比 63。

3　Goals are rare in soccer, and the average score is **2:1**.

　　two to one

足球的進球數很少，所以平均比分是 2 比 1。

APPLY AND MORE

當比分為幾比零，例如 3 比 0 時，0 可讀作 **zero**，但也能讀作 **nothing**。此外，當兩隊同分時，無論比分為何都稱作 **a tie（game）**（平局），可用「**tied at ＋分數**」來表達。

1　By the end of the first inning, the score was **5:0**.

　　five to zero 或
　　five to nothing

在第一局結束的時候，比分是 5 比 0。

2　When the game end **tied at zero**, they had to start sudden death overtime.

> sudden death overtime：當正規比賽時間結束卻仍為平局，為決定勝負而進行的一種延長賽，由在延長賽中率先得分的球隊獲勝。

當比賽結束卻還是零比零平手時，他們不得不展開驟死賽。

DIALOGUE

A　Do you know the final score for the basketball game?

B　I heard it was **56:45**

　　fifty-six to forty-five

for the Lakers.

A：你知道那場籃球比賽的最終比分是多少嗎？
B：我聽說湖人隊以 56 比 45 贏了。

UNIT 16

24/7 的讀法

These days I work 24/7.

twenty-four seven

最近我 24 小時都在工作。

24/7 是 **24 hours long, seven days a week**（一週 7 天、一天 24 小時）的縮寫，其讀法是依序唸出數字 **twenty-four seven**，中間的「/」（斜線）不需要唸出來。事實上，人不可能一週 7 天、一天 24 小時都在工作，所以 24/7 表達的其實是「一直」或「總是」的語意（一週 7 天、一天 24 小時都不間斷）。

SPEAKING PRACTICE

1 There used to only be the six-o'clock news, but now with cable TV, you can follow current events **24/7**.

twenty-four seven

以前只有六點整點新聞，但現在有第四台，所以你就可以一直關注時事了。

2 For the first three days after I quit smoking, I craved a cigarette **24/7**.

twenty-four seven

在我戒菸後的頭三天，我無時無刻都超想抽菸。

3 It feels like they're playing Taylor's new song on the radio **24/7**.

twenty-four seven

感覺廣播電台一整天都在放 Taylor 的新歌。

APPLY AND MORE

便利商店 **7-11** [**seven eleven**] 與美國雙子星大廈的恐怖攻擊發生日期 **9/11** [**nine eleven**] 都是利用數字跟符號組成的新單字。相較於 **September 11th** [**September eleventh**]，一般更常說 **nine eleven**。

1 Let's go to **7-11**

seven eleven

and get my favorite Slurpees. It's too hot.

我們去 7-11 買我最愛的思樂冰吧。天氣太熱了。

2 **9/11**

Nine eleven

was the day America started its now long-standing War on Terror.

9/11 是美國到現在仍持續進行的反恐戰爭開始的那一天。

DIALOGUE

A Have you been studying for the exam next week?

B Sure. I've been in the library **24/7**

twenty-four seven

for the last three days.

A：你一直在念下禮拜的考試嗎？

B：沒錯。我過去三天都一直待在圖書館裡。

CHAPTER 2

加上單位的
數字讀法！

UNIT 1 ………………………………………… 平方公尺

UNIT 2 ………………………………………… 地震強度

UNIT 3 ………………………………………… 英寸和解析度

UNIT 4 ………………………………………… 緯度和經度

UNIT 5 ………………………………………… 溫度（攝氏和華氏）

UNIT 6 ………………………………………… 血壓

UNIT 7 ………………………………………… 脈搏數

UNIT 8 ………………………………………… 比率；百分比

UNIT 9 ………………………………………… 比例尺

UNIT 10 ………………………………………… 長度／高度／深度／寬度

UNIT 11 ………………………… 做為修飾語的長度／深度／寬度／高度

UNIT 12 ………………………………………… 身高

UNIT 13 ………………………………………… 距離

UNIT 14 ………………………………………… 面積

UNIT 15 ………………………………………… 容量

UNIT 16 ………………………………………… 角度

UNIT 17 ………………………………………… 速度 1

UNIT 18 ………………………………………… 速度 2

UNIT 19 ………………………………………… 重量 1

UNIT 20 ………………………………………… 重量 2

UNIT 21 ………………………………………… 重量 3

UNIT 22 ………………………………………… 體積

UNIT 23 ………………………………………… 排氣量

UNIT 1 平方公尺

The house is 1,000 m².

a thousand square meters

那間房子是 1,000 平方公尺。

在台灣描述房子或建築物的面積是採用台坪（台坪非國際通用單位，在與外國人對話時須換算成「平方公尺」或「平方英尺」），但在日韓或澳洲、泰國等地，多半都使用平方公尺（m² = square meter）為單位。前面已經提過平方（square）了，所以大家應該都知道要怎麼讀了，但為保萬無一失，還是再複習一次吧！

SPEAKING PRACTICE

1　The house is listed at **150 m²,**
one hundred and fifty square meters

but if you include the finished basement, there's an extra **150 m².**
one hundred and fifty square meters

這間房子表列的大小是 150 平方公尺，但如果你把完工後的地下室包括在內的話，那就會再多出 150 平方公尺。

2　The new mall downtown boasts over **10,000 m²**
ten thousand square meters

of retail space.

這間位在市中心的新購物中心擁有超過 10,000 平方公尺的零售空間。

3　Depending on the quality, **200 m²**
two hundred square meters

of hardwood flooring can easily cost a small fortune.

取決於品質的不同，200 平方公尺的硬木地板可以很輕易就花掉你一大筆錢。

APPLY AND MORE

美國和加拿大使用的單位是平方英尺（**square feet**），縮寫成 **ft²**，100m² 大約等於 30 坪或相當於 1,076 **ft²**。

1　The house is only **1,200 ft²**
one thousand two hundred square feet

but seems very big thanks to its open concept layout.

這間房子只有 1,200 平方英尺，但多虧了它以開放式概念來配置，看起來非常大。

2　What you get with your money in this neighborhood is less than a **2,000 ft²**
two thousand square foot house.

> 搭配數字來修飾後方的名詞 house 時，要讀作單數形的 foot。

你的錢在這個社區裡只能買不到 2,000 平方英尺的房子。

DIALOGUE

A　So you're looking for a house for you and your three kids?

B　Yes, so we'll need at least **300 m²**
three hundred square meters

and four bedrooms and two bathrooms.

A：所以你正在找你和你的三個孩子要住的房子？

B：沒錯，所以我們至少需要 300 平方公尺的空間和四房兩衛浴。

地震強度

The earthquake was a
3.5
three point five
on the Richter scale.

那場地震的芮氏規模是 3.5。

提到地震的規模（**magnitude**）時，會採用芮氏（**Richter**），讀音是 [ˈrɪktɚ]。表達「以芮氏規模來看」語意的英文是 **on the Richter scale**，實際型式會用「**a ＋數字＋ on the Richter scale**」來表達「（在）芮氏規模是～（數字）」。有時也會同時搭配 **measure** 或 **register** 來陳述，如「**measure/register ＋ 數字＋ on the Richter scale**」。

SPEAKING PRACTICE

1 The seismic activity was **a 4.4**
   a four point four
   on the Richter scale.

   那場地震的芮氏規模是 4.4。

2 Last night's earthquake was only
   a 2.4
   a two point four
   on the Richter scale, so most people just slept right through it.

   昨晚地震的芮氏規模只有 2.4，所以大多數人都只是繼續睡而已。

3 There was an aftershock that measured **3.1**
   three point one
   on the Richter scale.

   發生了芮氏規模 3.1 的餘震。

APPLY AND MORE

我們經常聽到「芮氏規模」這種說法，而 **magnitude** 即意味著「規模」，所以當想描述地震的規模時也會用「**a magnitude** 或 **an earthquake of ＋數字＋ on the Richter scale**」。

1 A magnitude of **2.5**
   two point five
   on the Richter scale is a very small earthquake that will go mostly unnoticed.

   芮氏規模 2.5 的地震非常小，所以發生時幾乎不會被注意到。

2 An earthquake of **8.0**
   eight (point zero)
   or higher on the Richter scale can destroy every manmade structure near the epicenter.

   芮氏規模 8.0 以上的地震可能會摧毀震央附近的所有人造建物。

DIALOGUE

A Wow. Your designs for the new office building are really impressive. They look great.

B Not only that, but I'm confident this building could withstand an earthquake of
   4
   four
   on the Richter scale.

   A：哇，你對新辦公大樓的設計真是令人印象深刻。它們看起來很棒。
   B：不只這樣而已，我很有信心這棟大樓能承受芮氏規模 4 的地震。

The television is **49″**
forty-nine inches
across and has a resolution
of **3840×2160**.
**three thousand eight hundred
and forty by two thousand
one hundred and sixty**

這台電視是 49 吋,解析度是 3840X2160。

提到電視或螢幕的大小時會採用英寸／吋(inch),書寫時會以「″」來表示。若搭配 2 以上的數字,請讀作 inches。解析度(resolution)是螢幕顯示清晰度的重要指標之一,其中的「×」會唸成 by,其餘部分則只要按照數字字面來讀就行了。

SPEAKING PRACTICE

1 Over time, the definition of "large screen" has evolved, and currently a TV that is **50″**
fifty inches
across is considered small for even a modest home theatre.

隨著時間推移,「大螢幕」的定義不斷進化,現在即使是最簡單普通的家庭劇院,50 吋的電視都還算是小的。

2 Due to advances in display technology, today a television has a resolution of **7680×4320**.
seven thousand six hundred and eighty by four thousand three hundred and twenty

由於顯示技術的進步,如今電視的解析度已經到 7680X4320 了。

3 When NASA first sent people to the moon, their displays were all **12″**
twelve inches
across and had a resolution of **120×60**.
one hundred twenty by sixty

當 NASA 首次將人類送上月球時,他們用的全都是 12 英寸、解析度 120X60 的顯示器。

APPLY AND MORE

除了解析度以外,數字搭配「×」也能用來表達照片或相簿的尺寸,在日常生活中的運用範圍實際上更為廣泛。唸的時候只要在數字之間加上 by 即可。

1 We ordered the photo books in **10×8**
ten by eight.

我們訂購了 10×8 的相簿。

2 Please submit two **3×4**
three by four
passport photos.

請繳交 2 張 3×4 的護照相片。

DIALOGUE

A Did you buy another TV, Dave? This one looks new.

B I sure did. There was a big Black Friday sale. This beauty is **80″**
eighty inches
across and has a resolution of about **7000×4000**.
seven thousand by four thousand

A:你又買了電視嗎?Dave。這台看起來是新的。
B:我是買了沒錯。黑色星期五有大促銷。這個美人兒有 80 吋,解析度約有 7000×4000。

New York is located at latitude **40° 71´ N**

forty degrees seventy-one minutes north

and longitude **74° W**.

seventy-four degrees west

紐約在北緯 40 度 71 分和西經 74 度的位置。

　　以赤道為基準點，描述位於其南北向遠近位置的緯度（**latitude**），還有以位於英國格林威治的本初子午線為基準點，描述位於其東西向遠近位置的經度（**longitude**），緯度和經度是在描述天氣、時間或報 GPS 位置時可能會看到的字眼。首先，經度或緯度描述中會看到的幾度幾分的「度（°）要讀作 **degree**，分（´）則唸成 **minute**。然後，放在後方的東（**E**）、西（**W**）、南（**S**）、北（**N**），則分別是東方（**East**）、西方（**West**）、南方（**South**）與北方（**North**）的縮寫。

SPEAKING PRACTICE

1　His high-tech handheld navigation unit said he was at exactly latitude **37° 5´ N**
thirty-seven degrees five minutes north

and longitude **127° E**.
one hundred and twenty-seven degrees east

他的高科技手持式導航裝置說他正好位在北緯 37 度 5 分和東經 127 度的位置。

2　Because Winnipeg is higher than **45° N**
forty-five degrees north

latitude, winters are long and cold while summers are short and dry.

由於溫尼伯的緯度高於北緯 45 度，所以冬季既漫長又寒冷，而夏季則短暫又乾燥。

3　To have mild weather like LA, a city has to be at latitude **34° N**.
thirty-four degrees north

要像洛杉磯那樣擁有溫和的天氣，城市的所在位置必須在北緯 34 度才行。

APPLY AND MORE

經度跟時區有關，所以在談論時差時常用。

1　In theory, each time zone contains **15°**.
fifteen degrees

理論上來說，一個時區占 15 度。

2　Speaking of time, Korea is **14**
fourteen
hours ahead of Canada because it's located east of the Prime Meridian.

說到時間，韓國比加拿大早 14 個小時，因為它位在本初子午線以東。

DIALOGUE

A　Are you sure we're not lost? I feel like we're lost. Do you know where we are?

B　Of course. According to the GPS, we're at exactly latitude **32° 15´ N**
thirty-two degrees fifteen minutes north
and longitude **16° E**.
sixteen degrees east

A：你確定我們沒有迷路嗎？我覺得我們迷路了。你知道我們在哪裡嗎？

B：當然知道。根據 GPS，我們正好在北緯 32 度 15 分和東經 16 度的位置。

溫度（攝氏和華氏）

The temperature in this room is **25 °C**, **twenty-five degrees Celsius** which is **77 °F**. **seventy-seven degrees Fahrenheit**

這個房間的溫度是攝氏 25 度，也就是華氏 77 度。

　　「攝氏」的英文是 Celsius，簡寫是大寫的 C，而美國常用的「華氏」的英文是 Fahrenheit，會以大寫 F 來簡寫。溫度的讀法是「數字＋degrees＋Celsius 或 Fahrenheit」，Fahrenheit 的發音為「ˈfærənˌhaɪt」。

SPEAKING PRACTICE

1　He wasn't sure how to set the thermostat, so his house was always a bit warm at **24 °C**, **twenty-four degrees Celsius** which is **75 °F**. **seventy-five degrees Fahrenheit**

他不確定要怎麼設定自動調溫器，所以他的房子總是保持在有點熱的攝氏 24 度，也就是華氏 75 度的溫度。

2　It was a perfect summer's day, **22 °C**, **twenty-two degrees Celsius** which is **71 °F**, **seventy-one degrees Fahrenheit** and there was a nice light breeze.

那是一個完美的夏日，氣溫是攝氏 22 度，也就是華氏 71 度，而且有著舒服的微風輕拂。

3　Even though it was **32 °C**, **thirty-two degrees Celsius** which is **90 °F**, **ninety degrees Fahrenheit** it was a dry heat.

儘管氣溫是攝氏 32 度，即華氏 90 度，但卻是乾熱。

APPLY AND MORE

當想描述「零下～（幾度）」時，只要在前方加上「-（minus）」並照著唸，這樣就行了。

1　Winnipeg, which is called Winterpeg, can get down to as low as **-35 °C**, **minus thirty-five degrees Celsius** which is **-31 °F**. **minus thirty-one degrees Fahrenheit**

溫尼伯（Winnipeg），也被稱為 Winterpeg，氣溫可以低至攝氏零下 35 度，也就是華氏的零下 31 度。

2 The teacher had a hard time explaining how to convert Celsius to Fahrenheit.

華氏轉換成攝氏的公式是「（華氏−32）×$\frac{5}{9}$」。

老師在解釋要如何將攝氏轉換為華氏的時候遇到了困難。

DIALOGUE

A OK. It says we need to preheat the oven to **200 °C**, **two hundred degrees Celsius** which is about **400 °F**. **four hundred degrees Fahrenheit**

B Alright. Looks like it'll take some time for the oven to warm up. Let's start making the salad.

A：好了，這裡說我們得將烤箱預熱到攝氏 200 度，也就是華氏大概 400 度。

B：沒問題。看起來烤箱要熱起來還需要一些時間。我們來開始做沙拉吧。

血壓

MP3 030

My blood pressure is 120/90.

one twenty over ninety

或

one hundred and twenty over ninety

我的血壓是 120 跟 90。

去醫院做檢查時，會先量血壓（**blood pressure**），量血壓的儀器上通常會先顯示較高的數字，然後再顯示較低的數字，用英文唸時只要按照數字的順序，也就是照順序唸「較高的數字＋ **over** ＋較低的數字」就行了，請留意其中的「/」是讀作 **over**。

SPEAKING PRACTICE

1 If your blood pressure is more than **140/90**,
one forty over ninety 或
one hundred and forty over ninety

you are considered to have high blood pressure.

如果你的血壓超過 140 和 90，那就會被認定患有高血壓。

2 Thanks to my excellent genes, even though I eat a ton of junk food and never exercise, my blood pressure is **110/70**.
one ten over seventy 或
one hundred and ten over seventy

多虧了我優秀的基因，儘管我吃了一堆垃圾食物又從不運動，我的血壓還是 110 跟 70。

3 The nurse smiled when she saw that the man's blood pressure had returned to **120/90**.

one twenty over ninety

或

one hundred and twenty over ninety

護士在看到那個男人的血壓回復到 120 跟 90 的時候笑了。

APPLY AND MORE

在陳述血壓數字時，有時只會提到最高血壓或最低血壓的數字。雖然大部分的人都不會提到血壓的單位，不過血壓的單位是「毫米汞柱（**mmHg**）」，讀法是「**millimeter H g**」。

1 During her pregnancy, Kelly's highest blood pressure was all the way up to **200**.
two hundred

在她懷孕的時候，Kelly 的最高血壓一直往上升到了 200。

2 The unit for blood pressure is **mmHg**.
millimeter H g

血壓的單位是毫米汞柱。

DIALOGUE

A I loved that fight scene at the hospital. It was the best part of the movie.

B Totally. And when the doctor explained how the hero's blood pressure never went above **120/90**,

one twenty over ninety
或 **one hundred and twenty over ninety**

even during the fight, you knew he never lost his cool.

A：我很愛在醫院戰鬥的那場戲。那是那部電影中最精彩的部分。

B：完全同意。而且當醫生解釋說，就算是在戰鬥的時候，那個英雄的血壓都從未超過 120 跟 90，你就知道他一直都非常冷靜。

My resting heart rate is usually **70-75**.

seventy to seventy-five

我的靜止心率通常是 70 到 75 下。

心率（**heart rate**）指的是心臟的每分鐘跳動次數，在前方加上 **resting** 的話，即表示維持靜止狀態下的心率。在遇到心率時，可以只唸數字就好，若想表達心率的範圍，請在兩個數字之間加上連字號並唸成 **to**。

SPEAKING PRACTICE

1   I was worried because the resting heart rate was **74-77**,

seventy-four to seventy-seven

but my doctor said that's normal for someone my age.

我因為我的靜止心率是 74 到 77 下而覺得擔心，但我的醫生說對於我這個年齡的人來說這是正常的。

2   He's in such good shape that even after a long run his resting heart rate quickly falls back to **65-70**.

sixty-five to seventy

他的身體健康到即使他跑了很長的一段時間，他的靜止心率也會很快下降到 65 到 70 下。

3   Lance Armstrong was famous for having a resting heart rate of **40-45**.

forty to forty-five

Lance Armstrong 的靜止心率是 40 到 45 下的這件事很有名。

APPLY AND MORE

就算不透過任何儀器，也可以徒手測出大致的心率（心臟跳動的頻率，**heart rate**），一般都是以 60 秒為基準，但也可以在測量 15 秒後，將得到的數字乘以四，就可以得到大概的心率數字為何，請看以下例句。

1   If you measure your pulse for **15**

fifteen

seconds, your pulse **x 4**

by four

is your resting heart rate.

如果你量你的脈搏 15 秒，再將脈搏的數字乘以 4，得到的就會是你的靜止心率。

2   Your target heart rate for your age is **80%**

eighty percent

of the maximum heart rate, which is **144**.

one forty-four 或
one hundred and forty-four

你這個年紀的目標心率是最大心率的 80%，也就是 144。

DIALOGUE

A   You've got to check out this new meditation app. It makes me feel so calm.

B   I use the same one, and I love it. I can get my resting heart rate to **50–55**.

fifty to fifty-five

A：你一定要試試看這個新的冥想 App。它讓我覺得非常平靜。

B：我也是用這個，我超愛它。我的靜止心率可以變成 50 到 55 下。

比率；百分比

The money will be shared in the ratio of 60%

`sixty percent`

for me and 40%

`forty percent`

for you.

這筆錢會用我拿 60%、你拿 40% 的比例來分配。

提到錢財、物品或工作等的分配時，可以使用 ratio（比例）這個單字。in、at、by 與 with 這類介系詞皆可被用來描述「以～比例」，通常會以「in the ratio of ＋數字」或「數字 %」來表達。

SPEAKING PRACTICE

1 Let's share custody of the kids with the ratio of **60%**
    sixty percent

for me and **40%**
    forty percent for you.

我們用我 60%、你 40% 的比例來分享孩子們的監護權吧。

2 When I heard their revenue is shared according to the ratio of **80%**
    eighty percent

for the cable company and
20%
twenty percent

for the winner, I thought it was absolutely unfair.

當我聽說他們的收益是按照有線電視台 80%、獲勝者 20% 的比例來分配時，我認為這完全不公平。

3 The kids split the bag of marbles by the ratio of **50%**
        fifty percent

for Tom, **30%**
        thirty percent

for Mike, and **20%**
        twenty percent

for Linda.

孩子們用 Tom 分到 50%、Mike 分到 30% 和 Linda 拿 20% 的比例來分配這袋彈珠。

APPLY AND MORE

在聊到以某種比例分配時，可以不提到百分比或 ratio，而是直接用「/」來表達。此時句中的「/」不用讀出來，只要以「數字＋稍微停頓＋數字」方式來讀就行了。

1 Let's split the money **60/40**
        sixty forty.

那筆錢我們六四分吧。

2 What do you say to **30**
        thirty

for you and **70**
        seventy

for me? You still get **30**.
        thirty

It's win-win game.

你覺得你三我七怎麼樣？你還是有拿到三成。這樣是雙贏的局面。

DIALOGUE

A Let's split the bill half and half. I think our meals cost about the same.

B Yeah, but you also had dessert. Let's split it in the ratio of **60%**

sixty percent

for you and **40%**

forty percent for me.

A：這筆帳單我們各付一半吧。我覺得我們吃的東西價錢差不多。

B：是啦，但你還吃了甜點。我們用你六我四的比例來付吧。

UNIT 9 比例尺

This is a 1:1,000,000 `one-to-a-million` map.

這是一張 1 比 100 萬的地圖。

這次要學的是用來描述比例或比率（scale）的讀法。中文會說比例尺是「幾比幾」，其讀法是按照英文的寫法，按照順序唸出數字，先說 one，再將接於其後的「:」讀作 to，最後再唸出後方的數字即可。上面這個主題句中會出現連字號（-），是因為這裡的比例尺是做為修飾 a map 的形容詞，這點對於撰寫書面英文來說非常重要，請務必牢記在心。

SPEAKING PRACTICE

1 This is a **1:1,000,000**
one-to-a million

model of the moon.

這是 1 比 1 百萬的月球模型。

2 If it's a **1:50,000**
one-to-fifty thousand

map, it means **1 cm**
one centimeter

on the map is actually
50,000 cm,
fifty thousand centimeters
which is **500 m**
five hundred meters

in real life.

如果這是一張 1 比 5 萬的地圖，那就表示地圖上的 1 公分其實是 5 萬公分，也就是真實世界中的 500 公尺。

3 He built Amelia a doll house that was a perfect **1:50**
one-to-fifty

model of her real house.

他替 Amelia 打造了一棟跟她實際住家呈完美 1 比 50 比率的娃娃屋模型。

APPLY AND MORE

提到比率或縮尺時，也可用 scale 這個字來表達，即「in＋幾分之一＋scale」，句中的 in 可根據不同句子而省略。雖然可以用「幾分之一」這種表達方式，但在英文中還是按照所寫的數字順序（只加入 to）來唸。

1 The model car is **1:30**
one-to-thirty

scale.

模型車的比率是 1 比 30。

2 The customer asked us to make a model house in **1:100**
one to one hundred

scale.

這位顧客要求我們按照 1 比 100 的比率來製作一間模型屋。

DIALOGUE

A What are you working on, Mike? Looks like a toy car.

B Toy? Not even close. This is an exact **1:50**
one to fifty
scale replica of the Batmobile.

> not even close 表示連靠近都沒有，也就是「差遠了」的意思。

A：你正在做什麼？Mike？看起來是輛玩具車

B：玩具？差遠了。這是一台用 1 比 50 的比率精確製作的蝙蝠車複製品。

The bridge is
30 m long.

thirty meters long

這座橋是 30 公尺長。

用英文表達長度、寬度、高度等數據資訊時，會說「數字＋單位＋長度、寬度、高度等的形容詞」。長度的形容詞會用 **long**、寬度用 **wide**，高度則是 **tall** 或 **high**，深度則是 **deep**，若前方出現的數字是 2 以上，則單位要唸成複數形。即使單位在寫的時候是單數的樣子（例如主題句中的 **m**），唸的時候請務必讀作 **meters**。

SPEAKING PRACTICE

1　The building is **555 m high**

five hundred and fifty-five meters high

and the tallest in the country.

那棟建築物高 555 公尺，是全國最高的建築物。

2　The yacht is over **20 m long**.

twenty meters long

那輛遊艇超過 20 公尺長。

3　Your lot is **55 ft wide**

fifty-five feet wide

and **110 ft deep**.

one hundred and ten feet deep

你的那塊地寬是 55 英尺，深是 110 英尺。

APPLY AND MORE

另一種表達長度、寬度、高度等數據資訊的說法是「數字＋單位＋in＋長度、寬度、高度的形容詞」，例如「～in length（長～）」、「～in width（寬～）」、「～in height（高～）」與「～in depth（深～）」。

1　Please bring a photograph **5 cm in height by 4 cm in width**.

five centimeters in height by four centimeters in width

請帶一張長 5 公分、寬 4 公分的照片。

2　A carry-on suitcase can't be more than **40 cm in length**.

forty centimeters in length

登機箱的長不得超過 40 公分。

DIALOGUE

A　Have you seen the news about the sink hole? It looked very big and deep.

B　Yeah, they say it is **3 m deep**.

three meters deep

Scary!

A：你有看到那個天坑的消息嗎？它看起來非常大又深。

B：是啊，據說它有 3 公尺深。可怕！

We're going to make a 15-cm-tall, 10-cm-wide, and 6-cm-deep

fifteen-centimeter-tall, ten-centimeter-wide, and six-centimeter-deep

box.

我們要做一個 15 公分高、10 公分寬、6 公分深的盒子。

如同「15 公分高的盒子」的說法，有時我們必須利用長度、寬度或高度來修飾名詞。此時請將以連字號相連接的「數字 - 單位（只能寫成單數形）- 長度／寬度／高度形容詞」擺在名詞前方，利用連字號將數個單字相連，組合成一個單位形容詞。

SPEAKING PRACTICE

1 We need a **1-meter-long**
   one-meter-long

ruler for class.

我們上課需要一個 1 公尺長的尺。

2 If you have a large breed, you'll need a **90-cm-tall, 60-cm-wide, and 1-meter-deep**
   ninety-centimeter-tall, sixty-centimeter-wide and one-meter-deep

crate at the very least.

若你的是大型品種，那至少會需要一個 90 公分高、60 公分寬，且 1 公尺深的條板箱。

3 Everyone loved the new smart phone's **14-cm-tall, 9-cm-wide, and 1-cm-deep**
   fourteen-centimeter-tall, nine-centimeter-wide and one-centimeter-deep

dimensions.

所有人都很喜愛新款手機 14 公分高、9 公分寬和 1 公分厚的尺寸。

APPLY AND MORE

像這樣由多個單字組合成一個單位形容詞時，擺在中間的單位名詞永遠都會是單數形。那麼，做為複數形的 **feet** 該怎麼辦呢？此時就應該要改用單數形的 **foot** 才行。順帶補充說明一下，**ft** 代稱 **feet** 或 **foot** 都可以。

1 The Mckiels live in a **3,000-ft²-**
                        three thousand-square-foot-

house.

Mckiels 一家住在 3,000 平方英尺大的房子裡。

2 There is no **6 and a half-ft-tall,**
               six and a half-foot-tall

kind, smart, handsome, and single guy in the world.

這世界上沒有身高六呎半、善良、聰明、帥氣又單身的男人。

DIALOGUE

A We're going to have to make an emergency landing! I'll need at least a **500-m-long-** runway.
   five hundred-meter-long

B Over there! We can use that empty stretch of highway. OK. Seat belts!

A：我們得要緊急迫降！我需要至少 500 公尺長的跑道。

B：在那邊！我們可以用那段沒有人的公路。好了，安全帶繫好！

My boyfriend is 5 ft 10 in tall.

five feet ten inches tall

或

five ten

我男朋友的身高是 5 呎 10 吋。

描述身高、長度或高度時，我們一般會用公分（cm）與公尺（m），但在英語系國家中卻會使用英尺（ft）與英寸（in）來描述。1 **foot** 約等於 30 公分、1 **inch** 約為 2.5 公分。當數字為 2 以上時，單位也要改用複數形，例如 1 **foot**、2 **feet**、3 **feet**。不過，在日常對話中聊到身高時，常會省略單位詞不說，因為就算只說 **five ten**，對方也能心領神會你的意思是 5 **feet** 10 **inches tall**。

SPEAKING PRACTICE

1　The convenience store clerk said the robber was about **6 ft 3 in tall**.

six feet three inches tall
或
six three

便利商店店員說搶匪的身高約 6 呎 3 吋。

2　You must be at least **4 ft 10 in tall**

four feet ten inches tall 或
four ten

to ride the Ferris Wheel.

> Ferris Wheel：在遊樂園等地會有的遊樂設施「摩天輪」。

身高至少必須有 4 呎 10 吋才能搭摩天輪。

3　The shortest player on the LA Dodgers team is **6 ft 7 in tall**

six feet seven inches tall
或 **six seven**.

洛杉磯道奇隊裡最矮的球員是 6 呎 7 吋。

APPLY AND MORE

覺得英尺或英寸很難懂嗎？那就問對方換算成公分是多少就行了！表達型式是「in＋單位」，也就是 **in centimeters**。如果是公尺的話，就說 **in meters** 即可，請參考下列例句。

1　How tall are you in centimeters?

你的身高是幾公分？

2　Do you know how big a size **12 is in centimeters**?

twelve is in centimeters

你知道 12 號這個尺碼是幾公分嗎？

DIALOGUE

A　I heard you're going to apply to be a firefighter. Good luck!

B　Yeah. I can't even apply. There's a height requirement and I'm shorter than **6 ft 2 in**.

six feet two inches 或
six two

A：我聽說你打算要報考消防員。祝你好運！

B：是啊，但我根本不能報考。他們有要求身高，但我身高不到 6 呎 2 吋。

UNIT 13 距離

The airport is **20 km** `twenty kilometers` west of the city.

機場在這座城市的西邊 20 公里處。

　　想描述距離跟方位時，可採用「在哪個方向、距離幾公尺」的方式來表達。說的時候會先提距離，再補充說明方位（如東西南北等等）。別忘了距離是 1 公里時用單數形，若為 2 公里以上，就要用複數形的 **kilometers**。當然，縮寫時可以不用加 **-s**，而是直接寫作 **km**。另一方面，在描述方位時，除了東西南北，也能用 **past**（經過～）或 **from**（從～）來表達。

SPEAKING PRACTICE

1 He's way out in the country, about **30 km** `thirty kilometers` past the last gas station.

他在非常鄉下的地方，離最後一個加油站大約有 30 公里遠。

2 We moved only about **1 km** `one kilometer` from the old house, but it was a much nicer neighborhood.

我們搬到了離舊家大概只有 1 公里的地方，但這個社區好非常多。

3 When he found out marathons are over **40 km**, `forty kilometers` he decided to take up cycling as a hobby.

> take up：開始培養～（愛好／興趣）；開始從事某事

當他發現馬拉松有超過 40 公里時，他決定培養騎腳踏車當嗜好。

APPLY AND MORE

雖然同屬北美地區，但美國描述距離是用英里（**mile**）跟碼（**yard**），加拿大則是用公尺跟公里。1 **mile** 約等於 1609 公尺，1 **yard** 約等於 91.44 公分。**yard** 的縮寫是 **yd**。

1 The next town is **100 miles** `one hundred miles` south from here.

下一個城鎮在從這裡往南的 100 英里處。

2 Do you know how long one mile is in **km**? `kilometers`

你知道一英里是多少公里嗎？

DIALOGUE

A I heard that the new nature trail is fantastic. Great views and not too many people.

> nature trail：可以邊走邊看樹或動物的步道。

B Sure, but it's not for beginners. It's more than **20 km** `twenty kilometers` from start to finish.

A：我聽說新的自然步道超棒。景色好，人又不會太多。

B：對啊，但這個步道不適合初學者。它的全長超過 20 公里。

South of this town, there are **50 ha** `fifty hectares` of vineyards.

這座小鎮的南邊有 50 公頃的葡萄園。

用來描述土地面積或大小的單位詞縮寫 **ha** 是 **hectare**（公頃）的意思。一般我們在講面積的時候，多半會用平方公尺（**m²**）或平方公里（**km²**），但在北美是用公頃。100ha 等於 1 km²。查字典的時候會發現 **hectare** 的音標是 [ˈhɛktɛr]，但實際發音其實更接近 [ˈhɛktɚ]。1ha 是單數，2ha 以上則為複數，要讀作 **hectares** 才行。當然，書寫時不用加 **-s**。

SPEAKING PRACTICE

1 He inherited about **10 ha** **ten hectares** of farmland from his father.

他從他父親那裡繼承了大約 10 公頃的農地。

2 They moved into an old farm house on **5 ha** **five hectares** of land.

他們搬進了一座占地 5 公頃的舊農舍。

3 He bought about **4 ha** **four hectares** of land out in the middle of nowhere.

他在鳥不生蛋的地方買了大概 4 公頃的土地。

APPLY AND MORE

另外一個可以用來描述土地面積的單位詞就是 **acre**（英畝），這個單位在北美地區也經常使用，可縮寫為 **ac**。在查看房地產網站時，常會看到用 **acre**（英畝）來描述土地面積較大的房子。1 英畝相當於 4,046 **m²**。補充說明一下，**hectare** 是很大的單位詞，所以大多只會用來描述農場等非常大片的土地。

1 This house sits on a quiet **1 ac** **one acre** lot.

這棟房子座落在一塊一英畝大小、安靜的土地之上。

2 This **0.3 ac** **zero point three acres** of land is big enough to hold a house and a barn.

這塊 0.3 英畝的土地大到夠蓋一間房子和一座穀倉了。

DIALOGUE

A I heard you're retiring and moving to the country.

B It's been a lifelong dream of mine to live on **5 ha** **five hectares** of land.

A：我聽說你打算要退休並搬到鄉下去了。
B：我這輩子一直都夢想能住在 5 公頃大的土地上。

This region has an annual rainfall of 1,000 mm.

a thousand millimeters

這一區的年降雨量是 1,000 毫米。

在梅雨季經常聽到的「降雨量」，英文是 **rainfall** 或 **precipitation**，後者的概念較為廣泛，除了雨水以外，也能用來描述降雪。提到 **precipitation** 時，會使用的單位詞，正是縮寫為 **mm** 的 **millimeter**，不管在美國或台灣皆是如此。原本 **mm** 是用來描述長度的單位詞，但因為降雨量指的是在限定時間內、於每單位面積收集到的雨水高度（長度），故採用此單位詞。如果前面加上的數字是 2 以上，也是要以複數形來讀。

SPEAKING PRACTICE

1 The flooding started when
100 mm
a hundred millimeters

of rainfall hit the area in less than an hour.

當該地區在不到一小時的時間裡降下了 100 毫米的雨時，就開始淹水了。

2 To classify as a desert, an area needs to receive less than a certain number of **mm**
millimeter

of precipitation a year.

要被歸類為沙漠的話，一個地區的年降水量必須要少於特定毫米數。

3 Farmers are worried that so far this spring they have only seen
2 mm
two millimeters

of rain.

農民們因為今年春天到目前為止的降雨量只有兩毫米而感到憂心。

APPLY AND MORE

現在一起來學習要如何利用毫米來換算長度吧！

1 **1,000 mm**
One thousand millimeters

is **100 cm**,
one hundred centimeters

which is **1 m**.
one meter

1,000 毫米是 100 公分，即 1 公尺。

2 The bullet missed his heart **by millimeters**; he was lucky to survive.

那顆子彈以毫釐之差避開了他的心臟；他能活下來很幸運。

DIALOGUE

A How's it going with your DIY project?

B Not good. I cut an old door to the doorframe only to find that the door is just **a couple of mm**
a couple of millimeters

too big.

A：你的 DIY 計畫進行得如何？
B：不太順利。我為了門框而切了一扇舊門，結果發現切好的門剛好就大了幾毫米。

UNIT 16　角度

This chair can be tilted backward 50°.

fifty degrees

這把椅子可以往後傾斜 50 度。

我們會用符號「°」來呈現數學中的角度，而這個符號的英文要讀作 **degree**。就如同在中文裡提到溫度或角度時會用的「度」，英文在口語中提到溫度或角度的「度」時，用的也是 **degree**。若前面的數字是 2 以上，請加上 **-s**，讀作 **degrees**。補充一下，「角（度）」的英文是 **angle**。

SPEAKING PRACTICE

1　What he liked best about the new car was the steering wheel could be tilted about **20°**
　　　　　　twenty degrees
up or down.

他最喜歡這輛新車的地方是它的方向盤可以往上或往下傾斜約 20 度。

2　If all the sides are the same length, then each angle in the triangle is **60°**.

sixty degrees

如果所有的邊都一樣長，那麼這個三角形中的每個角都是 60 度。

3　He hit the cue ball at an angle of **15°**

fifteen degrees

and sunk the eight ball.

> eight ball：撞球中編號為 8 的黑球。

他用 15 度角擊打白球，把 8 號球打了進去。

APPLY AND MORE

當想描述「以幾度角來～」時，可以用「**at an angle of** ＋數字＋ **degrees**」表達。除此之外，如果想用「幾度的～」來修飾後方名詞時，可用「**-**（連字號）」來連結前後兩個單字，此時的 **degree** 是做為形容詞，因此會是單數形。

1　The actor bowed at an angle of **90°**

ninety degrees

to the people at the theater.

這名演員對著劇院裡的民眾 90 度鞠躬。

2　Draw a **45°**
　　　　　forty-five-degree
reference line on your chart.

在你的圖表上畫一條 45 度的參考線。

DIALOGUE

A　What happens when the sun moves? Do the panels still work?

B　Sure. These solar panels can tilt back and forth about **30°**.
　　　　　　thirty degrees

A：太陽移動的話會怎麼樣？面板還能用嗎？
B：當然能用。這些太陽能面板可以前後傾斜約 30 度。

MP3 041

I was doing 90 kph ninety kilometers per hour when I was caught in a speed trap.

我被藏起來的測速抓到的時候，我的時速是 90 公里。

我們多半會用 **kph** 來描述速度，也就是 **kilometer per hour** 的縮寫，表示「時速」，即每小時移動的公里數。在美國提到汽車行駛的速度或風速時，會用 **mile**（英里），所以說法會是 **mph**（**mile per hour**）。補充說明一下，若透過上下文可以明確知道是在談論時速時，**per hour** 省略不說也沒關係。

SPEAKING PRACTICE

1 The car went more than **30 kph**
thirty kilometers per hour
in a school zone.

那台車在學校附近開超過時速 30 公里。

2 The World Land Speed record was set by a jet-powered car that reached **1,227.985 kph**.
one thousand two hundred and twenty-seven point nine eight five kilometers per hour

由噴射驅動車創下的陸上速度記錄所達到的時速是 1,227.985 公里。

3 In most cases, you have to be caught going more than **10 kph**
ten kilometers per hour
over the posted speed limit before the police will pull you over and issue you a ticket.

在大多數情況下，時速要超過公告速限 10 公里以上，警察才會叫你路邊靠停並開單。

APPLY AND MORE

若以「每秒幾公尺」來描述風速多少，則要用 **mps** 為單位詞，即 **meter per second**。此外，在書寫 **kph** 時，可將中間的 p（per）省略，直接寫作 **km/h**。

1 There are strong winds of **40 mps**.
forty meters per second

有秒速 40 公尺的強風。

2 A super typhoon has winds of **190 km/h**.
one hundred and ninety kilometers per hour

超級颱風會有時速 190 公里的風。

DIALOGUE

A I got a speeding ticket. I was going **63 kph**
sixty-three kilometers per hour
in a **50 km**
fifty kilometer
zone.

B I know where all the speed traps are. Gotta drive slowly in this city.

A：我收到一張超速罰單。我在速限 50 公里的地方開到時速 63 公里。

B：所有的測速裝置我都知道在哪裡。在這座城市裡得開慢一點。

This jet can fly at Mach 2.
Mach two

這架噴氣機能以 2 馬赫的速度飛行。

經常在刮鬍刀產品名稱裡出現的馬赫（**Mach**），其實是一種「超高速」的單位詞。音速 1,224km/h 相當於 1 馬赫。有別於其他單位詞，數字必須寫在 **Mach** 的後方，**Mach** 的發音是 [mɑk]。

SPEAKING PRACTICE

1 It was in **1952**
    nineteen fifty-two
that a pilot first reached
Mach 2,
Mach two
twice the speed of sound.

到 1952 年才有飛行員首次達到 2 馬赫，即兩倍音速的速度。

2 The problem with trying to get to
Mach 2
Mach two
is you'll rip the wings right off most airplanes.

企圖達到 2 馬赫的速度所會遇到的問題，在於大多數飛機的機翼都會立即被扯斷。

3 They named the car "**Mach 3**,"
        Mach three
so people would know it's fast.

他們將這輛車命名為「Mach 3」，這樣人們就會知道它的速度很快。

APPLY AND MORE

想描述如速度、時間、溫度等等，會在儀錶上用指針指出的數值時，就要用介系詞 **at**，所以當想表達「以～的速度」時，也是用介系詞 **at** 以「**at the speed of** ＋數字」來說。

1 According to the speeding ticket,
I drove at **63 km**
        sixty-three kilometers
in a **50**
    fifty
zone.

根據這張超速罰單，我在速限 50 的地方開到了時速 63 公里。

2 He showed up so quickly it felt like he flew at the speed of light.

他出現的速度快到感覺他是用光速飛來的。

DIALOGUE

A Have you ever seen *Top Gun*? I've loved that movie ever since I first saw it.

B Me, too. I love the look on Tom Cruise's face when he hits **Mach 2**.
        Mach two

A：你看過《捍衛戰士》嗎？我第一次看那部電影就愛上它了。

B：我也是。我喜歡 Tom Cruise 臉上在達到 2 馬赫速度時的表情。

These packages weigh 600 g.

six hundred grams

這些包裹重 600 克。

描述重量時可以用動詞 **weigh**，也能用 **be** 動詞取代 **weigh**，以「**be** 動詞＋數字＋ **gram/kilogram**」來表達，此時的 **gram** 會縮寫成 **g**，kilogram 會縮寫成 **kg**。別忘了，搭配 2 以上的數字時，單位詞要唸成複數形態，所以後面要記得加上 **-s**。

SPEAKING PRACTICE

1 Because the package weighed **2,000 grams**, **two thousand grams**

I had to buy extra stamps at the post office.

由於這個包裹有 2000 克重，所以我不得不在郵局多買了郵票。

2 He forgot to subtract the weight of the container, so every measurement in his experiment was off by **10 g**. **ten grams**

他忘了扣除容器的重量，所以他實驗中的所有測量數值都偏差了 10 克。

3 The jewelry only weighed **200 g**, **two hundred grams**

but it was worth a lot of money.

這件珠寶只有 200 克重，但價值不菲。

APPLY AND MORE

多多練習用動詞 **weigh** 來描述「重～（數值多少）」的表達方式吧！

1 This meat weighs **600 g**. **six hundred grams**

這塊肉重 600 克。

2 How much do you think a fully-grown cow weighs?

你認為一頭完全長成的乳牛有多重？

DIALOGUE

A The textbook says now we add **500 g** **five hundred grams**

of iron to the solution.

B Wait! Make sure you have your safety glasses on. We need to be careful in the lab.

A：課本説現在我們要加 500 克的鐵到溶液裡。

B：等等！你一定要把護目鏡戴上。我們在實驗室裡必須小心一點。

UNIT 20　重量 2

I bought **4** oz.
four ounces
of chocolate.

我買了 4 盎司的巧克力。

在英美系國家裡談到重量時，「盎司」也是常用的單位詞之一。1 盎司約等於 28 公克。盎司的縮寫是 **oz.**，完整的寫法為 **ounce**，單數形時唸成 [aʊns]，複數形的發音則是 [ˋaʊnsˏɪs]。用縮寫表示時，請務必要加上縮寫點「**.**」才行。

SPEAKING PRACTICE

1　The recipe called for **4** oz.
　　　　　　　　　four ounces
　　of coffee, but I only had **3**
　　　　　　　　　　　three
　　on hand.

這個食譜說要 4 盎司的咖啡，但我手邊只有 3 盎司。

2　For precious metals such as gold, even **1 or 2** oz.
　　　　　　one or two ounces
　　can cost a lot of money.

對於如黃金等的貴金屬而言，即使是 1 或 2 盎司也價值不斐。

3　This cocktail has **1** oz.
　　　　　　　　　　one ounce
　　of rum and **2** oz.
　　　　　　　two ounces
　　of vodka.

這款雞尾酒含有 1 盎司的朗姆酒與 2 盎司的伏特加。

APPLY AND MORE

在看動作片或辦案調查類電影時，會發現在提到古柯鹼或核武原料的鈽等時，也是使用盎司這個單位詞。

1　He got arrested for carrying **10** oz.
　　　　　　　　　　ten
　　　　　　　　　　ounces
　　of cocaine.

他因為攜帶 10 盎司的古柯鹼而遭到逮捕。

2　Ethan Hunt in *Mission Impossible* stopped the bad guy from purchasing
　　a few hundred oz.
　　a few hundred ounces
　　of plutonium.

《不可能的任務》中的 Ethan Hunt 阻止了壞人購買幾百盎司的鈽。

DIALOGUE

A　That perfume you're wearing is fantastic. What's it called?

B　Love Potion. It cost me an arm and a leg for just **5** oz.
　　　　　　　five ounces

> cost an arm and a leg：花了一大筆錢（表示支付的費用龐大到相當於一條手臂和一條腿的錢）

A：你噴的這支香水好讚。它叫什麼名字？
B：愛情藥水。才 5 盎司就花了我一大筆錢。

81

MP3 045

I weighed **8 lbs 10 oz.**
eight pounds
and ten ounces
at birth.

我出生時重 8 磅 10 盎司。

我們在提到體重時會用 **kg**（**kilogram**），但美國人卻是用磅（**pound**）。磅的縮寫為 **lb**，由於不是以 10 等分為計算基礎的單位詞，所以不會用「幾點幾磅」這種說法，而是以「磅＋盎司」結合兩個單位詞搭配使用。讀的時候可以在磅與盎司之間加上 **and**，但也可直接照字面按順序唸。磅的縮寫 **lb** 在遇到 2 以上的數字時，必須寫作複數形的 **lbs**。1**lb** 約等於 453 公克，8 磅 10 盎司約等於 3.9 公斤。

SPEAKING PRACTICE

1　My baby was **10 lbs 12 oz.**
　　ten pounds and
　　twelve ounces

at birth. Does anyone have a bigger baby?

我的寶寶出生時重 10 磅 12 盎司。有沒有人的寶寶更重呢？

2　You should start off with the
10 lb
ten pound

dumbbells before moving on to the **15 lb**
　　fifteen pound

ones.

你應該從 10 磅的啞鈴開始，接著才進階到 15 磅的啞鈴。

3　The average premature baby weighs only **3 lbs 5 oz.**
　　three pounds five ounces

at birth.

早產兒出生時的平均體重只有 3 磅 5 盎司。

APPLY AND MORE

想描述「幾磅的什麼」或「幾盎司的什麼」時，請用「數字＋**lbs of**＋名詞～」或「數字＋**oz. of**＋名詞～」來表達。

1　He had **4 oz.**
　　four ounces

of marihuana in his room.

他房間裡有 4 盎司的大麻。

2　We supply **20 lbs**
　　twenty pounds

of coffee beans to Stella's café monthly.

我們每個月供應 Stella's 咖啡館 20 磅的咖啡豆。

DIALOGUE

A　Are you ready for Thanksgiving? I heard your whole family is coming over.

B　I already have all the side dishes covered, and I bought a turkey that's
14 lbs 5 oz.
fourteen pounds and
five ounces

A：你準備好要過感恩節了嗎？我聽說你全家人都打算要過來。

B：我已經準備好所有的配菜了，而且我還買了一隻 14 磅 5 盎司重的火雞。

UNIT 22　體積

This container will hold about 100 L
one hundred liters
# of water.

這個容器可以裝大概 100 公升的水。

「公升（liter）」是用來描述液體體積的單位詞，縮寫是小寫的「l」，但其實用大寫的「L」也可以。當前面的數字是 2 以上時，liter 的後方要加上 -s，讀寫都必須採用複數形，但請特別注意，當使用縮寫時，L 後方不會加上 -s。在美國，比起「公升（liter）」更常使用「加侖（gallon）」，1 加侖約等於 3.8 公升。

SPEAKING PRACTICE

1　I try to drink at least **8 cups**
eight cups

of water a day, which is **2 L**.
two liters

我試著每天至少喝 8 杯水，也就是 2 公升。

2　Dual-flush toilets use between
4 L and 6 L
four liters and
six liters

per flush, depending on which button you press.

兩段式馬桶每次沖水的用水量在 4 公升到 6 公升之間，取決於你按的是哪個按鈕。

3　The new kiddie pool he bought for the grandkids holds only about
15 L
fifteen liters

of water.

他買給孫子們的新兒童游泳池只能裝大概 15 公升的水。

APPLY AND MORE

毫升（milliliter）也是很常用到的單位詞，縮寫是 ml。

1　The doctor told the mom to give her sick baby **25 ml**
twenty-five milliliters

of medicine.

醫生告訴那位媽媽要給她生病的寶寶服用 25 毫升的藥。

2　That poison is so strong that just
5 ml
five milliliters

can kill you.

那種毒藥的毒性強烈到只要 5 毫升就可以殺死你。

DIALOGUE

A　Are you sure you want to get a goldfish? It can be an expensive hobby.

B　I don't want anything special. Just a simple tank that holds about **5 L**
five liters

of water is enough.

A：你確定你想要養金魚嗎？這個嗜好可能會花很多錢。

B：我沒有打算要什麼特別的東西。只要簡單有個可以裝 5 公升水的水缸就夠了。

排氣量

MP3 047

This car has a 2,000-cc

two thousand c c

engine.

這台車的排氣量是 2,000cc。

我們會用 **cc** 來描述汽車的引擎排氣量（**engine displacement**），此時的 **cc** 意味著 **cubic centimeter**，也就是 **cm³**。將數字與 **cc** 用連字號（-）連接時，多半是用來描述引擎排氣量的形容詞。

SPEAKING PRACTICE

1 If you're looking for something small and economical, this car has a

950-cc

nine hundred and fifty c c

engine.

如果您想找小型又油耗低的車，這台的排氣量是 950cc。

2 With only a **2,000-cc**

two thousand c c

engine, the little truck was not designed for hauling a boat along the highway.

這台小卡車的排氣量只有 2,000cc，不是設計來在公路上拖船的。

3 I'm hoping to get some sort of tax break this year and so want a car with at most a **1,500-cc**

one thousand five hundred c c

engine.

我在期待今年能減一些稅，然後能買一台排氣量不超過 1,500 cc 的車。

APPLY AND MORE

聊到汽車時，最常聽到的單字就是 **mileage** 吧？**mileage** 指的是「油耗量（燃料消耗量）」或「里程數（行駛的距離）」，不過實際上在描述行駛距離時，通常只會用公里，而不會用到 **mileage** 這個單字。

1 The government is thinking about raising the minimum mileage to around **30 km/l.**

thirty kilometers per liter

政府正在考慮將最低油耗量提高到 30 公里一公升左右。

2 The rule of thumb is that most people drive about **20,000 km**

twenty thousand kilometers

a year, so a five-year-old car should have around **100,000 km**

one hundred thousand kilometers

on it.

> rule of thumb：語意近似「經驗法則」，表示透過經驗而獲得的判斷標準，這個說法來自於人們常將拇指當成快速估算粗略數字的工具。

從經驗來看，大部分人一年會開大概 20,000 公里左右，因此一台用了五年的車，里程數大概就會在 100,000 公里左右。

DIALOGUE

A May I help you?

B Yes, I'm looking for a **3-4 year-old**

three to four year old

second-hand car with a **1,600-cc**

one thousand six hundred c c

engine, and as low mileage as possible.

A：有什麼需要幫忙的嗎？
B：嗯，我想找一輛車齡 3~4 年、排氣量 1,600 cc 的二手車，里程數越低越好。

關於數字的有趣小故事

在工作場域或家裡有印表機的人，應該對「A4 [A four] 紙」的說法不陌生吧。當然「A3 紙」也是滿常聽到的規格，不過，你有想過 A4 這個名稱是來自哪裡嗎？

首先，完全沒有裁切過的紙稱作「全紙」，將全紙不斷對半裁切就形成了我們日常生活中的紙張規格，而 A4 影印紙就是對裁 4 次後得到的紙張規格。

你有測量過 A4 紙的長寬分別是幾公分嗎？答案是寬度 21cm、長度 29.7cm。前面提到的全紙，寬度則是 841mm、長度是 1189mm，將其反覆對裁 4 次之後，就變成了 A4 紙。

那麼，全紙的規格又是如何訂出來的呢？以前每個國家的紙張規格都不同，後來德國提議，將在對半裁切後仍維持不變的紙張大小長寬比訂為國際規格，照此長寬比得出的長度就是前面提到的數字。這麼一來，無論將紙張對裁幾次，其長寬比都固定為 1:1.414。

另外，影印紙中還有 **B5 [B five]** 規格，這又是什麼樣的規格呢？即使已經訂出了全紙這種尺寸規格，但這種紙在某些地方卻不太好用，因此又出現了必須將對半裁好的紙再裁掉一部分的情況，所以之後只好又訂定了另一種 B 系列的紙張規格，B 系列規格的全紙寬度是 1,000mm、長度是 1,414mm。這樣就有了兩種紙張規格，第一種規格是開頭提到的 A，第二種則是後面提到的 B，A 與 B 後方的數字是指對半裁切的次數。

只要觀察裝著影印紙的紙箱，就會發現上面寫著 **75g [seventy-five grams]**，這又是什麼意思呢？這個數字指的就是紙張的厚度，意味著該紙張每 **1m² [one square meter]** 的重量是 75g，因此數字越大，紙張就越厚。

CHARTER 3

各種常見的
英文數字表達用語的讀法！

UNIT 1　　　　日期（月／日）

UNIT 2　　　　西元前／西元後

UNIT 3　　　　年月日

UNIT 4　　　　世紀

UNIT 5　　　　時間點 1

UNIT 6　　　　時間點 2

UNIT 7　　　　國內地址

UNIT 8　　　　國外地址

UNIT 9　　　　郵遞區號

UNIT 10　　　緊急救難電話

UNIT 11　　　電話號碼

UNIT 12　　　分機號碼

UNIT 13　　　電子信箱

UNIT 14　　　房間號碼

UNIT 15　　　航班編號

UNIT 16　　　歷史人物

UNIT 17　　　100 中的 80

日期（月／日）

February 14
February fourteenth

或

(The) fourteenth of February
is St. Valentine's Day.

2 月 14 日是情人節。

日期有兩種英文的讀法，第一種是「月份＋日期」，第二種是「日期＋of＋月份」。請特別注意，即使表示「日」的日期是用基數寫的，唸的時候也一定要讀作序數才行。

SPEAKING PRACTICE

1　The movie premieres in our country
May 17,
May seventeenth

and then opens worldwide two weeks later.

這部電影在我國是 5 月 17 日首映，全世界其他地方則是再過兩週才上映。

2　Most people have given up on their New Year resolutions by
January 5.
January fifth

大部分人在 1 月 5 日以前就已經放棄了他們的新年新希望。

3　My birthday is **August 31.**
August thirty-first

我的生日是 8 月 31 日。

APPLY AND MORE

一併練習一下利用 **of** 連結、語意變成「～月的第幾天」的英文句子的讀法吧！按照規定，序數的前面必須加上 **the**，所以讀的時候要在日期之前加唸 **the**。當然，也有些人會把這個 **the** 省略掉。

1　The school year ends on
29th of June
(the) twenty-ninth of June

and a new one starts on
3rd of September.
(the) third of September

這學年在 6 月 29 日結束，新學年則在 9 月 3 日開始。

2　The registration will open on
2nd of March.
(the) second of March

3 月 2 日會開放登記。

DIALOGUE

A　We'll need to change the date of the board meeting. Are you free this Thursday?

B　Yes. Let's make it for in the afternoon next Thursday, **January 14.**
January fourteenth

A：我們得換一天開董事會會議。你這個星期四有空嗎？

B：有空。我們在接下來 1 月 14 日的那個星期四下午開會吧。

西元前／西元後

657 BC
six hundred and
fifty-seven B C

西元前 657 年

AD 908
A D nine hundred
and eight

西元 908 年

BC 和 AD 是我們在聆聽或學習歷史、博物館學或考古學相關課程時，常會接觸到的表達用語。簡單來說，BC 是英文 Before Christ 的縮寫，AD 則是拉丁語 Anno Domini 的縮寫。BC 會寫在年份之後，AD 則寫於年份之前。當遇到年份是三位數時，只要按照基本數字的讀法來唸就行了。

SPEAKING PRACTICE

1 Some scholars believe that Jesus was born in **1 or 2 BC**.
one or two B C

一些學者認為耶穌是在西元前的 1 或 2 年出生的。

2 Cleopatra lived from **69 BC**
sixty-nine B C
to **30 BC**.
thirty B C

埃及艷后生活在西元前 69 年至西元前 30 年。

3 The last book of the Bible was written in **AD 95**.
A D ninety-five

聖經的最後一卷書寫於西元 95 年。

APPLY AND MORE

BC 是源自於特定宗教及神祇的時間概念，但近年來為了去除宗教色彩，經常會改用 BCE 來取代原本的 BC，BCE 的語意和表示「西元前」的 BC 相同，是 Before the Common Era 的縮寫。另一方面，AD 也因為相同的理由而逐漸被 CE（Common Era）所取代。

1 The fall of Babylon was **539 BCE**.
five hundred and
thirty-nine B C E

巴比倫王國陷落於西元前 539 年。

2 In **CE 226**,
C E two hundred and
twenty-six
Mesopotamia fell under the control of the Persians.

西元 226 年，美索不達米亞落入了波斯人的掌控之中。

DIALOGUE

A Did you know Jesus was believed to have been born in **1 or 2 BC**?
one or two B C

B No way!

A：你知道耶穌被認為是在西元前的 1 或 2 年出生的嗎？
B：怎麼可能！

年月日

MP3 050

I was born (on)
January 1, 1970.
January first, nineteen seventy

我出生於 1970 年 1 月 1 日。

當以英文描述時間時，順序是由小至大按照時間單位書寫。所以有別於中文，當同時描述日期跟年份時，英文的說法會將年份擺在最後。「月份＋日期」擺在前方視為一個整體，後面再加上年份。年份的讀法是以「兩位數＋兩位數」的方式分段來讀，但2000 年至 2009 年請直接照一般數字的唸法來讀。

SPEAKING PRACTICE

1   If your kid was born before **December 31, 2016,** **December thirty-first, twenty sixteen**

    they are eligible for Nursery this year.

    如果你的孩子是在 2016 年 12 月 31 日之前出生的，那麼他們今年有資格上幼兒園了。

2   How can I forget the day my daughter was born? It was **August 2, 2014.** **August second, twenty fourteen**

    我怎麼可能忘記我女兒出生的日子？那天是2014 年 8 月 2 日。

3   He was surprised to see the old library book in his mother's house that had been due **July 16, 1992.** **July sixteenth, nineteen ninety-two**

他驚訝地發現他母親家裡有一本應該要在1992 年 7 月 16 日歸還的圖書館舊書。

APPLY AND MORE

「2000 年」是一個非常喜慶的年份，因為它是新的千年之始。這也會讓人覺得若用「twenty zero zero」來讀，實在有點過於隨便，所以一般在媒體上都會改用 year two thousand 來稱呼「2000 年」。此外，從 2000年至 2010 年之間的年份，都不採用分成兩段的讀法，而是直接用 two thousand ~ 來唸，至今仍是如此。

1   Esther and Jonathan got married in **2005** **two thousand and five**

    and had their first child in **2009.** **two thousand and nine**

    Esther 與 Jonathan 在 2005 年結婚，並在2009 年有了他們的第一個孩子。

2   Millennials are people born between **1980 and 2000.** **nineteen eighty and two thousand**

    千禧世代指的是在 1980 到 2000 年間出生的人。

DIALOGUE

A   I'll need your date of birth to complete the application.

B   Sure. I was born on **February 28, 1984.** **February twenty-eighth, nineteen eighty-four**

    A：我需要你的出生日期才能完成申請。
    B：沒問題。我是在 1984 年 2 月 28 日出生的。

Renaissance bloomed in the mid-15th century.

mid-fifteenth century

文藝復興於 15 世紀中期蓬勃發展。

對於「世紀」的描述方式是「序數＋century」。當想表達 18 世紀的「前、中及後期」時，只要在前方分別加上「early、mid 及 late」，並以連字號 (-) 相連結即可。請特別注意，因為這裡使用了序數，所以別忘了前方必須加上 **the**。

SPEAKING PRACTICE

1   This style dress was all the rage back in the late- **19**th
    nineteenth
    century.
    這種款式的洋裝在 19 世紀晚期風靡一時。

2   Unlike in earlier periods, art in the early- **18**th
    eighteenth
    century focused on color over form.
    有別於更早的時期，18 世紀前期的藝術著重於色彩多於型式。

3   Her name was so old-fashioned we teased her it was from back in the mid- **16**th
    sixteenth
    century.
    她的名字復古到我們開玩笑說這是 16 世紀中期的名字。

APPLY AND MORE

在描述一個時代時，可以用「19 世紀、20 世紀」的說法，但也可以用「1800 年代（等同於 19 世紀）、1900 年代（等同於 20 世紀）」的概念來說，此時請在數字後方加上 **-s**，例如 1800s，讀法是 the eighteen hundreds，其中的「00s」讀作 **hundreds**。此外，當然也可在其前方加上 **early**、**mid** 或 **late** 來表達前、中或後期。

1   Your aunt sounds like someone from **1800s**.
    the eighteen hundreds
    你的阿姨聽起來像是 19 世紀的人。

2   I would love to visit London in the late **1500s**
    fifteen hundreds
    when Shakespeare was around.
    我很想去莎士比亞所在的 16 世紀後期的倫敦。

DIALOGUE

A   What a great building! Was it important back in the day?

B   Yes. In the mid- **19**th
    nineteenth
    century, this was the city hall. Now let's continue our walking tour of Berlin.

A：真是厲害的建築物！它在它那個時候很重要嗎？

B：對啊。它在 19 世紀中期的時候是市政廳。現在我們繼續我們的柏林徒步之旅吧。

時間點 1

It's **7:15**.

seven fifteen

或

a quarter past[after] seven

現在是 7 點 15 分。

描述時間時，在說完「幾點鐘」之後，必須先稍微停頓一下再說「幾分」，只要按照字面來讀就行了，但提到「5 分」時，要在前方加上「0」並讀作「**O（oh）five**」。「整點」的 **o'clock** 可加可不加。「15 分」可讀作 **fifteen**，但因為 15 分是一個小時的四分之一，所以也能讀成 **a quarter**。同樣地，「30 分」雖可讀作 **thirty**，但也能讀作表示半個小時的 **half**。

SPEAKING PRACTICE

1　The clock struck **12:00**

　　　twelve (o'clock)

and Cinderella knew she had to race home right away.

當 12 點的鐘聲響起，灰姑娘就知道她必須馬上趕回家了。

2　School ended at **3:05**,

　　　three oh five

and he would rush home to watch his favorite show that started at **3:20**.

　　　three twenty

學校在 3 點 05 分下課，然後他就會衝回家看在 3 點 20 分開始的、他最愛的節目。

3　He called at **4:45**

　　　four forty-five

sharp as he said he would.

他準時在他說要打來的 4 點 45 分打電話來了。

APPLY AND MORE

「12 點 30 分」還可以用另一種方式來表達，那就是「過了 12 點的一半（30 分）」，在唸的時候只要照著字面順序來唸就行了，也就是唸成 **half after[past] 12 [twelve]**。如果是 15 分的話，則可利用 **a quarter** 來表達。

1　I asked him the time and he said it was **6:15**.

　　　a quarter after six
　　　或
　　　a quarter past six

我那時問了他時間，他說是 6 點 15 分。

2　The movie was supposed to start at **10:30**,

　　　half past ten
　　　或
　　　half after ten

but with all the trailers and ads it didn't start until **11**.

　　　eleven

這部電影原本應該要在 10 點 30 分開始，但卻因為那一大堆的預告片和廣告，一直到 11 點才開始。

DIALOGUE

A　Excuse me, but could you tell me the time?

B　Sure. Let me see. It's **10:27**.

　　　ten twenty-seven

A：不好意思，可以請你告訴我現在幾點嗎？
B：沒問題。我看看。現在是 10 點 27 分。

時間點 2

It's **9:55**

`nine fifty-five`

或

`five to ten`

already.

現在已經是 9 點 55 分／再 5 分鐘 10 點了。

應該常常會聽到有人用「再 5 分鐘 10 點」來表達「現在是 9 點 55 分」吧？英文裡亦存在這種說法，讀法是 **five to ten**，意味著「再 5 分鐘到 10 點」。「10 分鐘前」也能以這種方式來讀。

SPEAKING PRACTICE

1 The New Year's countdown will start at **11:55**.

   `five to twelve`

   新年倒數會在 11 點 55 分開始。

2 I had an interview at **3**

   `three`

   but thanks to the light traffic, I got there at **2:50**.

   `ten to three`

   我在 3 點有一場採訪，但多虧交通順暢，我 2 點 50 分就到那裡了。

3 Please arrive at the job site at the latest by **8:50**.

   `ten to nine`

   請最晚在 8 點 50 分以前抵達工作地點。

APPLY AND MORE

當想描述「再過幾天」或「再過幾週」時，也可按照前面提到的那樣，利用 **to** 來表達，這種表達方式會給人「再過幾天就是那天了」的感覺。

1 **3 days**
   Three days

   to the Olympics! I can't wait.

   再過 3 天就是奧運了！我好期待。

2 Only **2 weeks**
   two weeks

   to New Years. I can't believe it's already the end of the year.

   只要再過兩個禮拜就是新年了。真不敢相信已經到年尾了。

DIALOGUE

A We gotta leave soon. The school bus will arrive any minute.

B Take it easy. We can leave by **7:55**.

   `five to`
   `eight`

   A：我們得趕快走了。校車隨時會到。
   B：別緊張。我們 7 點 55 分以前離開就行了。

國內地址

Please send the book to me at **No. 169**,

number one six nine

或

number one sixty nine

Shifu Rd., Xinyi Dist., Taipei City.

書請寄到台北市信義區市府路 169 號給我。

　　在英文裡，不管是時間還是地點，都習慣將大的單位擺在最後，所以在描述地址時的順序會跟台灣的一般習慣完全相反，也就是必須從小寫到大，以「室＋樓＋號＋弄＋巷＋段＋路＋鄉鎮市區＋縣市」的順序來描述。只要掌握「小單位在前、大單位在後」的原則即可。讀取地址中的數字時，不要使用 **hundred** 或 **thousand** 這類單位詞，而是要一個一個唸清楚，如果是三位數或兩位數，也可以將後面兩個數字合在一起唸，例如「123 號」可以唸成「**number one twenty three**」，「53 巷」則可以唸成「**lane fifty three**」。當數字之間有「-」時，請讀作 **dash**。讀完前面的號碼之後，要稍微停頓一下再繼續往下讀。

SPEAKING PRACTICE

1. I told him the address was wrong and that he needed to change it to
   2F., No. 32, Ln. 240, Sec. 1,
   second floor
   number thirty two
   lane two forty
   section one

   Baofu Rd., Yonghe Dist., New Taipei City.

我告訴他那個地址是錯的，要改成新北市永和區保福路一段 240 巷 32 號 2 樓。

2. If you can't find us at the address above, try
   No. 169, Aly. 18, Ln. 72,
   number one sixty nine 或
   number one six nine
   alley eighteen
   lane seventy two

   Zhongshan Rd., Zhubei City, Hsinchu County.

   如果您在上面的地址找不到我們，請到新竹縣竹北市中山路 72 巷 18 弄 169 號試試看。

3. My address is
   No. 123-8, Sec. 1,
   number one two three dash eight 或
   one twenty three dash eight
   section one

   Taiwan Blvd., Central Dist., Taichung City.

   我的地址是台中市中區臺灣大道一段 123 號之 8。

APPLY AND MORE

近來社區式的公寓大樓住宅區越來越多，如果想告訴別人自己住在「幾棟的幾樓之幾」的話，「幾棟」可以用「**building**＋建築物代碼」，例如「**building A**（A 棟）」，「幾樓之幾」則是用「序數＋**floor**＋-＋**room**＋編號」。當然，基於小單位擺前方的原則，各樓層的「戶號」要擺在前方。

1. I live at
Rm. 2, 2F., Bldg. A, No. 89,
room two
second floor
building A
number eighty nine
Zhongzheng Rd..

我住在中山路 89 號 A 棟 2 樓之 2。

2. Please courier the contract to
Rm. 3, 8F., Bldg. C, No. 120,
Sec. 3,
room three
eight floor
building C
number one twenty
section three
Chongxin Rd., Sanchong Dist., New Taipei City.

請將合約快遞送到新北市三重區重新路三段 120 號 C 棟 8 樓之 3。

3. My mailing address is my parents' house, which is
Rm. 2, 6F., Bldg. B, No. 56,
room two
sixth floor
building B
number fifty six
Ruiguang Rd., Neihu Dist., Taipei City.

我的郵寄地址是我父母的房子，位在台北市內湖區瑞光路 56 號 B 棟 6 樓之 2。

DIALOGUE

A So then I said to the mail guy, "Look, you have the wrong address.
This is **No. 124**
number one two four 或
number one twenty four
not **No. 126**."
number one two six 或
number one twenty six

B I'm glad you spoke with him. I'm so tired of getting the neighbors' mail.

A：所以我就和郵差說：「你看，你搞錯地址了。這裡是 124 號，不是 126 號。」
B：我很高興你和他說了。我有夠厭煩拿到鄰居的信的。

A How can I ship this to you? You live overseas.

B I use a shipping service.
Ship it to **3F., No. 48, Ln. 145,**
third floor
number forty eight
lane one forty five 或
lane one four five
Linsen N. Rd., Zhongzheng Dist., Taipei City.

A：我要怎麼把這個寄給你？你住在國外。
B：我有用運送服務。把它寄到台北市中正區林森北路 145 巷 48 號 3 樓。

國外地址

MP3 055

The Walshes' address is 64 Bell St. LA, CA 90212.

sixty-four Bell Street,

Los Angeles,

California,

nine oh two one two

Walsh 一家的地址是郵遞區號 90212 的加州洛杉磯 Bell 街 64 號。

美國的地址中常使用縮寫，**St.** 是 **Street** 的縮寫，**Ave.** 是 **Avenue**，就連地名也常常會採用縮寫，例如 **California** 縮寫成 **CA.**、**New York** 則縮寫成 **NY**。以加拿大來說，**BC** 表示 **British Columbia** 省，除了這些縮寫，其餘的地址數字唸法都跟先前所學無異。

SPEAKING PRACTICE

1 I'm now living at

   636 Ash St. Vancouver, BC V5H 3K7,

   six three six Ash Street, Vancouver, B C (或 British Columbia)

   V five H three K seven

   so can you update my mailing address?

   我現在住在郵遞區號 V5H 3K7 的英屬哥倫比亞省的溫哥華 Ash 街 636 號，所以可以請你更新我的郵寄地址嗎？

2 Please ship all the packages to my mother-in-law's place, at

   54 Fullmoon Cres., Miami, FL 33109;

   fifty-four Fullmoon Crescent,

   Miami, Florida (或 F L)

   three three one oh nine

   (或 three three one zero nine)

   she's home during the day.

   請把所有包裹都寄到我婆婆家那裡，地址是郵遞區號 33109 的佛羅里達州邁阿密 Fullmoon 灣 54 號，她白天會在家。

3 Maybe **87 Sunrise Blvd., San Diego, CA 90212**

   eighty-seven Sunrise Boulevard, San Diego, California (或 C A),

   nine oh two one two

   (或 nine zero two one two)

   wasn't considered a fancy address, but I was proud of myself for finally having my very own home in the Golden State.

   > **the Golden State**：金州，為加州的別名。

   也許郵遞區號 90212 的加州聖地牙哥 Sunrise 大道 87 號不被認為是高級地段，但我很驕傲終於能在金州擁有完全屬於我自己的家。

DIALOGUE

A You found a wallet on the street? Is there any ID in it?

B The woman's driver's license is right here. She lives at **1105 Grant Ave., Fort Lee, NJ 75203.**

   one one oh five Grant Avenue, Fort Lee, New Jersey (或 N J),

   seven five two oh three

   A：你在街上撿到一個皮夾？裡面有什麼證件嗎？
   B：這是那個女人的駕照。她住在郵遞區號 75203 的紐澤西州李堡 Grant 大街 1105 號。

郵遞區號

MP3 056

The five-digit postal code for this neighborhood is 04035.

oh four oh three five

或

zero four zero

three five

這個社區的五碼郵遞區號是 04035。

郵遞區號只要按數字順序一一唸出即可，若中間有「-」，請唸成 **dash**。

SPEAKING PRACTICE

1 When you're sending out the Season's Greetings cards this year, remember the postal code for this neighborhood is **143-32**.

   one four three dash three two 或
   one forty-three dash thirty-two

   當你打算寄出今年的聖誕賀卡時，請記得這個社區的郵遞區號是 143-32。

2 Although the postal code for this neighborhood is **04044**,

   oh four oh four four 或
   zero four zero double four

   he wrote **04042**,

   oh four oh four two 或
   zero four zero four two

   so the letter never arrived.

   儘管這個社區的郵遞區號是 04044，他卻寫成了 04042，所以那封信一直沒寄到。

3 Please make sure you put the new postal code, which is **02178**.

   oh two one seven eight 或
   zero two one seventy-eight

   請確定你寫的是新的郵遞區號，新的是 02178。

APPLY AND MORE

加拿大的郵遞區號是由數字與字母混合組成的 6 碼，只要照順序一碼一碼唸出即可。

1 My zip code is **R3R 0A4**.

   R three R
   zero A four

   我的郵遞區號是 R3R 0A4。

2 Judging from the postal code of the school division, which is **R3E**,

   R three E

   it must be in a rough area.

   > 補充說明一下，美國人稱郵遞區號為 zip code，加拿大則更常稱為 postal code。

   從學區的郵遞區號 R3E 來看，那所學校一定是在比較混亂的地區。

DIALOGUE

A To change the address on your driver's license, I'll need to know your postal code.

B Oh, no problem. Let me see. I've got it written down here somewhere. It's **06511**.

   oh six five one one 或
   oh six five double one 或
   zero six five one one 或
   zero six five double one

   A：要更改你駕照上地址的話，我需要知道你的郵遞區號。
   B：噢，沒問題。我看一下。我把它寫在這裡的某個地方了。郵遞區號是 06511。

Please call **119**.

one one nine

請打 119。

　　每個國家都有各自的緊急救難或諮詢用的總機電話號碼，多半會是 3-4 個數字的號碼，只要照順序一碼一碼唸出即可。

SPEAKING PRACTICE

1　In case of emergency, please call **911**.

nine one one

如遇緊急情況，請打 911。

2　Every city has a city service line. For example, Toronto has **311**.

three one one

每個城市都有一支市民服務專線。舉例來說，多倫多的是 311。

3　If you want to report a crime in Korea, call **112**.

one one two

如果你在韓國想要報案，請打 112。

APPLY AND MORE

四碼的電話號碼的讀法亦同，只要一碼一碼唸出即可，偶爾也會跟年份一樣，採用兩兩一組的方式來唸。

1　Thanks to the epidemic, the number **1922**

one nine two two

became very well known.

1922 這組數字因為傳染病而變得廣為人知。

2　At the bottom of the news about a celebrity committing suicide, you can always see the line 'Call **1925**

one nine two five

for support.'

在名人輕生的新聞下方，你總是能看到「請打 1925 尋求協助」這句話。

DIALOGUE

A　The other day, while my kid was playing with my phone, he accidently called **119**.

one one nine

B　You know it's actually a serious crime to prank call **119**.

one one nine

A：那天我孩子在玩我的手機時，他不小心打了 119。

B：你知道打 119 惡作劇電話其實是一種嚴重的犯罪行為吧。

MP3 058

My phone number is 010-2234-7555.

oh one oh,
double two three four,
seven triple five

我的電話號碼是 010-2234-7555。

現在大家應該都已經知道唸電話號碼時，必須照順序一個數字一個數字唸出來，但如果遇到同一個數字重複兩次或三次的情況，又該怎麼唸呢？此時請用「**double** ＋該數字」（同一數字連續出現 2 次）或「**triple** ＋該數字」（同一數字連續出現 3 次）來表達即可。當然，使用原本的方法，一個一個唸也無妨。

SPEAKING PRACTICE

1 Kelly's cell phone number is **1-204-8873-5422**.
one two oh four
double eight seven three
five four double two

Kelly 的手機號碼是 1-204-8873-5422。

2 My land line is **82-2-4445-1156**.
eight two two
triple four five
double one five six

我的室內電話是 82-2-4445-1156。

3 The staffing office is **917-775-0231**.
nine one seven double seven five
oh two three one 或
nine one seven double seven five
zero two three one

人事室是 917-775-0231。

APPLY AND MORE

同一數字連續出現兩次時可用 double 表達，這種表達方式也可以用在同一個字母連續出現兩次時。

1 Which **007**
double oh seven
movie is your favorite?
你最愛的 007 電影是哪一部？

2 My last name is Leblann, **L-e-b-l-a-nn**.
l, e, b, l, a, double n
我的姓是 Leblann，L-e-b-l-a-nn。

DIALOGUE

A Can I have your phone number, please?

B Sure, it's **011-3338-0101**.
oh double one
triple three eight
oh one oh one
或
zero double one
triple three eight
zero one zero one

A：可以請你給我你的電話號碼嗎？
B：沒問題，號碼是 011-3338-0101。

UNIT 12 分機號碼

Extension **237**

two three seven

或

two thirty-seven,

please.

請轉分機 237。

在打給總機時，有時會需要再按分機號碼，或需要開口請對方幫你轉接分機，此時可以一個數字一個數字來唸，如果分機是三位數，可以直接把 **hundred** 去掉來唸。

SPEAKING PRACTICE

1　If you need to call me directly, use extension **520,**

five twenty 或
five two oh 或
five two zero

but otherwise you can call the operator and ask to be connected.

若您需要直接打電話給我，請打分機 520，不過您也可以打總機請他轉接。

2　Put me through to extension **102,**

one oh two

please.

請幫我轉分機 102。

3　My land line is **02-338-3555**

oh two
double three eight
three triple five

and then extension **873.**

eight seven three 或
eight seventy-three

我的室內電話是 02-338-3555，分機是 873。

APPLY AND MORE

在打給大公司等這類單位時，一般都會先進到自動應答系統（**automated answering system**）裡的電腦語音，此時系統會要求您按「井字鍵（＃）」或「星號（＊）」。井字鍵的唸法為 **pound**，星號則是 **star**。

1　If you want to go back to the earlier step, please press **#**.

pound

若您想回到上一步驟，請按 # 。

2　I wonder what will happen if I press ＊

star

in the middle of this automated answering message.

我很好奇如果我在這則自動回覆留言還在播的時候按＊會怎麼樣。

DIALOGUE

A　What is the fastest way to contact you?

B　Oh, call me on my land line and then press extension **44.**

forty-four

A：最快可以聯絡到你的方法是什麼呢？
B：噢，打室內電話轉分機 44 給我。

電子信箱

MP3 060

My email address is saramin-23@naver.com.

saramin,

(all in lowercase,)

hyphen two three, at naver

(all in lowercase) dot com

我的 email 是 saramin-23@naver.com。

電子信箱中若有常見單字，會按字面直接唸，另外，唸的時候多半會將「@」唸成 **at**。接著若是大家都熟悉的網域或既有單字，可以按字面直接唸出，而「**.com**」只要讀作 **dot com** 就行了。不過，若其中出現不熟悉的網域名稱，或是出現非英文單字的符號，則必須按順序逐一唸出。「**-**」讀作 **hyphen**，「**_**」讀作 **underscore**。最後，若想表達「全都是小寫」，請在唸完信箱後，再加一句 **all in lowercase**，若為大寫，只要改說 **uppercase** 就行了。

SPEAKING PRACTICE

1 I kept sending the file to
h_j_i@gmail.com,
h underscore j underscore i
at gmail dot com

but it never got delivered.

我一直把檔案寄到 h_j_i@gmail.com，但一直都沒有寄成功。

2 Whenever I get emails from
young-11@junk.com,
young hyphen eleven
at junk dot com

I delete it right away because I just know it's junk mail.

每次我收到來自 young-11@junk.com 的信，我就會立刻把它刪掉，因為我非常確定它是垃圾郵件。

3 Back when I first made this email address,
tkfkadls@hotmail.com,
t k f k a d l s (all in lowercase)
at hotmail dot com

I didn't realize I would have to spell it out to everyone.

當初我在註冊這個電子信箱 tkfkadls@hotmail.com 時，沒有意識到我會必須把它拼出來給大家聽。

APPLY AND MORE

如果要說的電子信箱中包含英文大小寫時，請以 **uppercase A**、**lowercase a** 來表達。

1 Once you work for us, we will give you an email account starting with the initial of your name
_Hr@ourcompanyname.com.
underscore
uppercase H lowercase r
at our company name
dot com

一旦你在我們這裡工作，我們就會給你以你的姓名首字母開頭的電子郵件帳號 _Hr@ourcompanyname.com。

2 If you have any questions, feel free to contact me at
customerserviceNo1@saramin.com.
customer service
Uppercase N lowercase o
one
at s a r a m i n dot com

如有任何疑問，請隨時透過 customerserviceNo1@saramin.com 與我聯繫。

MP3 061

My room number is 2012.

twenty twelve

或

two oh one two

我的房號是 2012。

提到房間或辦公室的號碼時，有好幾種數字讀法。除了照順序逐一唸之外，如果是三位數，也可以把 **hundred** 去掉直接唸出來，若是四位數編號，則可以兩兩成對來唸。只需要用自己唸起來最順口的讀法來練習就行了。

SPEAKING PRACTICE

1　There seems to be some mistake because I asked for adjoining rooms but my room number is **702**

　　　　seven oh two 或
　　　　seven zero two

and my wife's is **705**.

　　　　seven oh five 或
　　　　seven zero five

看來似乎出了什麼差錯，因為我要的是相鄰的房間，可是我的房號是 702，我太太的卻是 705。

2　My room number is **335**

　　　　three thirty-five
　　　　或
　　　　three three five

and I need someone to bring me up an iron.

我的房號是 335，我需要有人幫我把熨斗拿上來給我。

3　Please have the room service sent up right away; my room number is **890**.

eight ninety 或
eight nine oh 或
eight nine zero

請立即派客房服務上來，我的房號是 890。

APPLY AND MORE

有些房間編號中包含了文字，通常是以「建築物的縮寫＋數字」構成，依序唸出即可。

1　The professor's office is **A3248**

A three two four eight 或
A thirty-two forty-eight

in Ashdown Hall.

教授的辦公室在 Ashdown 廳的 A3248。

2　My apartment number is **C3**.

C three

Come through the East door.

我的公寓編號是 C3。請走東門過來。

DIALOGUE

A　Do you know Jack's room number? I need to talk to him about tomorrow's presentation.

B　Sure. He's staying in **541**.

five four one 或
five forty-one

A：你知道 Jack 的房號嗎？我需要和他談談明天簡報的事。
B：當然知道。他住在 541。

MP3 062

Flight **KE207**

K E two oh seven

will leave from **Gate 4**

Gate four

at **15:00**.

fifteen hundred

KE207 次航班將於 15 點從 4 號登機門起飛。

　　航空公司或軍隊在陳述時間時，不會以上午下午來區分，而是一律採用 24 小時制，且表示整點的分鐘「00」必須讀作 **hundred**，所以 15 點整點會讀作 **fifteen hundred**。這是機場人員必須使用的資訊陳述方法，若你是乘客的話，則不需要採用這種讀法。

SPEAKING PRACTICE

1　Please go to **Gate 27**

　　　　　Gate twenty-seven

at least **30**

　　thirty

minutes before boarding time.

請至少在登機時間前的 30 分鐘前往 27 號登機門。

2　I thought that Flight **QF498**

　　　　　Q F four

　　　　　ninety-eight

would leave from

Gate 113 at 12:00,

Gate one (hundred and)

thirteen at twelve

but it was actually **12:30**,

　　　　　twelve thirty

which is why I had to sit at the gate an extra **30 minutes**.

　　thirty minutes

我以為 QF498 次航班會在 12 點從 113 號登機門起飛，但其實是在 12 點半，這也就是為什麼我不得不在登機門那裡多坐了 30 分鐘。

APPLY AND MORE

在軍事相關的電影或探案影集中，常常有機會聽到 24 小時制的時間讀法。

1　The soldiers marched on the parade grounds from **0600**

　　　　　oh six hundred

until **1200**.

　　twelve hundred

士兵們從早上 6 點到中午 12 點都在練兵場上行軍操練。

2　Target on my six! Target on my six o'clock! Cover me!

目標在我的六點鐘方向！六點鐘方向！掩護我！

DIALOGUE

A　This is your boarding pass. Your flight, **AZ365**

A Z three six five 或

A Z three sixty-five

leaves from **Gate 39**.

　　　　　Gate thirty-nine

Please keep in mind that boarding starts at **11:15**.

eleven fifteen

B　Thank you.

　A：這是您的登機證。您搭乘的 AZ365 次航班將從 39 號登機門起飛。請記得開放登機的時間是 11 點 15 分。
　B：謝謝你。

MP3 063

Queen Elizabeth I

Queen Elizabeth the first

或

Queen Elizabeth one

is one of the most famous sovereign.

女王伊莉莎白一世是最著名的君王之一。

加在國王或貴族名字後方的「～幾世」有兩種讀法，一種是讀作「the＋序數」，一種是直接以基數來讀。不過，只有一到三世會用基數，四世之後都必須採用序數來讀。

SPEAKING PRACTICE

1 As was the tradition at the time,
Queen Elizabeth I
Queen Elizabeth the first 或
Queen Elizabeth one

ruled England and Ireland until her death. 按照當時的傳統，女王伊莉莎白一世統治英格蘭和愛爾蘭直到她去世為止。

2 The movie *The King's Speech* is about
King George VI
King George the sixth,

who is the father of
Queen Elizabeth II.
Queen Elizabeth the second 或
Queen Elizabeth two

《王者之聲》是與女王伊莉莎白二世的父親，也就是國王喬治六世有關的電影。

3 **Edward VIII**
Edward the eighth
abdicated the throne for love.

愛德華八世為愛退位。

APPLY AND MORE

雖然「第一次世界大戰」與「第二次世界大戰」的英文讀法，與君王名銜的讀法相當接近，但兩者還是略有差異。「第一次世界大戰」能以基數唸成 World War one，但也能以序數來讀作 the first World War。

1 There are so many movies about
World War 2.
world war two 或
the second world war

與第二次世界大戰有關的電影非常多。

2 Some people say the first two world wars contributed a lot to some economies, but we all agree
World War 3
world war three 或
the third world war

will destroy the world's economy.

有些人表示，前面的這兩次世界大戰，對於一些經濟體來說貢獻良多，但我們一致同意，第三次世界大戰將會摧毀世界經濟。

DIALOGUE

A Is the Queen in the movie
Shakespeare in Love
Queen Elizabeth I or II?
Queen Elizabeth one or two

B **Queen Elizabeth I,**
Queen Elizabeth one 或
Queen Elizabeth the first
of course.
Queen Elizabeth II
Queen Elizabeth two 或
Queen Elizabeth the second

is still alive.

A：電影《莎翁情史》裡的女王是伊莉莎白一世還是二世？
B：當然是一世，二世還在世呢。

We had a great turnout, 80 out of 100.

eighty out of a hundred

或

eighty out of one hundred

我們的投票率很高，100 個人裡有 80 個都去了。

不使用百分比，而是以「100 中的 80」、「10 中的 6」這種方式來描述時，英文的讀法是要從較小的數字開始唸。「～中的～」的英文會用 out of 來表達，因此會說成「較小數字＋ out of ＋較大數字」。

SPEAKING PRACTICE

1　The corn is of pretty low quality, so only about **5 out of 10**
five out of ten
actually pop into popcorn.

這些玉米的品質很差，所以 10 顆中大概只有 5 顆會真的爆開變成爆米花。

2　At his high school, **70 out of 100**
seventy out of one hundred
on a test was considered above average, but his mother was never satisfied.

在他念的高中裡，考試在 100 分中拿到 70 分的話，會被認為是高於平均表現，但他的母親從來沒有滿意過。

3　They need at least **60 out of 100**
sixty out of one hundred
of the members to vote yes in order to change the organization's charter.

為了更改組織章程，他們至少需要 100 名成員中的 60 人投票贊成。

APPLY AND MORE

當想說「分數、等級或程度從 1 到 10 來看的話」時，可以用 **on a scale from one to ten** 來表達。

1　On a scale **from 1 to 10**
from one to ten,
I would say that movie is a solid seven.

分數從 1 到 10 來看的話，我認為那完全就是部 7 分的電影。

2　Can you tell me how bad the pain is, on a scale **from 1 to 10**?
from one to ten

程度從 1 到 10 來看的話，你能告訴我有多痛嗎？

DIALOGUE

A　How's your new book store doing? Getting lots of customers?

B　Sure, but only **1 out of 20**
one out of twenty
actually buys a book. I think the rest go home and order online.

　A：你的新書店怎麼樣？有很多客人了嗎？
　B：多啊，但實際上 20 個人中只有 1 個會買書。我覺得剩下的人都回家上網買了。

PART 2

如何用英文表達
中文裡的數字

在我們的日常生活之中，數字及與其相關的表達用語無所不在，可以說是與我們的生活密不可分。那麼，該如何用英文表達這些中文裡的數字呢？

在英文口說的世界裡，存在著雖然寫起來是數字，但卻會以數字以外的字詞來表達的情況，反之亦然，也有寫的時候不用數字，說的時候卻用上數字的情況。學會這些數字表達相關用語，對聽說讀寫各方面皆有很大的助益，從現在起將一一介紹。

CHAPTER 1

日常生活中的
數字表達用語

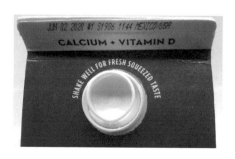

UNIT 1 我贏得了第一名。

UNIT 2 前 10 個人

UNIT 3 世界前五大的公司

UNIT 4 一次、兩次、三次、四次……

UNIT 5 第一次、第二次……

UNIT 6 三天一次（每三天）、三個月一次（每三個月）、
三年一次（每三年）

UNIT 7 有效期限是 2020 年 3 月 10 日。

UNIT 8 這已經完成一半了。

UNIT 9 他十之八九（非常有可能）會給我一個皮夾。

UNIT 10 他會來的可能性是一半一半。

UNIT 11 這兩個是半斤八兩。

UNIT 12 三個禮拜以來的第一次

UNIT 13 高 10 公分、寬 7 公分、深 5 公分的箱子

UNIT 14 只在偶數樓層

UNIT 15 把 10 美元分給 5 個人，那麼他們每個人分到 2 美元。

UNIT 16 長 10 公尺乘寬 3 公尺

UNIT 17 以 4 的倍數

UNIT 18 機率不到萬分之一。

我贏得了第一名。

I won[got] first place [prize].

「第一名」的英文是 **first place** 或 **first prize**，「第二名」和「第三名」則分別會以序數 **second** 及 **third** 來描述。想用英文描述「贏得第一名」時，會使用動詞 **win**，此時 **win** 的語意為「贏得；獲得」，近來也常改用 **get**。

SPEAKING PRACTICE

1 She was so excited to **have won first prize**

at the spelling bee.

她非常興奮能在拼字比賽中贏得第一名。

2 No matter how hard he tried, he could only ever **win second place**.

無論他再怎麼努力，他都只能拿到第二名。

3 You have to **get at least third place**

to get a trophy at the tournament.

你在錦標賽裡必須至少獲得第三名才能拿到獎杯。

APPLY AND MORE

因為名次是以序數來表達，所以常常會下意識想在前面加上 **the** 吧？但如果在前面加上 **the**，例如 **the first prize** 的話，語意就會變成「給的第一個獎」，也就是在頒獎典禮上按照順序最先頒發的獎項，所以務必記得，用來描述名次的 **first**、**second** 等字的前方不要加上 **the**。

1 **The first prize** at the Oscars is for Actor in a Supporting Role.

奧斯卡上頒發的第一個獎是男配角獎。

2 To make it more dramatic, **the first prize**

is usually second place. And the remaining two get first or third place.

為了營造戲劇效果，第一個頒發的獎項通常是第二名。然後剩下的兩個人則不是獲得第一名就是第三名。

DIALOGUE

A Congrats, Tom. I heard you did really well at the singing contest.

B Yeah, I actually surprised myself. I never expect to **get second place**.

A：恭喜你，Tom。我聽說你在歌唱競賽上的表現非常出色。

B：是啊，我對自己的表現其實也很驚訝。我從來沒想過會拿到第二名。

MP3 066

前 10 個人
The first ten people

「前～名」或「前～個人」是最能喚起人們心中勝負欲的表達方式之一。這種表達方式指的是「最先來的前～名／個人」，所以在英文中也會使用表示「第一」的序數 **first**，使用「**the first**＋人數」來表達。

SPEAKING PRACTICE

1 **The first ten people** in line will get the "door crasher" prizes.

排隊的前 10 個人會獲得「破門」優惠。

> door crasher：指的是那些「從商場一開門，一大早就湧進來開始排隊，彷彿打算破門而入」的人。

2 **The first five people** to call win a free toaster.

前 5 個打電話的人將獲得一台免費的烤吐司機。

3 **The first three people** to enter the contest will get a ticket to Las Vegas.

前 3 位報名參加比賽的人將獲得前往拉斯維加斯的機票。

APPLY AND MORE

英文的「**the first**＋人數」，除了用來表示「先到先得（「前～名」或「前～個人」）」之外，也可能根據上下文而具有「最先做某事的幾個人」的語意。除此之外，如果想表達「先到先得」，而非「前～名」或「前～個人」，舉例來說，當你到健身房報名上瑜珈課時，就是一種「先到先獲得服務」的情境，所以這時也常會用 **first come, first served** 來表達。

1 He was **one of the first ten people** in the whole world to run a four-minute mile.

他是全世界最早參加四分鐘一英里賽跑的那十個人之一。

2 The registration is **first come, first served**.

這次登記是誰先來誰就先登記。

DIALOGUE

A Hurry up. I don't want to be late. I really want to go to this concert.

B I'm coming, I'm coming. Don't worry. **The first 100 one hundred people** in line will get tickets.

A：快點。我不想要遲到。我真的很想去這場音樂會。

B：我來了，我來了。別擔心。排隊的前 100 個人都會拿到門票。

世界前五大的公司
the world's top five companies

想描述排名是前幾名時，只要說「**the top**＋數字＋名詞」就行了。因為是「從上往下」數到最低名次為止，所以會使用 **top**，這個表達方式的使用機會比想像中來得更多。

SPEAKING PRACTICE

1 The world's **top five companies**

   employ a combined **5 five**

   million people.

   世界前五大的公司共聘僱了 500 萬名員工。

2 As the CEO of one of the world's **top three computer software companies**,

   he has appeared on the cover of *Forbes* magazine more than once.

   做為世界前三大電腦軟體公司之一的執行長，他不止一次登上《富比士（Forbes）》雜誌的封面。

3 Although they produced only a few products, they were still one of the world's **top ten companies**

   due to the size of their profits.

   儘管他們生產的產品不多，但因獲利豐厚，他們仍是世界前十大的公司之一。

APPLY AND MORE

那麼，「倒數幾名」又該怎麼表達呢？此時只要說「**the bottom**＋數字＋名詞」就行了，因為 **top** 的反義詞就是 **bottom**。

1 The teacher decided to give **the bottom ten students** a re-test.

   老師決定讓倒數十名的學生們重考。

2 The program was very difficult. Every day they cut **the bottom two guys**.

   這個計畫非常嚴苛。他們每天都會把倒數兩名的人淘汰掉。

DIALOGUE

A What is the reason you applied for this position?

B First of all, you are one of **the top ten companies** in the field.

   A：你應徵這個職位的理由是什麼？
   B：首先，你們是這個領域裡前十的公司之一。

一次、兩次、三次、四次……

once, twice, three times, four times...

　　想描述次數時,「一次」是 once,「兩次」是 twice,接著則是用「數字＋times」。這裡除了可以用具體數字,也可以用描述大略數字的單字,例如若想描述的是「2~3次」、「五、六遍」或「很多次」等非確切的次數,也可以分別使用 a few times/several times/many times 來表達。

SPEAKING PRACTICE

1　I've seen the movie **three times** already.

這部電影我已經看三遍了。

2　We have visited Easter Island **twice**.

我們已經去過復活節島兩次了。

3　While I was away, he called me **three times** and visited my office **many times**.

在我不在的時候,他打了三通電話給我,還多次造訪了我的辦公室。

APPLY AND MORE

once 除了可以用來描述次數,也能用來描述發生在過去的事件,此時語意為「曾經～」。除此之外,還能做為表示「一旦～就～」的副詞子句連接詞。像這種語意多變的單字,該如何判斷語意呢?想要正確解讀,只能透過上下文的語意邏輯來判斷了。

1　Sam once said to me that he had a big crush on me when we were young.

Sam 曾經跟我說,他在我們年輕的時候非常迷戀我。

2　Once you pass the screening, Human Resources will get in touch.

一旦通過審查,人資部就會與您聯繫。

DIALOGUE

A　Have you ever tried Japchae?

B　Sure. I've had it **more than three times**.

I love that noodle dish.

A:你吃過雜菜嗎?
B:當然有,我已經吃超過三次了。我很愛麵食。

第一次、第二次……
the first time, the second time...

想描述「第一次或第二次（做某件事）」時，分別要說 **the first time** 和 **the second time**。除了可以簡單說「**This is my first time.**（這是我第一次做）」，也可以在句子後方加上動名詞（**V-ing**）或「主詞＋動詞」的句子來進一步說明。

SPEAKING PRACTICE

1 This is **my first time** riding a roller coaster and I am really nervous.

這是我第一次搭雲霄飛車，我真的很緊張。

2 After **my second time**

speaking with my boss, I realized he was open to hearing other people's suggestions.

在我第二次和老闆談話之後，我發現他不排斥聽取其他人的建議。

3 **The first time**

I kissed a boy was at sleep-away camp, the summer I turned **16**.
                                    sixteen

我第一次親吻一個男孩是在我滿 16 歲那年夏天的隔宿露營時。

APPLY AND MORE

想表達「最後一次（做某件事）」的話，只要用 **last** 取代 **first**，說 **the last time** 就行了。和 **the first time** 一樣，也可以在後方加上動名詞或句子來進一步具體說明。

1 The last time I talked to Jenny was
2
two

weeks ago.

我最後一次和 Jenny 說話是在兩個禮拜前。

2 I hope this is the last time I ever have to change diapers.

我希望這是我最後一次得要去換尿布。

DIALOGUE

A This is **the third time**
I've had to bring back my car.
You're the worst mechanic I've ever met.

B Well, have you considered your car is just a lemon? No one could fix it.

> lemon：被用來表示過時的、有缺陷的或不能正常運作的垃圾或無用之物，這個說法在美國尤其常用。

A：這是我第三次不得不把車開回來修了。你是我遇過最爛的技師。
B：這個嘛，你有沒有想過你的車就是一台垃圾？沒人能修好啦。

三天一次（每三天）

every third day

every three days

三個月一次（每三個月）

every third month

every three months

三年一次（每三年）

every third year

every three years

把「幾天／幾週／幾個月一次」換句話說，就是「每幾天」、「每幾週」和「每幾個月」的意思，所以可以用「**every**＋基數＋**days/weeks/months**（複數）」來表達。除此之外，也能利用序數改說「**every**＋序數＋**day/week/month**（單數）」。在閱讀英文原文書等內容時應該經常會看到這類的表達方式。

SPEAKING PRACTICE

1 <u>Every three years</u>, my dad would paint the backyard fence.

我爸爸每三年都會粉刷一次後院的圍欄。

2 <u>Every second day</u>, my father would try to get my mom to order pizza for dinner.

我父親每兩天就會試著要我媽媽訂披薩來當晚餐。

3 When I was training for the marathon, I would do a really long run only
every fifth day.

當我在為馬拉松比賽受訓時，我每五天才會跑一次真正的長距離。

APPLY AND MORE

當想描述「每兩天／每兩週／每兩個月一次」時，不要用 **two** 或 **second**，請改用 **other** 這個字，以 **every other day/week/month** 來試著表達看看。

1 Tom and I had a long distance relationship. We used to meet
every other week.

Tom 和我之前是遠距離戀愛。我們以前隔週會見面一次。

2 There's a big staff meeting in the office **every other month**.

每兩個月會在辦公室裡舉行一次大型的員工會議。

DIALOGUE

A What's your schedule like this semester?

B I've got math
every second day
and PE **every fifth day**, which is
once a week.

A：你這學期的課表是怎麼安排的？

B：我每兩天有一堂數學，然後每五天有一堂體育，也就是一星期一次的意思。

MP3 **0 7 1**

有效期限是 2020 年 3 月 10 日。

The expiration date is

March 10, 2020.

March (the) tenth,

twenty twenty

「有效限期」的英文是 **expiration date**，照字面直譯的話是「到期的日期」。我們在 PART 1 有提過日期的讀法，只要記得英文的日期讀法剛好和中文相反，掌握「小單位在前，大單位在後」的原則，就能馬上正確說出口了。請按照這個順序的原則，以「日期＋年份」來唸，而日期的讀法則是「月份＋日期」，請特別記得日期一定要以序數來讀，年份則是採用兩兩分段的基數唸法，但 2000~2009 年則必須讀作「**two thousand ＋** 數字」。

SPEAKING PRACTICE

1　No wonder this milk tastes terrible; the expiration date was **May 18**.

May

eighteenth

難怪這個牛奶有夠難喝；它的有效限期是 5 月 18 日。

2　Canned tuna lasts a long time; for this one the expiration date is

Nov. 7, 2025.

November seventh,

twenty twenty-five

鮪魚罐頭可以放很久；像這罐的有效限期就到 2025 年 11 月 7 日。

3　The expiration date is

June 1, 2020,

June first, twenty twenty

which was **3**

three

days ago, but I bet this yogurt is still fine to eat.

有效限期是 2020 年 6 月 1 日，也就是 3 天前，但我敢說這個優格還是可以吃啦。

APPLY AND MORE

其實食品的標籤或蓋在罐頭上的有效期限標示，都必須寫的簡短一點才行，所以通常會寫作「**best by ＋**日期」或「**use by ＋**日期」，這種表達方式簡短又有效，可以清楚告知「最佳賞味期限」或「使用期限」。

1　It says on the side of the lid 'use by **April 20, 2031**'.

April twentieth,

twenty thirty-one

蓋子的側邊寫著「2031 年 4 月 20 日以前使用」。

2　This salsa sauce is best by

Sep. 2.

September second

Should we still buy it?

這個莎莎醬的最佳賞味期限是 9 月 2 日。我們還要買嗎？

DIALOGUE

A　When did you buy this milk? Yesterday, right? It's already expired.

B　Let me see that. Yikes, the expiration date is **April 6**.

April sixth

That was two days ago!

A：這個牛奶你什麼時候買的？昨天對嗎？它已經過期了。

B：讓我看看。糟糕，有效期限是 4 月 6 日。兩天前就過期了！

這已經完成一半了。

It's already half finished.

「一半」的英文是 **half**，描述「完成；結束」會用 **finished** 這個字，所以「完成一半了」的英文說法是 **half finished**。前方則可根據自身當下的情況來添加副詞，例如 **already**（已經，早已）、**only**（只有）、**even**（甚至）等等。

SPEAKING PRACTICE

1　It's midnight and my homework is only **half finished**.

已經半夜了，而我的回家作業只完成了一半。

2　He forgot the book on the bus when he was only **half finished**.

他那本書才看了一半就被他忘在了公車上。

3　She was so tired of eating the same pie for dessert every day that she threw it out before it was even **half finished**.

她非常厭倦每天都吃同樣的派當甜點，厭倦到讓她甚至吃不到一半就扔了。

APPLY AND MORE

描述「完成；結束」時，除了 **be finished** 以外，也常用 **be done**。**be done** 與 **half** 搭配使用時，**half** 的後方必須加上 **way**，以 **halfway done** 來表達。

1　I don't have time to chat with you because my project is only **halfway done**.

我沒空和你聊天，因為我的專案才做到一半而已。

2　It felt like the task was almost done because it's already **halfway done**.

感覺那項工作已經差不多完成了，因為已經做完一半了。

DIALOGUE

A　Alright, everyone. Please hand in your assignments.

B　That's due today! I totally forgot and I am only **half finished**.

A：好了，各位。請把你們的作業交上來。

B：今天要交啊！我完全忘了，而且我才做完一半而已。

117

MP3 **073**

他十之八九（非常有可能）會給我一個皮夾。

Ten to one he'll get me a wallet.

描述可能性很高的情況時，中文會用「十之八九」或「八九不離十」來表達，用英文在描述的時候則會用 11 個來賭，賭的是自己會「得到 10 個想要的和 1 個不想要的結果」，所以中文的「十之八九」對應到的英文說法就是 **ten to one**，描述可能性極高的情形。

SPEAKING PRACTICE

1 **Ten to one** he'll come late and then blame it on the traffic.

他十之八九會遲到，然後再說他會遲到都是塞車害的。

2 **Ten to one** she'll want to go for pizza even though everyone else wants to get Chinese food.

儘管其他所有人都想吃中菜，她十之八九還是會想去吃披薩。

3 **Ten to one** he sinks the next basket and wins the state championship for his team.

他十之八九會投進下一球，然後為他們隊贏得州冠軍。

APPLY AND MORE

形容「十之八九」時，除了 **ten to one** 這個說法之外，也常會說 **I'll give you ten to one odds**。因為 **odds** 本身就具有「（成功的）可能性；投注賠率」的意思，所以也經常直接用「**the odds that...**（～的（成功）可能性）」來表達。

1 **I will give you ten to one odds that** this book will sell well.

我覺得這本書十之八九會大賣。

2 The odds that she will get hired are pretty good.

她會成功被錄用的可能性相當高。

DIALOGUE

A Have you heard from Mike yet? He promised he'd call after lunch.

B Nothing yet. **Ten to one** he doesn't call until tomorrow. He's unreliable.

A：Mike 有聯絡了嗎？他答應過會在午餐後打電話的。

B：沒有。他十之八九會到明天才打來。他說的話不能信。

他會來的可能性是一半一半。

It's even odds that he will come.

(=The chances that he will come are even.)

前面提到的 **odds** 在這裡又出現了，因為在描述可能性時亦會用到「機率是一半一半」的表達方式。**even** 也有「（分數或數量）均等的，相等的」之意，所以 **even odds** 可表示機率相同，即「各半，一半一半」的意思。「**It's even odds that ~**」的後面可接句子，這時的 **that** 可以省略。

SPEAKING PRACTICE

1 **It's even odds that**

he forgot to buy her a birthday present.

他有一半機率會忘記買生日禮物給她。

2 With the way she drives, **it's even odds** she'll crash that car within a week.

就她開車的方式，她有一半機率會在一週之內撞爛那台車。

3 When you're flipping a coin, **it's even odds**

it'll come up heads.

> 硬幣的正面是 head，背面是 tail。

你在拋硬幣時，有一半機率會是正面朝上。

APPLY AND MORE

除了 **even odds** 之外，描述「有一半的可能性」時，也可以用 **a 50/50 [fifty-fifty] chance** 來表達。

1 There are only two answer choices. There's **a 50/50 a fifty-fifty chance**

of getting it right.

只有兩個選項。答對的機率是一半一半。

2 There's **a 50/50 a fifty-fifty chance**

that he will say yes.

他會說好的機率是一半一半。

DIALOGUE

A You're ready to go? Come on. We're going to be late for the company picnic.

B Hold on a second. I need to grab my raincoat and umbrella. **It's even odds** it's going to rain this afternoon.

A：你準備好可以走了嗎？快點。我們公司野餐要遲到了。

B：等等。我得去拿雨衣和雨傘。今天下午有一半的機率會下雨。

這兩個是半斤八兩。

It's six of one and half a dozen of the other.

Krispy Kreme 甜甜圈店在販售甜甜圈的時候，除了單個零賣，也會以「一打，12 個（**dozen**）」為單位來賣。**dozen** 的一半即是 **half a dozen** 或 6 吧？所以當想表示「半斤八兩」、「差不多」時，就可以用這個表達用語。當想說「～和～的差別」時，可以用 **one** 跟 **the other**，在「半斤八兩」的英文說法裡也有用到 **one** 跟 **the other** 的這種表達方式（英文直譯是「這是六個和半打之間的差別」）。

SPEAKING PRACTICE

1 After arguing if they should see the new Stallone or new Schwarzenegger movie, they agreed it's <u>six of one and half a dozen of the other</u>.

在爭論應該要看 Stallone 還是 Schwarzenegger 的新電影後，他們同意這兩部要看哪部都差不多。

2 Both his grandparents were terrible cooks. No matter who was in charge of making dinner, it was <u>six of one and half a dozen of the other</u>.

他的爺爺奶奶們都很不會煮飯。不管是誰負責做晚餐都是半斤八兩。

3 He hated traveling outside of the city, so choosing between the mountains and the seaside was <u>six of one and half a dozen of the other</u>.

他非常討厭去城市以外的地方旅行，所以選山還是選海都差不多。

APPLY AND MORE

如果記不住 **six of one and half a dozen of the other**，也可以直接簡單說 **about the same**。除此之外，使用 **there's not much difference** 或 **there's no real difference** 也不錯。

1 She spent a long time deciding which toppings to get, but she figured all pizzas were about the same.

她花了很長時間在決定要加哪些配料，但她想了半天之後覺得所有的披薩都差不多。

2 One of the cocktails had fancy imported vodka, but Tim said there was no real difference.

其中的一款雞尾酒有加高級的進口伏特加，但 Tim 說其實差別不大。

DIALOGUE

A Can you decide between the red polka dot shirt and the one with purple stripes?

B What's the point? They're both awful. It's <u>six of one and half a dozen of the other</u>.

A：你覺得要選紅色圓點還是紫色條紋的襯衫？
B：選哪件有差嗎？這兩件都超醜。根本半斤八兩。

UNIT 12

三個禮拜以來的第一次

for the first time in three weeks

「第一次」的英文是 **for the first time**，後方如果加上「一段期間」，就可以表達「某段期間以來的第一次」。這個說法在對話或文章之中出乎意料地常用。此時，接在後方的「一段期間」可以用「**in**＋數字＋**days/weeks/months/years**」等時間或期間的單位來表達。

SPEAKING PRACTICE

1　He called me last night **for the first time in three months**.

昨晚是他三個月以來第一次打電話給我。

2　I finally got my daughter to practice piano **for the first time in two weeks**.

兩個禮拜以來的第一次，我終於讓我女兒肯去練鋼琴了。

3　It rained yesterday **for the first time in six months**.

昨天下了六個月以來的第一場雨。

APPLY AND MORE

前面提到「先到先得（「前～名」或「前～個人」）」時，曾出現 **the first ten people**（前十個人）這種表達方式，這個句型也可以改成 **the first three weeks** 表達「前三週」的意思。同樣地，**in my first three weeks** 的後方如果加上「**of**＋動名詞」的話，語意就會變成「我在做～的前三週」。

1　The medicine seemed to be working **in his first two weeks of taking it**.

He was able to sleep through the night.

這款藥在他服用的前兩個禮拜似乎有發揮效果。他能夠一覺到天亮了。

2　**In my first week of working here**,

I've seen so many terrible customers.

我在這裡工作的第一個禮拜，就已經看到了非常多糟糕的客人。

DIALOGUE

A　It must feel great to finally be outside and in the fresh air.

B　Sure does. This is **the first time in five weeks**

I've been out of that hospital bed.

A：終於能到外面呼吸新鮮空氣了，感覺一定很棒吧。

B：真的很棒。這是我五個禮拜以來第一次離開病床。

UNIT 13

高 10 公分、寬 7 公分、深 5 公分的箱子

a ten-centimeter-tall, seven-centimeter-wide, and five-centimeter deep box

在描述「～尺寸的箱子」時，會將尺寸擺在冠詞 **a** 與名詞 **box** 之間，此時會利用連字號（-）連接，構成「數字-單位-tall/wide/deep/long」這種結構的單位形容詞（量詞），一定要特別注意的是，在這個情況下，即使前方的數字是 2 以上，單位（量詞）的字尾也不用加上 -s。

SPEAKING PRACTICE

1 The rates are crazy for Hawaii, so a **15-cm-tall, 20-cm-wide, and 15-cm-deep** fifteen-centimeter-tall, twenty-centimeter-wide, and fifteen-centimeter deep box cost most an arm and a leg to send.

夏威夷的收費貴到超乎常理，所以要寄一個高 15 公分、寬 20 公分、深 15 公分的箱子得花不少錢。

2 Because the safe was so small, he could only fit in a **3-inch-tall, 5-inch-wide, and 4-inch-deep** three-inch-tall, five-inch-wide, and four-inch-deep book.

因為那個保險箱真的很小，所以他只能剛好放進一本厚 3 英寸、寬 5 英寸、長 4 英寸的書。

3 His final project for carpentry class was to make a **2.5-ft-tall, 3-ft-wide, and 1.5 ft-deep** two point five-foot-tall, three-foot-wide, and one point five-foot deep table out of walnut and pine.

他在木工課的最後一個課題是要用胡桃木和松木製作一張高 2.5 英尺、寬 3 英尺、長 1.5 英尺的桌子。

APPLY AND MORE

當想描述的六面體的三邊長度皆相等時，可利用立方公尺（**cubic meter**）或立方公分（**cubic centimeter**），也就是以立方（³）來說。

1 It was a weird piece of art, just a simple **3 m³** three cubic meter box, painted gold.

這是一件古怪的藝術品，只是一個漆成金色、簡單的 3 立方公尺的箱子。

2 For the final project in his shop class, Bob had to build a **5 cm³** five cubic centimeter box using different joints.

Bob 在手工藝課的最後一個課題，必須使用不同的卯榫打造一個 5 立方公分的盒子。

DIALOGUE

A Did you get the ring yet? When are you going to finally pop the question?

B I did get the ring, but now I'm getting a special **10-cm-tall, 7-cm-wide, and 5-cm-deep** ten-centimeter-tall, seven-centimeter-wide, and five-centimeter deep box made. I want everything to be perfect.

A：戒指準備好了嗎？你到底何時要求婚啊？
B：我戒指是準備好了啦，但現在我打算要做一個高 10 公分、寬 7 公分、深 5 公分的特別的盒子。我希望一切都很完美。

只在偶數樓層

only on
even-numbered floors

「偶數」是 **even numbers**、「奇數」是 **odd numbers**。**even-numbered** 就是源自於這裡，做為形容詞修飾接在後方的各種名詞，在這裡被放在了 **floor** 之前。補充說明一下，用 **floor** 來描述「在～樓」時，請記得應該要使用介系詞 **on**，而非介系詞 **in**。

SPEAKING PRACTICE

1 In order to save electricity, this elevator only stops on **even-numbered floors**.

　為了省電，這台電梯只停靠偶數樓層。

2 Because his mother was so superstitious, she would only live on **even-numbered floors**.

　他媽媽因為太過迷信而只願意住在偶數樓層。

3 According to the building code, the penthouse had to be on **an even-numbered floor**.

　根據建築法規，頂層公寓必須是偶數樓層。

APPLY AND MORE

另一方面，表示「奇數的」的形容詞是 **odd-numbered**。

1 The speed dating event was a bit of a disaster because it was an **odd-numbered** group.

> speed dating：單身男女們為了找到對象，在短時間內輪流與多人會面認識的活動。

　那場快速約會的活動有點災難，因為分組是奇數。

2 His very first computer program randomly drew **odd-numbered** shapes on the screen.

　他的第一個電腦程式就是隨機在螢幕上繪製出奇數邊的圖形。

DIALOGUE

A How's the book? I heard it's really popular with kids.

B It's great. And check out this art! There's a picture on **all the even-numbered pages**.

　A：這本書怎麼樣？我聽說它很受孩子們的喜愛。
　B：這本很棒。你看看這個畫工！全部的偶數頁上都有插畫。

把 10 美元分給 5 個人，那麼他們每個人分到 2 美元。

Divide ten dollars among five people, and they get two dollars each.

divide 的意思很多，一般常用到的字義是「分開；分攤；分配」，在需要分配的情況下常會聽到或用到這個字。若想簡單以公式來描述，只要計算並說出「10÷5＝2」即可。需要分給多人時，如果是兩個人，使用 **between**，三個人以上則用 **among**。

SPEAKING PRACTICE

1 They only won a small amount, so they <u>divided the ten dollars between them and got five dollars each</u>.

他們只贏了一點錢，所以他們平分了這 10 美元，一人拿到 5 美元。

2 Because everyone had eaten some of the chips, they <u>divided the ten dollars among them and paid two dollars each</u>.

因為大家都吃了一些洋芋片，所以他們一起分攤了這 10 美元，每個人出 2 美元。

3 After his wealthy father's death, they <u>divided his twelve cars among three people</u>,

so they got four cars each.

在他有錢的父親死後，他們三人平分了他的十二台車，所以每個人分到了四台。

APPLY AND MORE

補充說明一下，英文會用 **chip in** 來說「許多人一起出錢（集資）」。

1 We all chipped in and bought him a special cake for his birthday, red velvet.

> red velvet (cake)：呈現特殊艷紅色的巧克力蛋糕，也有人稱這種蛋糕是 devil's food。

我們大家集資買了一個特別的紅絲絨蛋糕為他慶生。

2 When they found out Tom had cancer, everyone chipped in to help with the medical bills.

當他們發現 Tom 得了癌症時，所有人都一起出錢幫忙支付醫療費用。

DIALOGUE

A How much longer before the bus gets here? We've been waiting forever.

B Let's just take a taxi. If we <u>divide ten dollars between us, it's five dollars each</u>.

A：公車還有多久才會到？我們已經等超久了。
B：我們乾脆搭計程車吧。如果 10 美元我們兩個人分的話，那就是一人 5 美元。

MP3 080

長 10 公尺乘寬 3 公尺

10 **ten**

meters by

3 **three**

meters

或 **ten by three meters**

如果想描述「縱向（長）」與「橫向（寬）」所圍的尺寸大小，書寫時可以寫成如「10×3」來表達，讀的時候只要將「×」唸成 **by** 就行了。先出現的尺寸是縱向，後出現的尺寸是橫向。此外，若兩個尺寸使用的單位相同，那就不需要重複兩次，只要唸最後一次就行了。

SPEAKING PRACTICE

1 We need enough stucco to cover

10 ft x 3 ft.

ten feet by three feet 或
ten by three feet

> stucco：用來塗抹在磚木結構建築牆體上的裝修用塗料。

我們需要足以覆蓋 10 乘 3 英尺大小的灰泥。

2 His impressive boat was

20 m x 5 m.

twenty meters by five meters 或
twenty by five meters

他那艘令人印象深刻的船是 20 乘 5 公尺的大小。

3 The nightclub was really small, and the dance floor was only **5 m x 5 m.**

five meters by five meters
或 **five by five meters**

那間夜店真的很小，而且舞池只有 5 乘 5 公尺的大小。

APPLY AND MORE

在描述六面體的箱子、條板箱或貨櫃等容器的大小時，會提到三個數值。此外，西方人在搬家前後都常會使用自助式的倉儲空間，所以也經常會聊到迷你倉、儲物貨櫃等等的尺寸大小。

1 If you want to rent a self-storage container, they are **8 ft X 8.5 ft**

eight feet by eight point five feet
或 **eight by eight point five feet**

and come in two lengths; **20ft and 40ft.**
twenty feet and forty feet

如果你想租用自助儲物貨櫃，它們的尺寸是 8 乘 8.5 英尺，然後有兩種長度，20 英尺和 40 英尺的。

2 They stacked three

8.5 ft-tall
eight point five foot tall

containers all on top of each other,

so it's **25.5 in height**
twenty-five point five in height

in total.

他們把三個高 8.5 英尺的貨櫃疊在一起，所以總共高 25.5 英尺。

DIALOGUE

A Have you guys decided on the deck for the backyard?

B Yup. We're going to make a huge one. It'll be **10 m x 3 m.**

ten meters by three meters 或
ten by three meters

A：你們對後院的露天平臺有共識了嗎？
B：有了。我們打算要做個大的。尺寸是 10 公尺乘 3 公尺。

UNIT 17

以 4 的倍數

in multiples of four

「乘法」的英文是 **multiplication**,「倍數」則是 **multiple**。因此,想描述「某個數值的倍數」時,只要說「**in multiples of**＋數字」就行了。

SPEAKING PRACTICE

1 They only sell that beer **in multiples of six**.

他們只會用六的倍數來賣那種啤酒。

2 The plant usually produced leaves **in multiples of four**.

這種植物通常長出來的葉子會是四的倍數。

3 The loaves of bread were really cheap, but you had to buy them **in multiples of two**.

這些麵包真的很便宜,但你買的量必須是二的倍數。

APPLY AND MORE

「**in groups of**＋數字」表示「以某個數值為一組」,美國或加拿大的小學數學課堂上,常會用這個表達方式來教乘法。

1 That type of monkey tends to live **in groups of between 10 and 15**.
ten and fifteen

這種猴子傾向於以 10 到 15 隻為一群來生活。

2 People used to only ever buy can drinks **in groups of six**,

but now they buy them one at a time.

人們以前買罐裝飲料都只會六罐六罐買,但現在他們都一次買一罐。

DIALOGUE

A Why did you buy so many bagels at the bakery? There're only three of us.

B I know that. But they only sell them **in multiples of four**.

A:你為什麼在麵包店裡買了那麼多貝果?我們才三個人。
B:我知道。可是他們的貝果是四個四個賣的。

機率不到萬分之一。

The chances are less than one in ten thousand.

中文裡也有「萬分之一」的說法。「萬」的英文是 **ten thousand**，所以「萬分之一」的英文就是 **one in ten thousand**。「one in ten thousand（萬分之一）」也有「可能性超低」的意味。

SPEAKING PRACTICE

1 Even though the chances are less than **one in ten thousand**,

he still insisted on going to a doctor and getting tested.

儘管機率不到萬分之一，他還是堅持去看醫生做檢測。

2 She told him not to bother buying lottery tickets because the chances are less than **one in ten thousand**.

她告訴他不要浪費力氣去買樂透了，因為機率不到萬分之一。

3 She knew the chances of them finding the ring she lost at the beach were

one in ten thousand.

她知道他們找到她在海邊弄丟的戒指的可能性超低。

APPLY AND MORE

描述「可能性很低」時，可以用 **a slim chance/a fat chance/slim to none** 來表達。有趣的是，不管是 **a slim chance** 還是 **a fat chance**，都意味著「希望渺茫」或「機會不大」。除此之外，**slim to none** 表示可能性連 **slim chance** 的程度都不到、機會小到趨近於零，所以會用來表達「可能性微乎其微」或「幾乎不可能」的語意。

1 Considering how bad the traffic is, there's a slim chance we'll get there on time.

考慮到交通狀況有多糟糕，我們準時到那裡的可能性微乎其微。

2 When I asked him if he thought his sister would ever go out with me on a date, he told me, "Fat chance of that ever happening."

當我問他覺不覺得他妹妹有可能會和我出去約會時，他跟我說：「會發生這種事的可能性很低。」

DIALOGUE

A Check out my new pearl necklace. It's all natural pearls.

B Wow. I heard those are **one in ten thousand**.

A：你看我新的珍珠項鍊。整條都是天然珍珠。
B：哇。我聽說它們全都是萬中選一。

CHAPTER 2

跟衣服或食物有關的
數字表達用語

UNIT 1 比你平常穿的尺寸大兩號

UNIT 2 我覺得你穿 9 號剛好。

UNIT 3 這款有 44 號的嗎？

UNIT 4 我只有兩套換洗衣物。

UNIT 5 我穿 27 號半的鞋子。

UNIT 6 一雙襪子／一條褲子／一套睡衣／一雙手套／一雙鞋

UNIT 7 一把菠菜／一串香蕉／一袋洋蔥／一塊巧克力／
一盒牛奶／一碗麥片粥

UNIT 8 一撮鹽巴／一湯匙醬油／少許醋

UNIT 9 切成 2 公分厚的薄片

UNIT 10 這瓶 1997 年的威士忌

UNIT 11 一間二星級餐廳

UNIT 12 （在餐廳）我們是三個人。

比你平常穿的尺寸大兩號

two sizes bigger than your regular size

尺寸「大一號」的英文表達方式是 **one size bigger**，以此類推，「大兩號」則是 **two sizes bigger**。相反地，想描述尺寸「小一點」時，只要用 **smaller** 就行了。因為這種表達方式是比較級，所以後方加上 **than** 就可以表達跟比較基準相較之下大上多少了。「**one's regular size**」表示「某人平常穿的尺寸」。

SPEAKING PRACTICE

1 You look like you're swimming in that sweater; it's got to be **two sizes bigger than your regular size**.

> swimming in that sweater 是指「毛衣太大件了，讓穿的人看起來像被毛衣淹沒了」。

你看起來要被那件毛衣淹沒了；它一定比你平常穿的尺寸大了兩號。

2 You keep tripping because those shoes are **two sizes bigger than your regular size**.

你老是絆倒是因為那雙鞋比你平常穿的尺碼大了兩號。

3 If you get **one size bigger than your regular size**,

you will actually look really good in it.

如果你拿比你平常穿的再大一號的尺寸，其實你穿起來會非常好看。

APPLY AND MORE

在查看店家評價時，可能會看到「衣服尺碼偏大或偏小」的意見，英文的說法是 **the sizes run big** 和 **the sizes run small**，這時已經買過的人可能會建議要「拿大／小一號」，英文則可以說 **go a size larger** 和 **go a size smaller**。

1 I got this rain coat for my **2**-year-old
   two
   daughter. The sizes run big.
   2T
   Two T is too big.

   我替我的 2 歲女兒買了這件雨衣。這款尺碼偏大。2T 太大了。

2 This brand is famous for their sizes running small. You should go a size larger.

   這個牌子有名的尺碼偏小。你應該買大一號的。

DIALOGUE

A What is with those pants? They're at least **two sizes bigger than your regular size**.

B What are you talking about? This style is all the rage, and they look great on me.

> all the rage 是「風靡一時」或「非常流行」的意思，尤其常用來描述短時間的大流行。

A：那件褲子是怎麼回事？它至少比你平常穿的尺寸大了兩號。
B：你在說什麼啊？這種款式現在非常流行，而且穿在我身上超好看。

我覺得你穿 9 號剛好。

I think a Size nine would fit you right.

用英文描述尺碼時，如「穿 9 號（的尺碼）」時，會說「a Size 9」，這個語意其實是「穿 9 號尺碼的人」，所以會在尺寸前加上 **a**，並以 **a Size 9** 來表達，且這裡的 **size** 必須大寫。**fit** 可表示「（衣服或鞋子）合某人的身形」，所以可直接說 **fit me** 或 **fit you**，毋須搭配介系詞。

SPEAKING PRACTICE

1 I would guess you're about
   a Size 7
   　　　seven
   and a half.

   我猜您大概是穿 7 號半。

2 **A Size 2**
   　　two

   should fit you perfectly.

   你穿 2 號應該剛剛好。

3 I think **a Size 6**
   　　　　six

   is going to be a bit too big. It won't fit you right.

   我覺得 6 號的會有點太大。會不合身。

APPLY AND MORE

詢問尺碼大小時，可先說 **What size ~**，接著再用 **be** 動詞或一般動詞來進一步詢問。只要理解並牢記下述內容，在國外購物時就不用擔心了。

1 What size are you?

   您穿幾號呢？

2 What size shoes do you wear?

   您的鞋子穿幾號呢？

> 答覆時只要用 I'm a Size 8.（我穿 8 號）這類答案來回答即可。

DIALOGUE

A I'm looking for a new shirt. Something lightweight. Preferably blue.

B I have just the thing you're looking for.
   You're **a Size 9**,
   　　　　　nine
   right?

   A：我在找新的襯衫。輕薄的那種。最好是藍色的。
   B：我正好有你在找的那種。你穿 9 號對吧？

MP3 085

這款有 44 號的嗎？

Do you have the same design in Size 44?
forty-four

想說「～的某尺碼」時，在尺碼的前方不會加 **a**，而是必須使用介系詞 **in**。不過，原則雖是如此，但最近也有越來越多人會加上 **a**，所以在北美地區也常聽到 **in a Size 66** [**sixty-six**] 這種說法。看在我們這些非英文母語者的眼裡，可能會覺得這兩種說法根本沒什麼不同，但英文母語者就是這樣區分使用的，所以請牢記在心並靈活運用。

SPEAKING PRACTICE

1 Can I exchange this for the same design **in Size 55**?
fifty-five

我可以把這件換成同款的 55 號嗎？

2 I need two of the same design, one **in Size 55**,
fifty-five

the other **in Size 66**.
sixty-six

這款我要兩件，一件 55 號，另一件 66 號。

3 I want the same design

in Size 44,
forty-four

but in a different color.

我想要一件 44 號的同款，但要其他顏色。

APPLY AND MORE

想表達「～顏色的」、「穿著～的」時，也要使用介系詞 **in** 才行。

1 Have you ever seen *Men In Black*?

你有看過《星際戰警》嗎？

2 Do you have this in yellow?

這件有黃色的嗎？

DIALOGUE

A I bought this **in Size 44**,
forty-four

but it's a bit small on me. Do you have this **in Size 55**?
fifty-five

B Let me check our stock.

A：這件我買 44 號，可是我穿起來有點小。你們這件有 55 號的嗎？
B：我看一下我們的庫存喔。

我只有兩套換洗衣物。

I only have two changes of clothes.

如果在旅行中需要可以換穿兩次的衣物，用英文表達時會先說 **two changes**，並在後方加上 **of clothes**，表示「用來換穿兩次的衣物」，即「兩天份的換洗衣物」。

SPEAKING PRACTICE

1 The trip is four days long, but
I only have **two changes of clothes**.

這趟旅行要去四天，但我只有兩套換洗衣物。

2 If you're going to stay overnight,
you'll need **two changes of clothes**.

如果你打算過夜，那你會需要兩套換洗衣物。

3 Make sure to bring **extra changes of clothes**

in case your clothes get dirty.

一定要多帶額外的換洗衣物以免發生衣服弄髒的情況。

APPLY AND MORE

過夜旅行時會需要打包換洗衣物，而「塞滿衣物的行李箱」的英文是 **a suitcase full of clothes**。如果把不必要的東西都拿掉、只帶輕便行李的話，英文可以說 **travel light**，另一方面，如果是大包小包的，就會稱為 **overpack**。

1 The trip is only for two days but
I packed a suitcase full of clothes.

這趟旅行只去兩天，但我打包了一個塞滿衣物的行李箱。

2 You should travel light in case you
buy a lot of things on your trip.

你應該帶輕便的行李就好，以免你在旅行中買了很多東西。

DIALOGUE

A Watch out! Hey! You got ketchup all over my pants.

B Sorry about that. Good thing you brought **two changes of clothes**

for the trip.

A：小心！嘿！你把我的褲子弄得到處都是番茄醬了。

B：抱歉發生這種事。幸好你這趟旅行帶了兩套換洗衣物。

MP3 087

我穿 27 號半的鞋子。

I take size

275

two (hundred) seventy-five

shoes.

這句英文的直翻是「我拿尺碼 275 的鞋」，意思就是「我穿 27 號半的鞋子」。動詞 **take** 可以用來表達「穿著某特定尺碼的衣服或鞋子」，所以當想說「穿某個尺碼的鞋子」時，可使用「**take size**＋數字＋鞋子類型」。這裡使用的鞋子尺碼單位是公釐（**mm**），所以會寫成 200 多的數字，唸的時候可以去掉 **hundred** 直接唸出來。

這個表達方式的 size 之前不會加 a，因為 245/260/275 等數字是做為形容詞修飾後面的 shoes。

APPLY AND MORE

在美國，鞋碼的標示範圍是從成人的 Size 5 到 Size 13，如果是 Size 12，大概相當於 30 號，另一方面，歐洲常見的鞋碼 Size 35-36，則大概等同於 23 號到 23 號半。補充說明一下，當想說「我要試穿某尺碼」時，size 會改用大寫、前方會加 **a**，可以參考以下例句。

1   I take **a Size 5 1/2**
             five and a half
    in US sizes,
    a Size 235
             two (hundred and)
             thirty-five
    in Korean sizes, and **a Size 36**
                              thirty-
                              six
    in European sizes.

    美版鞋我穿 5 號半，韓版鞋穿 23 號半，歐洲鞋碼則穿 36 號。

2   What's your shoe size?

    你穿幾號的鞋？

DIALOGUE

A   Welcome to Shoe World. What can I help you find today?

B   Well, I'm looking for rain boots.
    I take size **235**
                 two (hundred) thirty-five
    shoes.

    A：歡迎來到鞋的世界。今天想要找什麼呢？
    B：這個嘛，我想找雨靴。我穿 23 號半的鞋。

SPEAKING PRACTICE

1   I think my feet have grown and I don't take size **245**
                     two (hundred) forty-five
    shoes anymore.

    我覺得我的腳變大了，所以我穿不下 24 號半的鞋了。

2   I was surprised when she told me she takes size **260**
                             two (hundred) sixty
    shoes.

    當她告訴我她穿 26 號的鞋子時，我覺得很驚訝。

3   He's only in middle school but already he takes size **275**
                         two (hundred) seventy-five
    shoes.

    他才國中就已經穿 27 號半的鞋子了。

一雙襪子
a pair of socks

一條褲子
a pair of pants

一套睡衣
a pair of pajamas

一雙手套
a pair of gloves

一雙鞋
a pair of shoes

提到「兩兩一組」或「成雙成對」存在的物品時，它們的前方都要加上 **a pair of**，以「**a pair of** ＋複數名詞」表達。大部分用「一雙」或「一對」來當單位的物品都是使用 **a pair of**，若是「兩雙／兩對以上」，則改用「**two/three/four... pairs of** ＋複數名詞」就行了。最常跟 **a pair of** 搭配使用的名詞是鞋類（**shoes, sneakers, sandals, boots, high heels, loafers, slippers**）、褲類（**pants, shorts, jeans, trousers**）、貼身衣物類（**panties, boxers, pajamas**）、襪類（**socks, stockings**）及各種手套（**gloves, mittens**）等。

SPEAKING PRACTICE

1 It's cold outside, so make sure to take **a pair of gloves**.

外面很冷，所以一定要帶一雙手套。

2 My daughter has so **many pairs of pajamas**,

so she has a hard time picking a pair every night.

我女兒有太多套睡衣了，所以她每天晚上都很難決定要挑哪套來穿。

3 He wore **a pair of socks** with his sandals, and everyone laughed at him.

他穿襪子搭涼鞋，結果每個人都嘲笑他。

APPLY AND MORE

眼鏡類（**glasses, sunglasses, contact lenses**）、剪刀（**scissors**）、耳環（**earrings**）也會跟 **a pair of** 搭配使用。

1 I got **a pair of diamond earrings**

for my birthday.

我生日收到了一對鑽石耳環。

2 Do you see the scissors there? Please get me **a pair**.

你有看到那裡的剪刀嗎？請給我一把。

DIALOGUE

A What in the world are you doing? Where are your socks? We're heading into a business meeting.

B It's too hot to wear **a pair of socks**. Besides, these pants are long enough to cover my ankles.

A：你到底在幹嘛？你的襪子呢？我們要去參加商務會議。

B：穿襪子太熱了。再說，這條褲子夠長，可以遮住我的腳踝。

一把菠菜

a bundle of spinach

一串香蕉

a bunch of bananas

一袋洋蔥

a bag of onions

一塊巧克力

a bar of chocolate

一盒牛奶

a carton of milk

一碗麥片粥

a bowl of porridge

「成把」、「成串」或「成束」的食物，會使用「數字＋單位＋of」來表達。當然，若食物的數量在 2 以上，則要用「數字＋單位 -s ＋ of」。菠菜要用一把（a bundle of）、香蕉要用一串（a bunch of），洋蔥跟米因為是裝成一袋，所以要用 a bag of，巧克力是一塊（a bar of），由於牛奶是裝在紙盒包裝中的，所以寫成 a carton of，粥或湯品是盛裝在碗內，所以會用 a bowl of。

SPEAKING PRACTICE

1　Goldilocks had **three bowls of porridge**

at the bears' house.

金髮姑娘在熊的家吃了三碗麥片粥。

2　Can you grab me **a bundle of spinach**

when you're at the store?

你去店裡的時候，可以幫我拿一把菠菜嗎？

3　I bought **a carton of milk**

and **two bunches of bananas**

at the store.

我在店裡買了一盒牛奶和兩串香蕉。

APPLY AND MORE

在談論「堆疊成一堆」的東西時，會說 **a pile of**。除此之外，因為捲筒衛生紙是捲成一卷的狀態，所以使用 **a roll of**，牙膏是裝在軟管裡，所以會寫成 **a tube of**。

1　He stood over **the pile of chopped onions**

crying.

他站在一堆切碎的洋蔥旁哭泣。

2　The toilet paper ran out here. Can you get me **a roll** from the closet?

> 即使將這個句子裡的 a roll of toilet paper 改用 a roll 代替，也能透過上下文表達其意。

這裡的廁所衛生紙用完了。你可以從櫃子裡拿一卷給我嗎？

DIALOGUE

A　Go to the store and get us **a bunch of bananas and a bundle of spinach**.

B　Sure. I'll get myself **a bar of chocolate** while I'm there.

A：去那間店買一串香蕉和一把菠菜回來。

B：沒問題。我去那裡會順便買一塊巧克力給我自己。

一撮鹽巴
a pinch of salt

一湯匙醬油
a tablespoon of soy sauce

少許醋
a dash of vinegar

在做菜時，如果想用英文，尤其是對著英文母語者，介紹料理食譜的話，這些表達用語全都非常有用。用食指與拇指捏起鹽巴、砂糖等粉粒狀物，一次動作所得到的數量，可以用「一撮」或「少許」來描述，英文說法是 **a pinch of**。液體類醬料的「一湯匙（一大匙）」的英文說法是 **a tablespoon of**，「一茶匙（一小匙）」則是 **a teaspoon of**。補充說明一下，如果是想描述「從容器直接倒出，稍微在上方繞圈來加入的量」，只要說 **a dash of** 就行了。

SPEAKING PRACTICE

1　He was surprised the cookie recipe called for **a pinch of salt**.

他很驚訝這份餅乾食譜上說鹽巴只需要一撮的量。

2　If you add more than **a tablespoon of soy sauce**, the dish becomes too salty.

如果加超過一湯匙的醬油，這道菜就會變得太鹹。

3　What he really loved on his French fries was **a dash of vinegar**.

他真的很愛在他的薯條上淋上少許的醋。

APPLY AND MORE

除了粉粒狀的砂糖，有時也會使用方糖。一塊方糖的英文說法是 **a cube of sugar**。

1　What do you take with your coffee? There are cream and **cubes of sugar** here.

你的咖啡要加什麼？這裡有奶精和方糖。

2　**A dash of pepper** makes a lot of difference.

灑上少許胡椒就會有很大的不同。

DIALOGUE

A　What these fish and chips could use is **a dash of vinegar**.

B　Sure. I'll go and ask at the counter if they have any.

A：這些炸魚薯條都應該要淋少許的醋在上面。
B：好啊。我去櫃檯問問他們有沒有醋。

UNIT 9

切成 2 公分厚的薄片
into
two-centimeter-thick slices

介系詞 **into** 的意思很多，但最常被用來傳達一種「把一個大的東西分割成幾個小東西」的感覺，因此 **into** 經常跟 **cut**、**divide** 或 **break** 這類動詞搭配使用。除此之外，當想描述「～厚的～」時，可以像這裡寫的 **2-cm-thick**（2 公分厚的）般利用「-（連字號）」來構成形容詞，此時請特別注意，無論讀還是寫，**cm** 都要用單數形。

SPEAKING PRACTICE

1 He cut the block of chocolate **into two-centimeter-thick slices**.

他把巧克力塊切成了 2 公分厚的巧克力片。

2 First, cut the cheese **into one-centimeter-thick slices**.

首先，將起司切成 1 公分厚的起司片。

3 When you're preparing "Texas toast," start with bread that's been cut **into one-inch-thick slices**.

你在準備做「德州吐司」時，要先從把麵包切成一英寸厚的麵包片開始。

APPLY AND MORE

除了動詞 **cut**，也千萬別忘了另一個常跟介系詞 **into** 搭配使用的動詞 **divide**，其中 **divide A into B**（把 A 分成 B）是最常用到的表達方式。

1 The teacher **divided the students into three groups**.

老師把學生們分成了三組。

2 My boss **divided the task into four parts** and gave us one each.

我的老闆把那項工作分成了四個部分，然後交給我們一人負責一個。

DIALOGUE

A You're doing it all wrong. The wood needs to be cut **into three-centimeter-thick pieces**.

B Are you sure? Give me the instructions and let me check for myself.

A：你完全做錯了。這些木材必須切成三公分厚的木塊。

B：你確定嗎？把說明書給我，我自己再確認一下。

UNIT 10

這瓶 1997 年的威士忌

this

1997
nineteen ninety-seven

whisky

　　像威士忌或紅酒這些酒類，經常會在前面加上生產年份，並以「～年（生產年份）的～」來描述，此時英文只要說「年份＋酒的種類名／品牌名」就行了。年份的唸法前面已強調過好幾次，請特別注意，除了 2000 到 2009 年之外，其他的年份都是採用兩兩分段的讀法。

SPEAKING PRACTICE

1　You won't believe how smooth **this 1980**

　　　　　　nineteen eighty

whisky is.

你不會相信這瓶 1980 年的威士忌喝起來有多滑順。

2　He spent a lot of money on **this 1956**

　　　　nineteen fifty-six

wine,

but considering how good it tasted, it was worth it.

他花了很多錢買這瓶 1956 年的葡萄酒，但考慮到它有多好喝，這筆錢花得值得。

3　As a special gift for his father, he bought **a bottle of 2008**

　　　　　　two thousand and eight

whisky.

他買了一瓶 2008 年的威士忌當作要送給父親的特別禮物。

APPLY AND MORE

中文裡會出現「去買兩杯酒來」這類的對話內容，這裡的「酒」聽起來像是可數名詞，但其實酒本身是不可數名詞，只是用來「盛裝酒的容器」是可數名詞而已。因此，當想描述裝在瓶子內的一瓶酒時，要說 **a bottle of**，當酒液被倒在杯中供飲用時，則要用 **a glass of** 或 **a shot of**。

1　Should we buy **a bottle of wine**

for her housewarming party?

我們該買一瓶葡萄酒去她的喬遷派對嗎？

2　**A shot of tequila** was enough to make them drunk.

一杯龍舌蘭就足以放倒他們了。

DIALOGUE

A　Here is one of our finest vintages.
It's **a 1915**

　　　　nineteen fifteen

red.

> vintage：佳釀，指的是在特定年份或地區釀造的高品質葡萄酒。

B　Nice bouquet. I bet it pairs perfectly with beef.

A：這是我們最棒的佳釀之一。1915 年的紅酒。
B：這酒香很棒。我敢說這酒和牛肉一定是絕配。

一間二星級餐廳

a two-star restaurant

大家應該都聽過以一到五顆星來描述一間餐廳或飯店的等級，如「五星級飯店」或「米其林三星餐廳」吧。請試著以「-（連字號）」來連結數字跟 **star**，也就是將「數字-star」用作單位形容詞，修飾後面出現的飯店或餐廳吧。

SPEAKING PRACTICE

1 When you go to Hawaii, even <u>the five-star hotels</u>

   are old and dated.

   你到夏威夷時，就算是五星級飯店也很老舊過時。

2 It was <u>a three-star restaurant</u>,

   but the portions were big and the wait staff were friendly, so it was very popular.

   雖然這是一間三星級餐廳，但份量很大，服務人員又很友善，所以非常受歡迎。

3 He started off at <u>a two-star restaurant</u>

   before working his way up into fine dining.

   > fine dining：精緻餐飲，在非常昂貴的餐廳內提供的特別美味的高品質餐點類型。

   他一開始是在一間二星級餐廳，之後才一步步努力進入精緻餐飲的領域。

APPLY AND MORE

電影同樣也能利用星級來區分等級，這時一定要在星等之後加上 **review**，使用如 **a five-star review** 這類的表達方式。知名的電影評論網站 Rotten Tomatoes（爛番茄）也是以「數字＋freshness percentage」來呈現評價的高低。補充說明一下，在評論電影時，也會使用 Roger Ebert 所推廣的 **thumbs up**（讚，好評）或 **thumbs down**（爛，負評）的方式來表達。

1 *Parasite* got <u>lots of five-star reviews</u>

   in many different countries.

   《寄生上流》在許多不同國家內獲得了很多五星評價。

2 I would give that movie <u>two thumbs down</u>.

   我覺得那部電影爛透了。
   （兩個向下的大拇指，表示非常爛）

DIALOGUE

A There's nothing wrong with this place. The food is cheap and the portions are large.

B But the food is actually not very good. It's <u>a two-star restaurant</u>

   at best.

   A：這個地方沒什麼問題。食物便宜，份量又大。
   B：可是這裡的食物其實不怎麼樣。充其量就是間二星級餐廳吧。

（在餐廳）我們是三個人。
A party of three.

出乎意料地，**party** 這個字其實有很多種不同的意思，除了「聚會，派對」以外，也能指在野黨或執政黨等的「政黨」，亦有「團體，一行人」的語意。因此，當在餐廳遇到服務人員詢問「總共幾位用餐（**How many in your party?**）」時，若想回答「我們（一行人）是三個人」時，可說 **A party of three.**。

SPEAKING PRACTICE

1 We made a reservation for **a party of six**.

我們訂了 6 個人的位子。

2 Do you have any tables for **a party of ten**?

你們有可以給 10 個人坐的位子嗎？

3 Because they always took their kid with them when they went out for dinner, it was always **a party of three**.

因為他們出去吃晚餐的時候，都會帶著孩子和他們一起，所以總是要坐三個人的位子。

APPLY AND MORE

當想表達「你們一行人之中～」時，只要說「**in your party**」就行了。若事前已經預訂好位子，在餐廳現場確認訂位時，不是會說「我用 XXX 的名字訂的」嗎？此時英文母語者會將訂位者的名字擺在後方，並用介系詞 **under** 來描述已訂位的狀態，使用「**make a reservation under one's name**」來表達。

1 How many are there in your party?

你們這裡總共幾位呢？

2 Under whose name did you make a reservation?

請問訂位的名字是什麼呢？

DIALOGUE

A Hi, I need a table for **a party of five** for Christmas.

B Sure. Can I have your name and phone number, please?

A：嗨，我想要在聖誕節訂 5 個位子。
B：沒問題。可以請你給我姓名和電話號碼嗎？

CHAPTER 3

跟出版、書籍有關的
數字表達用語

UNIT 1 那份報紙的發行量是 150 萬份。

UNIT 2 我現在看到第 225 頁。

UNIT 3 最新一版是第 32 版。

UNIT 4 第五章是跟各式各樣的亞洲文化有關的內容。

UNIT 5 在第三段的第二行中～

UNIT 6 初版 10 刷／再版 10 次、每次 2000 本

UNIT 7 全套是 5 本

UNIT 8 他的書總是有數萬本的銷量。

UNIT 9 這些書每本各五本

那份報紙的發行量是 150 萬份。

The newspaper has a circulation of one and a half million.

circulation 的原意為「循環；流通」，因為報章雜誌都是流通銷售至全國，所以當想描述「發行量是多少」時，可以說「**a circulation of**＋數字」，此時若在句中加入動詞 **have**，語意就會變成「（報社等單位發行的）發行量是多少」。

SPEAKING PRACTICE

1 Even with **a circulation of two million**,

the magazine had trouble finding advertisers.

即使有著 200 萬的發行量，那本雜誌還是很難找到廣告商。

2 By covering national and international current events, the newspaper was able to build up to **a circulation of a million** very quickly.

透過報導國內外時事，這份報紙的發行量很快就成長到了 100 萬份。

3 In its heyday, it had **a circulation of two point five million**,

but the numbers had fallen a lot in the previous five years.

也可以讀作 two and a half million。

那間公司在全盛時期的發行量是 250 萬份，但這數字在最近這五年已經下降了很多。

APPLY AND MORE

對報紙或雜誌而言，訂閱者（**subscribers**）的人數多寡非常重要，所以務必把相關的表達用語一併記住。

1 The newspaper company is trying hard to get more subscribers.

這間報社正努力爭取更多的訂閱者。

2 Streaming services such as Netflix or HBO On Demand have **millions of subscribers**.

on demand：指的是根據用戶的需求，透過網路來提供對應資訊

像 Netflix 或 HBO On Demand 等串流服務擁有數百萬的訂閱者。

DIALOGUE

A The good old days of the newspaper industry are over. Now that everything's online and no one wants to pay for anything.

B I remember back when I started the paper, it had **a circulation of one and a half million**.

A：報業的美好舊日時光已經結束了。現在網路上什麼都有，而且沒人想付錢。

B：我記得當時我在創辦這份報紙時，發行量是 150 萬份。

我現在看到第 225 頁。

I'm on page

225

two (hundred) twenty-five

now.

　　想描述正在看某本書的第幾頁時，因為此時視線正放在該頁之上（**on**），所以會利用 be 動詞與介系詞 **on**，以「**be 動詞＋on＋page＋數字**」來表達。除此之外，也可利用語意為「閱讀」的動詞 **read**，以「**read page ＋數字**」來表達。

SPEAKING PRACTICE

1　Don't spoil it for me;
I'm only **on page 102**.

　　　　　　　　**one hundred
　　　　　　　　and two** 或
　　　　　　　　one oh two

不要暴我雷；我才正看到第 102 頁而已。

2　I have to read this book by next week. I'm already
on page 230.

　　　　　　　two (hundred) thirty

我在下週以前必須看完這本書。我現在已經看到第 230 頁了。

3　I'm reading **page 55**

　　　　　　　fifty five

but looks like you are
on page 78.

　　　　　　　seventy-eight

我正在看第 55 頁，不過看來你在看第 78 頁了。

APPLY AND MORE

除了像前面那樣，回答別人自己看到哪裡，也有可能遇到需要詢問別人看到第幾頁的情況，所以請把問法一併記住。補充說明一下，如果是站在作家的角度來說話，當想描述正在寫第幾頁的內容時，可以說 **work on**，若想描述已經寫到了第幾頁，則可以用 **reach** 這個字。

1　What page are you on?

你看到第幾頁了？

2　By the time he'd reached
page 185,

　　　　one hundred and eighty-five

the author was afraid the book was going to be too long.

這個作家在寫到了第 185 頁時，很怕這本書會變得太厚。

DIALOGUE

A　Ok, class. Last week we finished
Chapter **13**.

　　　　thirteen

Please open your books to
page 332.

　　　　three thirty-two

> 要別人把某本書翻到第幾頁時，可用「open your book to page ＋數字」來表達。

B　What? I missed class last week. I'm only
on page 290.

　　　　two (hundred) ninety

A：好了，各位。上週我們結束了第 13 章。請把書翻到第 332 頁。
B：什麼？我上週沒上到課。我只看到了第 290 頁。

MP3 097

最新一版是第 32 版。

The latest edition is the 32nd.

thirty-second

　　將已出版書籍重新規劃設計後再次出版，英文會使用 **edition** 來表示是第幾版，可以將 **edition** 與序數搭配來描述初版、二版⋯⋯等。數字越大表示這本書重新出版的次數越多、越受歡迎。**lastest** 是「最新的」，所以 **the latest edition** 即為「最新一版」的意思。

SPEAKING PRACTICE

1　This book is so popular that the latest edition is **the 50th**.

　　　　fiftieth

這本書受歡迎到最新一版是第 50 版。

2　When he was asked to design a new cover for the book, he was told the new edition is **the 24th**.

　　　　twenty-fourth

當他接到為這本書設計新封面的要求時，有人告訴他最新一版是第 24 版。

3　The new edition with the leather binding is **the 17th**.

　　　　seventeenth

有著皮革書封的最新一版是第 17 版。

APPLY AND MORE

在北美地區，即使是同一本書，也會有封面封底皆採用硬卡紙裝訂的 **hardcover edition**（精裝版），以及封面封底採用一般紙張裝訂的 **paperback edition**（平裝版）兩種版本。**paperback edition** 的價格會便宜許多。除此之外，如果書籍因內容更新而改版時，會稱作 **revised edition**（修訂版）。

1　This hardcover edition is **$20**

　　　　twenty dollars

more expensive than the paperback edition.

這本精裝版比平裝版貴 20 美元。

2　I'd like to get a revised edition of this TOEFL test prep book.

我想要買這本托福參考書的修訂版。

DIALOGUE

A　Wow, they're still teaching that book in high school? I remember having to read it back when I was a kid.

B　Yeah, it's still popular. The latest edition is the **32nd**.

　　　　thirty-second

A：哇，現在高中還在上那本書喔？我記得我小時候那本書是一定得看的。

B：是啊，它仍然很受歡迎。最新一版是第 32 版。

第五章是跟各式各樣的亞洲文化有關的內容。

Chapter Five is about various Asian cultures.

做為書籍、論文等分章的 **chapter**，用法是「**chapter** ＋數字（基數）」。因為是做為專有名詞，所以開頭的第一個字母都要大寫。另一方面，若只是單純描述各章順序，也就是「第幾章」的話，則要用「序數＋ **chapter**」，而且因為不是做為標題的專有名詞，所以第一個字母不需要大寫。除此之外，如果想描述該章的內容，例如「關於～」時，最具代表性的介系詞就是 **about**，但若談及的內容相當深入且細節的話，那也可以用 **on**，亦能使用動詞片語「**deal with**（處理～；應對～）」來表達。

SPEAKING PRACTICE

1 **Chapter One** is about various elements of Asian culture.

第一章是與各式各樣的亞洲文化元素有關的內容。

2 **Chapter Three** deals with the causes of inflation.

第三章處理的是通貨膨脹的成因。

3 **The fifth chapter** is on the effect of global warming on future generations.

第五章專注於全球暖化對未來世代所造成的影響。

APPLY AND MORE

想說「某本書或某篇論文總共有幾章」時，可用「基數＋ **chapters**（複數形）」。補充說明一下，想描述某些事情感覺拖杳或故事遲遲沒有進展時，可用動詞 **drag**。

1 There are **twelve chapters** in this thesis.

這篇論文有十二章。

2 **Chapter VI** sort of drags, but things start to move again in **Chapter VII**.

> 有些書的章名數字是用羅馬字母寫的，請記住基本的羅馬字母。
> I → 1、II → 2、III → 3、IV → 4、V → 5、VI → 6、VII → 7、VIII → 8、IX → 9、X → 10

第六章有點拖，但劇情在第七章就又開始推進了。

DIALOGUE

A Have you finished the homework chapter, **Chapter Five**?

B **Chapter Five**? I think you might have studied the wrong chapter, Dave.

A：你做完第五章的回家功課了嗎？
B：第五章？ Dave，我覺得你可能念錯章了。

MP3 099

在第三段的第二行中～

in the second line of the third paragraph

in line two, paragraph three

in paragraph three, line two

在課堂上、小組討論或研討會上，都經常會說到「某個段落的某一行」。就像前面提過的，當想描述在某處出現什麼內容時，要使用介系詞 **in** 來表達。除此之外，段落與行的描述方式相當多樣化，首先，可如「**in the first line of the first paragraph**」般用序數來表達，也可如「**in line one, paragraph one**」般全都用基數來表達，又或者是「**in paragraph one, line one**」般改變順序，先講段落再講行數來表達。無論用的是哪種讀法，都可以正確表達語意。

SPEAKING PRACTICE

1 The lawyer drew our attention to a clause **in the third line of the first paragraph**.

律師提醒我們留意一下第一段第三行的條款。

2 **In line ten, paragraph five** of the will, Dave explained what he was leaving to his wife.

在遺囑的第五段第十行中，Dave 說明了他打算留什麼給妻子。

3 And here, **in paragraph three, line seven**,

the author first introduces the main character, John.

而在第三段的第七行這裡，作者第一次讓主要角色 John 出場。

APPLY AND MORE

在上課或簡報時，在提到「看一下某個段落的哪一行」時，會用 **look at**，若想要提醒「最好留意一下～」的話，則可以說 **want to draw your attention to**。

1 I'd like to draw your attention to **the tenth line of the second paragraph**.

我想提醒你們留意一下第二段的第十行。

2 Look at **paragraph one, line five**.

There's a typo.

看一下第一段的第五行。有一個錯字。

DIALOGUE

A And as it clearly states **in line two, paragraph three**,

if your company cannot finish the work in time, there are rather serious penalties.

B I'm aware of that part of the contract. Have no fear. We will finish with time to spare.

A：另外，正如第三段第二行中載明的，如果您的公司無法及時完成工作，將會面臨高額的罰款。

B：我有注意到合約上那部分的內容。別擔心。我們會提前完成工作。

MP3 100

初版 10 刷
First edition, tenth printing
再版 10 次、每次 2000 本
Reprinted ten times,
2,000
two-thousand
copies each time

出版社每加印一次，就會說 **printing**，也就是出版業術語所說的「刷次」。同一個 **edition**（版）有可能會加印多次，所以這裡會使用序數來描述「第幾 **edition** 的第幾 **printing**」，這部分通常會跟出版社相關資訊一併載於版權頁上。除此之外，表示加印次數的「再版」會用「**reprinted** ＋次數（數字 ＋ **times**）」來表達，並以一次（**each time**）印多少本（**copies**）來描述加印的本數。

SPEAKING PRACTICE

1 It was never super popular, but it was a steady seller, having been **reprinted fifteen times, 2,000 two-thousand copies each time**.

這本書從來都不是特別受歡迎，但卻是本長銷書，已經再版了 15 次、每次 2000 本。

2 Even the author was surprised by the book's enduring popularity; he never expected to see it **reprinted thirteen times, 5,000 five-thousand copies each time**.

就連作者都對這本書歷久不衰的受歡迎度感到驚訝；他從來沒想過它會有再版 13 次、每次 5000 本的一天。

3 It took me forever to find **the first edition, first printing of** this book.

我找了很久才找到這本書的初版首刷。

APPLY AND MORE

當一本書已經變得不合時宜或銷量不佳時，出版社就會將這本書絕版處理，絕版的英文是 **out of print**。只要不再加印且所有現存印刷成品都已賣出，那這本書就會消失在市場上了。但如果之後又重新再出新版，則可以用 **publish a new edition** 來描述。

1 It was out of print for many years but thanks to a TV show it got popular, so they are going to publish a new edition.

這本書已經絕版很多年了，卻多虧一個電視節目而變得大受歡迎，因此他們打算要重新再出新版。

DIALOGUE

A And here it is, the holy grail of books. It's **the first edition, tenth printing of** *The Catcher in the Rye*.

B I've been looking for this for ages. Let me get some gloves on before I hold it.

A：好啦，這就是那本超難入手的珍本書。初版 10 刷的《麥田捕手》。

B：我找這本書找好久了。讓我先去戴手套再來拿它。

UNIT 7

全套是 5 本

a five-volume set

　　「全套」指的是由多本書集結成套的情況，描述這種「一整套有好幾本」的成套書籍時，要使用「-（連字號）」來連結數字與表示「集／卷」的單字 volume，並將 volume 擺在 set 之前。此時，「數字-volume」是做為修飾 set 的形容詞，所以 volume 只能使用單數形。

SPEAKING PRACTICE

1　He was amazed to find **a first edition five-volume set** of Melville's classics.

他很驚訝地發現了一整套共五集的初版 Melville 的經典著作。

2　Their discography was sold as **a three-volume set** of CDs.

> volume 除了能用來描述書籍，也能像這個例句一樣，用來描述 CD 的張數。

他們的專輯以一整套共三張 CD 的形式出售。

3　He bought **a used four-volume set** of the Oxford English Dictionary.

他買了一整套共四卷的二手牛津英文辭典。

APPLY AND MORE

成套書籍的代表性例子正是「長篇小說」，這種由多本構成的長篇小說，英文是 **saga**。如果一套長篇小說是由三集組合而成時，就會被稱作「三部曲」，英文是 **trilogy**。如果是由多本集結成一整套的話，請用「數字＋volumes」來描述。

1　The movie was based on **a famous trilogy of books**.

這部電影是改編自一套知名的三部曲小說。

2　The saga has **ten volumes** in total.

這部長篇小說總共有十集。

DIALOGUE

A　Are you sure you want to buy this? It's **a ten-volume set**.

B　You can learn **3,000 three thousand** years of Asian history.

A：你確定你要買這個嗎？這一整套有十冊。
B：你可以學到 3000 年的亞洲歷史。

他的書總是有數萬本的銷量。

His books always have sales in the tens of thousands.

　　首先要特別注意，雖然 **tens of thousands** 的範圍可以從 20,000 涵蓋到 90,000，但一般人都會更傾向於覺得這裡指的是那些大數字，因此這個表達方式可以呈現出「數量很大」的感覺。除了可以在前方加上動詞或名詞，構成一個「動詞 **or** 名詞＋ **in the tens of thousands**」的詞組之外，也可以用「**tens of thousands of**＋名詞」的型式來修飾後方名詞。

SPEAKING PRACTICE

1　Whatever he writes and publishes consistently sells **in the tens of thousands**.

無論他寫什麼東西出版都可以賣出數萬本。

2　**Tens of thousands of** people are trying to get their hands on the book.

有數萬人都在試著要把這本書弄到手。

3　Because he loved the library so much, the wealthy businessman would make an annual donation **in the tens of thousands**.

因為非常喜愛這間圖書館，這位富商每年都會捐助數萬美元。

APPLY AND MORE

如果一本書在上市後立刻賣出數萬本，那麼中文會說「這本書非常熱門，銷售速度飛快」來描述，換成英文就會說 **fly off the shelves**，表示人們在搶奪架上商品，而且激烈到讓商品像是從貨架上飛下來似的。

1　Their new English book has been flying off the shelves, so they have to reprint it.

他們新出的英文書非常熱賣，所以必須再版了。

2　The lipstick was so popular that as soon as it was displayed, it flew off the shelves.

這款口紅受歡迎到一上架就被搶購一空。

DIALOGUE

A　I never thought of them as an investment. I just bought them because I love comic books.

B　And all these years later, your collection is worth **tens of thousands of dollars**.

A：我從來沒把它們當作是投資。我會買只是因為我熱愛漫畫。

B：結果過了這麼多年後，你的收藏價值數萬美元了。

UNIT 9

這些書每本各五本

five each of these books

當想描述某些東西每種各買幾個時,可用「數字＋ **each of** ＋該名詞的複數形」來表達。**each** 的意思是「各個,各自」,所以 **three each** 的語意是「各三個」。補充說明一下,搞混 **each** 跟 **each of** 用法的人出乎意料地多,請記得 **each** 後方要接單數形,但 **each of** 後方要接複數形。

SPEAKING PRACTICE

1 He wanted to give these books away as gifts, so he bought **two each of them**.

他想把這些書當作禮物送人,所以他每本書各買了兩本。

2 For the bookstore window display, he used **three each of these books**.

他把這些書各放了三本在書店的櫥窗陳列區中。

3 The librarian knew the books were going to be popular, so she ordered **ten each of them**.

圖書館館員知道這些書會很受歡迎,所以她每本書各訂了十本。

APPLY AND MORE

除了書籍之外,這種表達方式也能用在其他東西上,一起練習看看吧!

1 There were quite a few leftovers after the bake sale. We took **two each of the muffins**.

> bake sale：由學校或慈善組織發起,製作並出售麵包和蛋糕等烘焙品以募集資金的活動。

在烘培義賣結束後還剩了不少沒賣完的。我們各拿了兩個馬芬。

2 Mom bought a bag of mandarin oranges and we all ate **four each of them**.

媽媽買了一袋橘子,我們每個人都吃了四個。

DIALOGUE

A And how can I help you today? Oh, **four each of these coloring books and crayons**?

B Yes. I have a lot of grandchildren and they never share.

A：今天還需要什麼嗎?噢,這些著色本各四本和蠟筆嗎?

B：是的。我有很多孫子,而且他們從不共用的。

與書籍相關的有趣小故事

在閱讀原文書時，會在書中看到所謂的版權頁（copyright page），現在就來認識一下版權頁上會出現什麼資訊吧！

首先，版權頁的存在是為了防止盜版氾濫，所以無論是詩集、小說、非小說類書籍還是自行出版的刊物，都應該要有 copyright page。現在就來一窺版權頁的組成架構吧！

Copyright © 2017 Jane Doe. **1**

All rights reserved. No part of this publication may be reproduced, distributed, or transmitted in any form or by any means, including photocopying, recording, or other electronic or mechanical methods, without the prior written permission of the publisher, except in the case of brief quotations embodied in critical reviews and certain other noncommercial uses permitted by copyright law. For permission requests, write to the publisher, addressed "Attention: Permissions Coordinator," at the address below. **2**

ISBN: 978-0-000000-0 (Paperback)
ISBN: 978-0-000000-0 (Hardcover) **3**

Library of Congress Control Number: 0000000000 **4**

Any references to historical events, real people, or real places are used fictitiously. Names, characters, and places are products of the author's imagination. **5**

Front cover image by Artist. **6**
Book design by Designer. **7**

Printed by DiggyPOD, Inc., in the United States of America.
First printing edition 2017. **8**

Example Publisher
111 Address St. **9**
City, State, 12345

www.yourwebsite.com **10**

1. **註明版權、出版年份、作者姓名**
   作者姓名可採用筆名。如果是改版書，要以 Copyright © 2017, 2014, 2012 這種格式來標記。

2. **版權文字**
   包含「未經作者或出版商許可，不得擅自重製或傳播」等內容。

3. **ISBN**
   國際標準書號是由 13 碼數字所組成，用來識別出版品所屬的國別地區（及語言）、出版單位、書名、版本及裝訂方式，最後一碼則是檢查號，補充說明一下，臺灣的地區號碼是 957、986 以及 626。

4. **美國國會圖書館控制號（LCCN）**
   必須獲得此編號才能存放在美國國會的圖書館內。

5. **免責聲明（disclaimer）**
   如果是小說，會以「本書劇情、角色或地點皆為作者想像虛構，與現實人物或組織無關」等等語句來標明「如有雷同，純屬巧合，概不負責」。

6. **告知已取得使用許可**
   告知用於封面的圖片已取得相關版權擁有者的同意。

7. **揭露本書相關人員**
   可能會列出編輯、攝影師、插畫家等等相關人員，大多數書籍都會在版權頁上列出該書的設計和插圖版權的所有者。

8. **標示印刷地、版次及刷次**
   告知這本書的印刷地是在哪個國家，以及屬於第幾版第幾刷。

9. **出版社相關資訊**
   列出出版社的名稱與地址。

10. **網址**
    作者的網站。

CHAPTER 4

跟住宅或通訊有關的
數字表達用語

UNIT 1　　我家在 1403 棟的 513 號公寓。

UNIT 2　　我住在那棟大樓的三樓。

UNIT 3　　他住在我家往上數三層的樓上。

UNIT 4　　三房公寓

UNIT 5　　屋齡 13 年的公寓

UNIT 6　　那間房子有 148 平方公尺。

UNIT 7　　二到四樓都是我們公司的。

UNIT 8　　那棟大樓有地上 5 層和地下 2 層。

UNIT 9　　服務台請按 1。

UNIT 10　　外線請先按 0。

MP3 104

我家在 1403 棟的 513 號公寓。

My home is Apartment

513 <u>**five thirteen**</u>

in Building

1403 <u>**fourteen oh three.**</u>

　　在提到位於公寓大樓內的地址時，幾乎都只會提到第幾棟跟幾號（室）。有別於將大單位地點擺在前面的中文說法，英文地址的描述原則是小單位在前、大單位在後，所以會先以「**Apartment**＋號（室）」提到公寓編號，然後再說「**building**＋棟號」整棟大樓的編號。此外，因為住家是位於該大樓的內部，所以 **building** 的前面要接介系詞 **in**。至於數字的唸法，若為三位數，則去掉 **hundred** 直接唸，若為四位數，則像在唸年份一樣，兩兩一組分段唸出。

SPEAKING PRACTICE

1　Please leave the package in front of **Apartment 510** <u>**five ten**</u>

in Building 3.
<u>**three**</u>

請將包裹放在 3 棟的 510 號公寓前面。

2　He lived in a housing project, in **Apartment 10A** <u>**ten A**</u>

in Building 419.
<u>**four nineteen**</u>

> housing project 通常指的是由政府提供資金建成，供低收入民眾入住的住宅社區。

他住在公宅社區裡的 419 棟的 10A 公寓裡。

3　Police and ambulance were called to **Apartment 1180**
<u>**eleven eighty**</u>

which is directly across the hall from my sister's place.

警察和救護車被叫到了 1180 號公寓，就在我姐姐家對面。

APPLY AND MORE

在大型都會區中常見的半地下室公寓（**a half basement**），也常稱作 **a half basement apartment**。如果你仔細觀察以紐約為背景的連續劇或電影，就會發現很多大樓其實都有 **half basement units**。不過，也有些房子是建在斜坡上，從正面看是在地下，但從後面看卻是 **a full story**，這種房子就稱作 **a walkout basement**。

1　Oh, it's not a half basement. It's a walkout basement.

噢，這不是半地下室公寓，這是一個敞開式地下室公寓。

2　For a half basement apartment, it gets a lot of sunlight.

以一個半地下室公寓來說，採光滿好的。

DIALOGUE

A　Can you please sign for this package? I need a signature.

B　Sure. Let's see here. Oh, this isn't for me. I'm **Apartment 5A** <u>**five A**</u>

in Building 3.
<u>**three**</u>

This is for **Apartment 5A** <u>**five A**</u>

in Building 6.
<u>**six**</u>

A：可以請你簽收這個包裹嗎？我需要有人簽名。
B：沒問題。讓我看看。噢，這不是我的。我這裡是 3 棟的 5A。這個包裹是 6 棟 5A 的。

我住在那棟大樓的三樓。
I live on the third floor of the building.

想描述住在幾樓時都是使用序數。除此之外，想表明自己住在或身處第幾樓時，一定要搭配介系詞 **on** 來表達。

SPEAKING PRACTICE

1 The apartment didn't have a good view because it was only **on the second floor** of the building.

這間公寓的景觀不佳，因為它只是這棟大樓的二樓。

2 If you're **on the first floor** of the building, you never use the elevator.

如果你住在這棟大樓的一樓，那你永遠都不會用到電梯。

3 His air conditioner unit fell off **from the fifth floor** of the building.

他的冷氣機從這棟大樓的五樓掉了下來。

APPLY AND MORE

一個沒有電梯，只有樓梯的建築物，英文稱為 **a walkup**，在前方可以加上「幾樓」來表達。當想描述這種建築物所擁有的總樓層數時，不會用 **floor**，而是要用 **story**，以「數字＋story」來表達。補充一下，位於高級公寓大樓的最高層公寓，被稱作頂層公寓。

1 She lived in **a three-story walkup**, and really hated not having an elevator.

她住在一棟三層樓高的無電梯公寓裡，覺得沒有電梯真的很討厭。

2 The highest floor of the building is the penthouse, and it's usually one apartment that takes up the whole floor.

這棟大樓的最高一層是頂層公寓，而頂層公寓通常是一層一戶的公寓。

DIALOGUE

A So, tell me about this new place. I hear it's a really lively neighborhood with lots of exciting cafés.

B Yeah, and that's great during the day, but I live **on the third floor** of the building, and at night I can hear everything that's happening on the street below.

A：那麼，跟我介紹一下這間新房子吧。我聽說這個社區充滿活力又有很多有趣的咖啡廳。

B：沒錯，這點在白天的時候很棒，可是我住在這棟大樓的三樓，所以晚上的時候下面發生了什麼事我聽得一清二楚。

UNIT 3

他住在我家往上數三層的樓上。

He lives three floors above me.

當位置處於某個想像的基準點之上時，要用 **above**，位於基準點以下時，則要用 **below**。因此，描述住在自家「樓上」的鄰居時，要說 **people above me**，描述住在自家「樓樓上」的鄰居時，則要用 **two floors above me**。反之，如果要描述住在自家「樓下」的鄰居，則要用 **below**。

SPEAKING PRACTICE

1 The party was **three floors above me,** but I could still hear the music.

派對辦在我家往上數三層的樓上，但我還是聽得到音樂聲。

2 The piano tutor lives **two floors below us,** which makes it very convenient.

鋼琴家教住在我們家往下數兩層的樓下，所以非常方便。

3 **The people above me** are very inconsiderate. They make so much noise.

住我家樓上的人完全沒有考慮到別人。他們製造了超多噪音。

APPLY AND MORE

above 除了能用來表達物理上的「上方」，也能用來描述職場中的主管。那麼，可以用 **below** 描述職場中的下屬嗎？答案是不行，此時不能用 **below**，而是要用 **under**。

1 As a director, I feel very responsible because there are

120

one hundred and twenty

people working under me.

做為總監，我覺得自己身負重責大任，因為我手下有 120 個人。

2 I have **three people above me** and I am the only one who does all the actual work. This is a very top-heavy company.

> top-heavy 表示「擔任主管階級的人太多」。從公司結構上來看，會呈現倒三角形的形狀。

我上面有三個主管，而我是那個唯一在做所有實際工作的人。這是一間非常頭重腳輕的公司。

DIALOGUE

A I heard that when they got divorced they couldn't agree on who got to keep the apartment.

B That's true. They both loved the neighborhood, so he bought a second place in the same building. Now he lives **three floors above her**.

A：我聽說他們在離婚的時候，對於誰能繼續保有那間公寓的事無法取得共識。

B：是這樣沒錯。他們都很喜愛這個社區，所以他在同棟大樓裡買了第二戶。現在他住在她家往上數三層的樓上。

三房公寓

a three-bedroom apartment

　　a three-bedroom apartment 的表達方式是在 a 跟 apartment 之間，加上一個以連字號連結而成的形容詞，表達「擁有三個房間的公寓」的意思。透過連字號來構成形容詞時，夾雜其中的名詞即使遇到 2 以上的數字，仍會採用單數形。在用英文表達時，即使自己居住的空間並非一般認知的公寓大樓，還是常會將其稱作公寓，就算是住在別墅裡，以英文來描述時仍常會用 apartment 一字。

SPEAKING PRACTICE

1 His family quickly outgrew **the two-bedroom apartment**.

他們家很快就住不下這間兩房公寓了。

2 They told the agent they were looking for **a three-bedroom apartment** in the Upper East Side.

> Upper East Side：位於紐約曼哈頓的一個鬧區。

他們告訴房仲他們要找上東城區的三房公寓。

3 We downsized from **a large five-bedroom home to a two-bedroom apartment**.

我們從有五個房間的大房子縮減成兩房公寓。

APPLY AND MORE

英文中沒有 **one room**（一房）這種說法，因為這種格局的房子會被稱作 **studio**（單房公寓）。在談到公寓時，比起 **apartment**，其實更常用 **condo** 這個字。在出去玩時所住的那種 **condo** 則會稱為 **resort hotel**。

1 Typically, what Koreans call a one-room apartment is called a studio apartment in North America.

基本上，韓國人所說的一房公寓，在北美會被稱為單房公寓。

2 After downsizing, my parents lived in **a one-bedroom condo**.

在縮減大小後，我的父母住在公寓套房裡。

DIALOGUE

A In this area, it's going to cost you an arm and a leg for **a three-bedroom apartment**.

B You're right. It makes more sense to move out to the suburbs and commute.

> A：在這一區，你要花非常多錢才能買到三房公寓。
>
> B：你說的沒錯。還是搬到郊區然後通勤會比較明智。

UNIT 5

屋齡 13 年的公寓

a thirteen-year-old apartment

這次在 **a** 跟 **apartment** 之間加入了以連字號連結而成的 **13-year-old**，表達「年齡是 13 年」的語意。如先前所提過的，以此種方式構成形容詞時，無論前方數字為何，夾雜其中的名詞都是採用單數形。

SPEAKING PRACTICE

1 Even though it was **a thirty-year-old apartment**,

the previous owner had done a lot of renovations.

儘管這是一間屋齡 30 年的公寓，但前任屋主曾經大翻新過。

2 He bought **a ten-year-old apartment** and had to redo the whole kitchen.

他買了一間屋齡 10 年的公寓，結果不得不重做整個廚房。

3 If it's only **an eleven-year-old house**, you can assume there won't be any problems with the wiring.

如果這間房子的屋齡只有 11 年，那你可以假設在線路上不會有什麼問題。

APPLY AND MORE

一般會認為屋齡 3、40 年的房子就已經算是老房子了，但在美國或加拿大卻有很多房子的屋齡都已經破百了，這種建於 19 與 20 世紀交替時期的房子，英文稱為 **a turn of the century house**。

1 This is a turn of the century building.

這是一棟建於 19 與 20 世紀交替時期的建築物。

2 Her house is a century old, and has terrible wiring and plenty of drafts.

> century 雖然是「一百年，世紀」的意思，但 a century 本身是單數，所以搭配的動詞不需要使用複數形。

她的房子 100 歲了，所以線路非常糟糕，而且很多地方都會漏風。

DIALOGUE

A We bought a place — **a fifteen-year-old apartment** — and didn't have to change a thing.

B That kills me. I bought a place that had been built like five years ago, and had to fix everything.

A：我們買了一間屋齡 15 年的公寓，結果什麼東西都不用動。

B：我快氣死了。我買了一間大概五年前蓋的房子，結果什麼東西都得修。

那間房子有 148 平方公尺。

The house is

148 m²
one hundred and
forty-eight square meters.

描述房子大小的正規單位是平方公尺，寫法為 **m²**，讀音為 **square meter**，前方加上的數字如果是 2 以上，就要讀作複數形。補充說明一下，148 平方公尺大概是 45 坪。

SPEAKING PRACTICE

1 The realtor claimed the house is
200 m²,
two hundred square meters

but it felt a lot smaller because there were so few windows.

房仲聲稱這間房子有 200 平方公尺，但因為窗戶超級少而感覺小了很多。

2 That old house, the one over behind the school, is **1,000 m²**.
one thousand square meters

在學校後面的那間老房子有 1,000 平方公尺。

3 If you live by yourself, **79 m²**
seventy-nine square meters

is more than enough room for you.

如果你是一個人住，那 79 平方公尺的空間已經綽綽有餘了。

APPLY AND MORE

雖然我們可能比較熟悉用「坪」來描述房屋的大小，但國際上還是習慣用「平方公尺」這個單位，現在就來看一下，在這種情況下可能會出現的句子吧！補充說明一下，請記得當想說「每平方公尺多少～」時，要用 **per** 這個字。

1 This house is about **30**
thirty

ping, but I have no idea how big that is in square meters.

這間房子大概有 30 坪，但我不知道換算成平方公尺是多大。

2 When calculating the price of a house, you need to look at the cost per square meter.

在計算房價時，你必須要看每平方公尺的價格。

DIALOGUE

A Did you say that the house is
79 m²?
seventy-nine square meters

That's not bad. Good size for a starter home.

B I know, but I don't want a starter home. Makes more sense to get a bigger home now so my family doesn't have to move if we outgrow it.

A：你是説那間房子是 79 平方公尺嗎？那還不錯。就第一間房子來説大小適中。

B：我知道，但我不想要換房子。現在買一個大一點的房子感覺比較明智，這樣如果我們家的人變多了，也不需要搬家。

MP3 110

二到四樓都是我們公司的。

My company occupies the second to the fourth floor.

當想描述一間公司同時使用了一棟建築物的多個樓層時，會使用表達「占據，占用」的 **occupy** 或 **take up**。**occupy** 是及物動詞，所以後方會直接接樓層數，**take up** 則會在後方接上表示「從～到～」的 **from A to B**，來描述所占用的樓層是幾樓到幾樓。

SPEAKING PRACTICE

1 The language school was huge, and **took up from the 4th to the 11th floor**.
the fourth to the eleventh floor

這間語言學校很大，占據了 4 到 11 樓。

2 AAA Insurance **occupies the 2nd to the 7th floor**
the second to the seventh floor
of this building.

AAA 保險占據了這棟大樓的 2 到 7 樓。

3 He worked really quickly in the morning and was able to clean all the exterior windows on **the 2nd to the 4th floor**.
the second to the fourth floor

他在早上的工作速度非常快速，所以能將 2 到 4 樓的所有外牆窗戶全都清理乾淨。

APPLY AND MORE

帶有「從～蔓延～」或「從～傳播到～」語意的 **run**，也能用來描述大片的窗戶或大型宣傳布條等。除此之外，在提到使用了一層或兩層等的總層數時，**floor** 的前方要用基數，不能用序數。

1 The presidential library has giant windows along the front, and they run **from the 2nd to the 4th floor**.
the second to the fourth floor

總統圖書館的正面有著巨大的窗戶，這些窗戶從二樓開始一直延伸到了四樓。

2 When the company started, they only rented **one floor** but now they **take up three floors** of the same building.

公司剛起步的時候，只租了一層樓，但現在已經在同一棟大樓裡占了三層樓。

DIALOGUE

A How can I find your office?

B When you reach the building, take the elevator. My company **occupies the 6th to the 9th floor**.
the sixth to the ninth floor
They all have the same signs. Make sure you get off at **the 9th**
the ninth
floor.

A：你的辦公室要怎麼去？

B：你到大樓後去搭電梯。六到九樓都是我們公司的。各層的標示都一樣。請確定你是在九樓出電梯。

MP3 111

那棟大樓有地上5層和地下2層。

The building has five floors above ground and two basements.

　　在用英文描述「某個建築物有幾層樓」時，會運用動詞 **have** 來表達該建築物「擁有」幾層樓。地上樓層稱作 **floor**，地下樓層稱作 **basement**。如果不是單純描述擁有幾層樓，而是想要強調是地上樓層時，請在後方加上 **above ground**。

SPEAKING PRACTICE

1 The company's new headquarters have **seven floors above ground and three basements**.

那間公司的新總部有地上 7 層和地下 3 層。

2 The maintenance manager's office is **on B2 B two**.

> 地下 2 樓（B2）也稱作 the subbasement。

維修經理的辦公室在地下 2 樓。

3 After months' of additions and renovations, the department store now has **eleven floors above ground and six basements** which are all used for parking.

經過數個月的擴建整修，這間百貨公司現在地上有 11 層、地下有全部用作停車場的 6 層。

APPLY AND MORE

除了動詞 **have**，也可用表示「有～」的 **there is/there are** 來表達。除此之外，若描述的不是地上 5 層，而是總共有五層樓的建築物時，只要在 **a** 與 **building** 之間加上以連字號連結的 **5-story** 就行了。

1 There are **five floors above ground and two basements** in this building.

這座建築物有地上五層和地下兩層。

2 Even minor celebrities seem to have at least **a three-story building**.

即使只是小有名氣的名人，似乎都至少擁有一棟三層樓的建築物。

DIALOGUE

A Wow. Check out this model. It must have taken a million hours. Did you build this all by yourself?

B Yup. And I designed it, too. It's the big final project in my architecture class. It's got **five floors above ground and two basements**.

A：哇。看看這個模型。這一定得花超多時間來做的。這全都是你自己做的嗎？

B：沒錯。而且這也是我設計的。這是我建築課的期末大作業。它有地上五層和地下兩層。

服務台請按 1。

Press

1
one

for reception.

這是打電話時會最先聽到的自動語音系統留言的內容。**press** 後方會先提到要按的號碼，之後再以 **for** 或「**to**＋原形動詞」來構成較長的句子。

SPEAKING PRACTICE

1 **Press 1**
one
for English, **2**
two
for French.

英文請按 1，法文請按 2。

2 **Press 0**
zero

if you'd like to speak with customer support.

若您想與客服人員通話，請按 0。

3 **Press 1**
one

to hear the current time and weather.

聽取現在時間和天氣，請按 1。

APPLY AND MORE

除了數字號碼之外，也有可能會提及其他符號。井字鍵（#）讀作 **pound**，星號（*）則讀作 **star**。

1 We used to say **press 911**
nine eleven

for emergencies, but they switched it to **press 911**.
nine one one

> 這是在 911 恐怖攻擊後才發生的改變，在過去人們會說：「在緊急情況下要按 nine eleven」，但現在已改口為 nine one one。

我們以前常說緊急情況要按 9-11，但他們把這句話換成說要按 9-1-1 了。

2 **Press pound** to return to the start of the menu.
Press star to hear more options.

返回主選單請按井字鍵。聽取更多選項請按星號。

DIALOGUE

A I think there's something wrong with the phone system. It keeps saying,
"**Press 1**
one
for reception." But then it doesn't give any other options.

B Yeah, nothing's wrong with it. We wanted all the calls going to the receptionist anyway.

A：我覺得電話語音系統出問題了。它一直說「服務台請按 1」，但卻沒有提供其他任何選項。
B：沒錯啊，這沒有什麼問題。反正我們原本就想要把所有的電話都轉去給客服人員。

外線請先按 0。

First dial

0
zero

for an outside line.

在公司或飯店內想撥打外線時，有時會需要先按 0 或 9，在說明此事時就會使用表示「撥打電話，撥號」的動詞 **dial**，接著再表明號碼，最後以 **for** 帶出目的即可。只要將這個表達型式理解為「為了～要做～」，就能馬上記住。

SPEAKING PRACTICE

1 **Dial 0**
zero
for the operator.

總機請按 0。

2 **First dial 9**
nine
for an outside line.

撥打外線請先按 9。

3 **Dial the direct extension** if you know it.

若您知道分機號碼，請直撥分機號碼。

APPLY AND MORE

電話區號的英文是 **an area code**，若想如「三碼的區域號碼」這般詳細描述，請將用連字號連結的 **three-digit** 擺在 **area code** 之前。

1 You need to include <u>the three-digit area code</u>

when you make a long-distance call.

你在打長途電話時必須加上三碼的電話區號。

2 For international phone calls,
dial 001
zero zero one

first.

撥打國際電話，請先撥 001。

DIALOGUE

A Are you sure this is the right number? I keep dialing it, but I get a recording, "We're sorry; we are unable to complete your call as dialed."

B Let me try. It's ringing. Did you remember to **dial 9**
nine
to get an outside line?

A：你確定這是正確的號碼？我一直打卻一直聽到「對不起，您撥打的號碼無法接通」的錄音。

B：讓我試試。有在響啊。你有記得打外線要先按 9 吧？

CHAPTER 5

跟交通有關的
數字表達用語

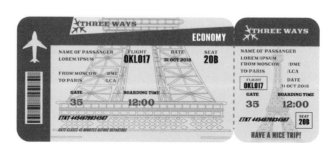

UNIT 1   請搭 20 號公車。

UNIT 2   請走國道 5 號。／請走 2 號公路。

UNIT 3   還有 3 公里到下一個休息站。

UNIT 4   這輛車可以坐五個人。／這輛車是五人座。

UNIT 5   先換到 3 檔，再降到 2 檔。

UNIT 6   我開的是一台 2003 年的賓士。

UNIT 7   把你的速度降到 30。

UNIT 8   您的航班會從第 3 航廈起飛。

UNIT 9   我爸媽搭的是 14 點 10 分從紐約起飛的航班。

UNIT 10   開往倫敦的列車將從 3 號月台發車。

UNIT 11   我坐過頭了 3 站。

UNIT 12   我在倒數第三節車廂。

UNIT 13   請搭 2 號線，然後在蠶室站轉乘 8 號線。

UNIT 14   單程票是台幣 300 元，來回票是台幣 500 元。

請搭 20 號公車。

Take the number

20 twenty bus.

Take the

20 twenty.

　　最基本表示「搭乘公車」的動詞就是 **take**。想描述搭乘某號公車，只要將最基本的片語 **take a bus** 中的 **bus** 替換成「**the number** ＋公車編號＋ **bus**」就行了。因此就會讀成 the number 20 [twenty] bus。如果整段對話談論的都是與公車相關的話題，那麼也可省略 **bus** 不說。補充一下，「下公車」的英文是 **get off the bus**。

SPEAKING PRACTICE

1 Take the 68 sixty-eight

and get off in front of the shopping center.

搭乘 68 號公車，然後在購物中心前下車。

2 Take the number

470 or 471
four seventy or four seventy-one

at Garden Road Subway Station stop to go up to Oxfordham area.

在 Garden Road 地鐵站搭乘 470 或 471 號公車前往 Oxfordham 區。

3 You can't

take the number 20 twenty
bus at this stop; you need to cross the street.

你不能在這個站牌搭 20 號公車；你得到對面才行。

APPLY AND MORE

除了 **take**，動詞 **catch** 也能用來表示搭公車。描述轉乘幾號公車時，就用「**transfer to the number** ＋轉乘的公車編號」。此外，除了編號外，也能用公車的路線來表達，例如跨市公車、跨區公車、幹線等等。

1 Transfer to the number
20 twenty

and get off after two stops.

轉搭 20 號公車之後，過兩站下車。

2 Catch the crosstown express, get off on 123rd one (hundred and) twenty third,

and take the Pacific Line the rest of the way.

> crosstown 表示「跨越城市的」，所以 crosstown bus 就是「跨市公車」。

搭跨市公車，然後在 123 號下車，接著一直搭 Pacific 線就到了。

DIALOGUE

A Did you just say,

"**Take the number 20**
twenty
bus"?

Are you serious? That's the worst bus in the city.

B Yeah, I know it goes through a couple of rough neighborhoods. But it's the fastest way for you to get to work from here.

A：你剛是說要搭 20 號公車嗎？你認真的嗎？那是市內最糟的公車了。

B：沒錯，我知道這班車會經過幾個治安很差的社區，不過這是你從這裡去上班最快的方法。

請走國道 5 號。

Take Highway

5.

five

請走 2 號公路。

Take Route

2.

two

除了搭乘大眾交通工具，**take** 也能用來描述「開車走某條特定道路」。提到國道時，常會是以號碼來稱呼，但當然也有用名字來稱呼的情況，不過在英文中幾乎都是以號碼來稱呼這些國道公路。

SPEAKING PRACTICE

1 **Take Highway 1**

　　　　　　one

and get off at the turnpike.

請走國道 1 號，然後從付費高速公路下來。

2 I decided to **take Route 90**

　　　　　　　　　ninety

and as soon as I got onto it, the traffic started.

我決定走 90 號公路，結果我剛上去就開始塞車了。

3 **Take Route 66**

　　　　　　sixty-six

if you want to see all the best roadside attractions.

如果你想一覽最棒的路邊景點，那就走 66 號公路。

APPLY AND MORE

開車才能上路，而描述「（開車）上路」的英文說法是 **hit the road**。我認為這個說法是源自於汽車在發動起步時，會有像是車輪撞上了路面的感覺。

1 Let's hit the road!

我們上路吧！

2 Once you **hit Highway 5,**

　　　　　　　　　　five

turn right and keep going east.

你一到國道 5 號就右轉持續往東開。

DIALOGUE

A Are you sure it's **Highway 1**

　　　　　　　　　　one

all the way there? I get on that one road and can get across the country?

B Yes. Like I already told you.

Highway 1

　　one

is also called the Trans Canada. It goes from one end all the way to the other horizontally.

A：你確定走國道 1 號就能一直開到那裡嗎？我走這條路就可以橫跨全國了？

B：沒錯。就跟我之前跟你説過的一樣。國道 1 號又稱為加拿大橫貫公路。這條路從一端一直水平延伸到了另一端。

UNIT 3

還有 3 公里到下一個休息站。

It's 3 three kilometers to the next service area.

描述時間、天氣、日期、距離、價錢的句子中，常常會將 it 擺在句中的主詞位置，此時的 it 在文法上被視為「不具體概念的 it」。除此之外，介系詞 to 可用來表示「往～、朝向～前進直到抵達為止」的意思，想描述「到～為止有多少距離」時，會用「It is＋距離＋to＋目的地」來說，這是在日常生活中極為常見的表達方式，請務必牢記在心。

SPEAKING PRACTICE

1 Better get gas now; it's over **100 a hundred kilometers to** the next gas station.

最好現在去加油；還有 100 多公里才會到下一個加油站。

2 Can you hold it a bit longer? It's just **1 one kilometer to** the next rest stop.

你可以再忍一下嗎？再 1 公里就到下一個休息站了。

3 It's only **30 thirty kilometers left to** Boston. We are almost there.

只要再 30 公里就到波士頓了。我們快到了。

APPLY AND MORE

除此之外，還有另一個類似的表達用語是 up the road，語意是「沿著道路往前或前進」，由此衍生出「往前走多少距離就會抵達目的地」的意思。補充說明一下，公路旅行到一半時，在車上感到無聊的人們往往都會說那麼一句話，那就是 **Are we almost there yet?**（我們快到了嗎？），這是很常在廣告裡出現的話，請牢記在心。

1 The turnoff is just **3 three kilometers** up the road.

只要再走 3 公里就到岔道了。

2 Are we almost there yet?

我們快到了嗎？

DIALOGUE

A I can't go on. I give up. I thought I could do it but I can't. Please let's stop.

B Don't give up, Bob. It's just **3 three kilometers to** the finish line. Come on. I believe in you!

A：我不行了。我放棄。我以為我可以，但我不行。拜託我們放棄吧。

B：別放棄啊，Bob。離終點線只有 3 公里了。加油，我相信你！

UNIT 4

這輛車可以坐五個人。

This car can seat five people.

這輛車是五人座。

This car is a five-seater.

用英文描述一台車是「幾人座」時，會說這台車「可以坐幾個人或載幾個人」，所以可以用「**seat/hold** ＋人數」來表達，另一方面，若從「有幾個座位的車」的角度來思考，也可以用「**a** ＋數字 **-seater**」來表達。

SPEAKING PRACTICE

1 This van can only **hold three people** when the back seats are down.

> 這意味著座椅可以平放，以容納更多行李。

這輛廂型車在後座放下來時只能坐 3 個人。

2 We needed **a five-seater** to get everyone to the airport in one trip.

我們需要一台五人座來把所有人一次載去機場。

3 This SUV can **seat seven people** because it's the extended cab.

> 這裡的「加長型」是指駕駛室的部分有加長，而且還多加了一排座位的皮卡車型，英文稱作 extended cab。

這台 SUV 能坐 7 個人，因為它是加長型皮卡（美式貨卡）。

APPLY AND MORE

除此之外，若想描述「七人座」或「九人座」時，只要在 **a** 與 **car** 之間加上以連字號連結的「七人座的」或「九人座的」就行了，英文分別寫成 **a seven-seat car** 跟 **a nine-seat car**。

1 Old station wagons were actually **seven-seat cars**, but the last two are in what's called the back back seat.

舊的旅行車其實是七人座，但最後的兩個座位是在被稱為後座的後座的地方。

2 He traded in his sports car for **a five-seat car** once he started having kids.

> 句中的 trade in，就是指把舊車賣給車商，再另買一台新車。

他在有孩子之後就把自己的跑車賣掉，換成了一輛五人座汽車。

DIALOGUE

A Now, most cars with two doors can only comfortably **seat two people**. The back seat is really just for show.

B Yup. That's why I want to get a van. A van is **a true five-seat car**.

> A：現在大部分的雙門汽車都只能舒服地坐兩個人。後座其實只能拿來看而已。
> B：沒錯。這就是為什麼我想要一台廂型車。廂型車才能真的坐五個人。

MP3 118

先換到 3 檔，再降到 2 檔。

Shift into third gear, and then shift down into second.

我們所說的「手排車」的英文是 **a stick-shift car** 或 **a manual transmission car**，自排車則是 **an automatic transmission car**。駕駛手排車時要根據速度與當下情況來換檔，此時必須使用表示「變換」的動詞 **shift** 來描述。「換到幾檔」的英文會用 **shift into** 來表達，「升檔」的英文是 **shift up to ~ gear**，「降檔」則是 **shift down into ~ gear**。

SPEAKING PRACTICE

1 When you're on the highway, you'll want to **shift up to fifth gear**.

你在開國道的時候會想升到 5 檔。

2 Whenever he would **shift from second to third**, he'd grind the gears and it would make a terrible sound.

> 離合器操作不確實的話，就會出現這種情況。

每次他要從 2 檔換到 3 檔時，齒輪就會摩擦而發出可怕的聲音。

3 **Second gear** is your climbing gear, so use it when you're going uphill.

2 檔是爬坡檔，因此上坡的時候要用它。

APPLY AND MORE

降檔時，因為檔位的數字會下降，所以也可以用動詞 **drop** 來表達。

1 He needed to pass the other car on the highway, so he **dropped the car into fourth** to get more acceleration.

他必須在國道上超車，所以他降到 4 檔來加速。

2 **First gear** is really only good when you're pulling a lot of weight.

1 檔只有在要拉重物時才好用。

DIALOGUE

A And then all of a sudden the brakes stopped working. It was crazy. The street was covered in ice, and I had no brakes.

B That's why I love my manual transmission. You can **shift into second gear**, take your foot off the gas, and the engine starts to slow you down.

> 這裡的 gas 指的是 gas pedal（油門）。

A：結果剎車突然失靈了。超可怕的。那條街上覆蓋了一層冰，而我剎不了車。
B：這就是為什麼我愛開手排。你可以換到 2 檔，然後把腳從油門上移開，這樣引擎就會開始減速了。

我開的是一台 2003 年的賓士。

I drive a

2003
two-thousand-and-three

Benz.

生活中講到車的時候也常會討論到車款「have a Benz」表示「擁有一台賓士」，想描述是哪一年出廠的車時，只要加上以連字號連結而成的形容詞就行了。雖然在唸出車款年份時看不到連字號，但書寫時務必逐一以連字號連結才行。

SPEAKING PRACTICE

1 He traded in that old junker for a
2018
twenty-eighteen

S5.
S five

他把那台老舊的爛車賣掉，換了一輛 2018 年的 S5。

2 The **2021**
twenty-twenty-one

Tesla has a much longer range than earlier models.

2021 年的特斯拉能跑的距離比先前的型號要長很多。

3 He's always wanted to own a
1965
nineteen-sixty-five

Ford Mustang.

他一直都想要擁有一台 1965 年的福特野馬。

APPLY AND MORE

想描述「（被開了）5 年的車」時，只要在 **a** 跟 **car** 之間加入以連字號連結而成的「5 年的」就行了，英文寫成 **a five-year-old car**。

1 I'm looking for a
3-4 year-old
three to four year-old 或
three or four year-old

SUV.

我正在找 3 到 4 年的 SUV。

2 My parents' car is still running very well for a **12-year-old**
twelve-year-old

car.

就一台 12 年的車來說，我父母的車還是運轉得非常流暢。

DIALOGUE

A Did you see the boss's car? I think he and his wife drive a **2003**
two-thousand-and-three

Camry.
Isn't that a bit strange for the CEO of a big company?

B Well, he wants to come across as approachable.

A：你有看到老闆的車嗎？我想他和他太太開的是一台 2003 年的 Camry。這對一間大公司的執行長來說不是有點怪嗎？

B：這個嘛，他想要給人平易近人的印象吧。

把你的速度降到 30。

Drop your speed to 30.
thirty

　　講完車子的打檔之後，現在來聊聊「減速到～」的英文說法吧。除了「**drop one's speed to**＋速度數字」或「**drop down to**＋速度數字」之外，也能用「**slow down to**＋速度數字」來表達。如果正在進行對話的人全都知道當下所說的速度單位為何的話，那就沒有必要特別說是什麼單位。

SPEAKING PRACTICE

1 There're a lot of traffic cameras around here, so **drop down to about 45**.
forty-five

這附近有很多測速照相機，所以把速度降到 45 左右吧。

2 In school zones,
drop your speed to 30.
thirty

在學校附近要把速度降到 30。

3 It's a fifty zone.
Slow down to 50.
fifty

這區速限 50。把速度放慢到 50 吧。

APPLY AND MORE

想表達「把速度維持在時速 50 公里以下」時，可利用表示「維持」的 keep，再加上用來表示「低於」某速度的介系詞 below。除此之外，減速時必須要踩煞車吧？「踩煞車」的英文說法是 hit the brakes。

1 When the weather is bad, even when you're on the highway,
keep below 50.
fifty

當天氣不佳時，即使你開在國道上，速度也要維持在 50 以下。

2 He hit the brakes as soon as he saw the police cruiser hiding behind the tree.

他一看到躲在樹後的警方巡邏車就踩了剎車。

DIALOGUE

A OK, we're coming up on the turn, so I need you to
drop your speed to 30
thirty
and start moving over to the other exit lane.

B OK. Let me shoulder check… And I don't see anyone in my blind spot, so I'll slow down and start moving over. Here we go.

> shoulder check：在變換車道前先轉頭看看在盲區內有無其他車輛。

A：好，我們要轉彎了，所以我需要你把速度降到 30，然後開始換到另一條出口車道。

B：好。讓我確認一下來車……我沒在盲區裡看到其他車，那我要開始放慢速度變換車道了。開始囉。

您的航班會從第 3 航廈起飛。

Your plane departs from Terminal

3.
Three

在機場裡，入境（**Arrival**）與出境（**Departure**）的標示隨處可見。**arrive** 做為動詞的語意是「抵達」，**depart** 則是「出發；離開」的意思。當機場很大時，就會有數個航廈，每個航廈都會有登機門，飛機會從那裡起飛。飛機「起飛」的動詞主要會用 **depart**，但也可以用 **leave**。因為飛機是「從～（某地點）」起飛的，所以會使用介系詞 **from**。補充一下，請不要忘記航廈和登機門編號的書寫方式都和專有名詞一樣，所以開頭都必須用大寫。

SPEAKING PRACTICE

1 Flights for New York mostly
depart from Terminal 12.
Twelve

飛紐約的航班大多會從第 12 航廈起飛。

2 If it's a domestic flight, it
departs from Terminal 2.
Two

如果是國內航班，那就會從第 2 航廈起飛。

3 If you go to Europe, your plane
leaves from Terminal 2,
Two
not 1.
One

如果你是去歐洲，那你的飛機會從第 2 航廈起飛，而不是第 1 航廈。

APPLY AND MORE

當描述搭乘飛機、火車或船舶時，除了「乘坐」或「搭乘」之外，也常用動詞 **board**（登上（交通工具））來表達。

1 **Flight AC515**
A C five one five
will be boarding at Gate
25
Twenty-five
in **Terminal 3.**
Three

AC515 次航班將在第 3 航廈的 25 號登機門登機。

2 The **11:30**
eleven thirty
flight to Houston is now boarding.

11 點半飛往休士頓的航班現在正在登機。

DIALOGUE

A Do you have any luggage you'd like to check? Please place it on the scale. Ok. Now here is your ticket. Your plane
leaves from Terminal 3.
Three

B Thank you. Yikes! Look at the time. I hope I have enough time to clear security and get on the flight.

A：你有什麼行李要托運嗎？請把它放在秤上。好了，這是你的機票。你的飛機會從第 3 航廈起飛。

B：謝謝。糟糕！現在都幾點了。希望我有足夠的時間過安檢和登機。

MP3 **122**

我爸媽搭的是 14 點 10 分從紐約起飛的航班。

My parents are on the

14:10

fourteen ten

flight from New York.

當乘坐的是要踩著台階登上的飛機、船舶、汽車、公車等等的交通工具時，介系詞不能用 **in** 而要用 **on**。除此之外，描述「飛往～的航班」時，會用「**flight to** ＋目的地」，但如果是「從～起飛的航班」，則請用「**flight from** ＋出發地」。只要知道介系詞的基本含義，就能運用自如。補充說明一下，若想描述「幾點的飛機」時，只要說「**the** ＋時間＋ **flight**」就行了。

SPEAKING PRACTICE

1　He misread the ticket and thought he was on **the 9:25**

nine twenty-five

flight from LA.

他看錯了機票，以為自己搭的是 9 點 25 分從洛杉磯起飛的航班。

2　My best friend is coming to town from Toronto on **the 17:00**

seventeen hundred

flight.

> come to town：描述住在其他地區的人前來自己所在的區域。用到這個表達方式、最有名的一句話就是 Santa Clause is coming to town。

我最好的朋友要搭 17 點從多倫多起飛的班機來我這裡。

3　I had to be on **the 7:15**

seven fifteen

flight to Paris, so I went to bed early.

我必須搭上 7 點 15 分飛往巴黎的班機，所以我很早就睡了。

APPLY AND MORE

接著要介紹在搭乘飛機時最常聽到的問候語。除此之外，如果不是直飛航班（**direct flight**），而是需要中途下機稍作停留，接著才轉搭其他航班，也就是需要等待轉機時，英文的說法是 **layover**。

1　This is your captain speaking; welcome to **the 14:10**

fourteen ten

flight to Perth.

我是你們的機長；歡迎搭乘 14 點 10 分飛往伯斯的航班。

2　Instead of taking a direct flight, he's got a layover in Denver.

他沒有搭直飛航班，而是在丹佛轉機。

DIALOGUE

A　Excuse me, but do you know which terminal I need to go to? I'm picking up a friend on **the 14:10**

fourteen ten

flight from New York.

B　New York? That's a domestic flight, which means you're in the wrong terminal. You need to go to Terminal **1**.

One

> A：不好意思，請問您知道我得去哪一座航廈嗎？我要去接一個朋友，他搭 14 點 10 分從紐約起飛的班機。
> B：紐約？那是國內航班，也就是說你走錯航廈了。你得去第 1 航廈。

開往倫敦的列車將從 3 號月台發車。

The train for London will depart from Platform [Track] 3.

Three

在表達「開往～的公車、火車、船舶、飛機」的句子裡，「開往～的」的英文可以用「for + 目的地」，介系詞 for 給人一種「前往某處」的感覺。除此之外，若想描述該交通工具是「從～出發」時，可以在其前方加上 depart from 來附加更多資訊。就像飛機是從登機門起飛，火車則大多是從月台（platform）或軌道（track）出發。跟航廈或登機門在加上編號之後，就會變成專有名詞一樣，火車站的月台或軌道在加上編號後，也會成為專有名詞，所以第一個字母都必須大寫。

SPEAKING PRACTICE

1 The train bound for Sheffield will **depart from Platform 1.**
One

> 也常用 bound for 來描述「開往～」。

開往雪菲爾的火車將從 1 號月台出發。

2 She was waiting for her train which was going to **depart from Track 3.**
Three

她那時正在等要從 3 號軌道發車的列車。

3 They accidentally left their luggage **on Platform 2.**
Two

他們不小心把他們的行李忘在了 2 號月台上。

APPLY AND MORE

描述「在月台上」時，因為是「在～之上」，所以搭配的介系詞會是 on，所以想描述「在幾號月台搭車」時，要用「board on Platform + 數字」。不過，有一點要特別注意，那就是「在月台上」時要用 on，但如果語意是「前往月台」的話，就必須用 to 才行，表達時必須根據上下文來使用不同的介系詞。

1 Please begin boarding **on Platform 3.**
Three

請在 3 號月台開始上車。

2 The escalator **to Platform 1**
One

wasn't working so he had to carry his bags up the long flight of stairs.

通往 1 號月台的電扶梯壞了，所以他不得不拿著他的袋子，爬上長長一段的樓梯。

DIALOGUE

A It was the worst. Not only were we on the wrong platform but to get to the right one, we had to go all the way back up the stairs and then down again.

B It says right on the ticket that the train **leaves from Platform 3.**
Three

I don't know what you were thinking.

A：情況糟到不能更糟了。我們不僅走錯了月台，而且如果要到正確的月台，我們得回頭一路先上樓梯再下樓梯，走大老遠才能到。

B：車票上明明就寫著火車會從 3 號月台發車。我真的不知道你在搞什麼。

我坐過頭了 3 站。

I went
three stops past
my destination.

　　搭乘公車或捷運時，偶爾會發生直接坐過（**past**）原本應該下車的那站（**one's destination**），因此必須多搭幾站（**stops**）掉頭回去才行的情況，這種情況的英文表達方式就是「坐過頭的站數＋ **stop(s)** ＋ **past** ~」。

SPEAKING PRACTICE

1　I fell asleep on the bus and went **three stops past my destination**.

我在公車上睡著，結果坐過頭了三站。

2　I was fiddling on my phone when I realized I went **two stops past my destination**.

我手機玩到一半，發現我已經坐過頭兩站了。

3　I went **one stop past my destination** but I decided to walk back because the weather was so nice.

我坐過了一站，但因為天氣超好，我決定走路回去。

APPLY AND MORE

除了前面提到的表達方式，還有另一種語意相近的說法，那就是「數字＋ **stops** ＋ **too far**」，因為即使只有 2~3 站，也有可能距離遙遠。補充說明一下，如果想說「搭公車坐了 3 站後下車」，可以用 **get off in three stops** 來表達。

1　My friend and I were so preoccupied with our chat that we went **three stops too far**.

我跟朋友因為聊得太專心而坐過頭了 3 站。

2　The driver said I should **get off in three stops** if I wanted to get to the shopping center.

司機說我如果想去購物中心，就應該要在 3 站後下車。

DIALOGUE

A　So, how are you enjoying your time in London? It must be exciting to be here as an international student.

B　It's been fun, but I still haven't gotten the hang of riding the bus.
Just yesterday I went **three stops past my destination**.

> **get the hang of ~**：表示「掌握做某件事的訣竅」或「學會做某事」的意思。

A：那麼，你在倫敦玩得開心嗎？在這裡當國際學生一定很有意思吧。

B：很有趣，但我還沒搞清楚要怎麼搭公車。我昨天就坐過頭了 3 站。

我在倒數第三節車廂。

I'm on the third car from the back.

在搭乘火車或捷運等列車時，若想告訴對方自己坐在哪個位置，就要使用這個表達方式。我們會將「車廂」簡稱為「車」，英文是 car。之前有提到過，在描述待在公車、火車、飛機內的狀態，要用介系詞 on 吧？現在要表達的是「身在第幾車廂」，所以只要使用表達順序的序數就行了。補充說明一下，描述「從前面數來」的話，要在後方加上 from the front，描述「從後面數來（倒數）」的話，則要在後方加上 from the back。

SPEAKING PRACTICE

1　Meet me on the platform; I'm **on the second car from the back**.

月台上見；我在倒數第二節車廂。

2　I'm waving right at you **on the third car from the front**.

我正在從前面數來的第三車上對著你揮手。

3　I think we're on the same train; come meet me **on the fourth car from the back**.

我想我們在同一班火車上；來倒數第四節車廂找我吧。

APPLY AND MORE

多看幾個意思不是汽車，而是「列車車廂」的 car 的例句吧！

1　In India, the subways have special women-only cars that are only for women and small children.

在印度，地鐵有特別的女性專屬車廂，只有女性和兒童可乘坐。

2　On a train, the very last car is often called the caboose.

列車上的最後一節車廂常被稱作乘務員車廂。

DIALOGUE

A　It was the coolest thing ever. I was there on the subway, **on the third car from the back**, and all of a sudden ten people on the car started dancing. They took off their jackets and were even wearing similar costumes.

B　I've heard of that before. That line goes by a famous performing arts school, and the students pull those kinds of stunts all the time.

> stunt：在這句裡的意思是「引人注目的行為」。

A：這是有史以來最酷的事了。我在地鐵的倒數第三節車廂上，然後車上有 10 個人突然開始跳起舞來。他們把外套脫了，甚至還穿著相似的衣服。

B：我之前有聽說過這種事。那條線會經過一間很著名的表演藝術學校，而那些學生總是有著各式各樣的花招。

請搭 2 號線，然後在蠶室站轉乘 8 號線。

Take Line (number) Two, and transfer onto Line (number) Eight at Jamshil Station.

在搭乘地鐵或捷運前往目的地時，常會用到或聽到這種表達用語。搭乘地鐵、捷運或公車等交通工具時，動詞要用 take，「轉乘」則要用 transfer 或 get。因此，當想描述「在某一站轉乘幾號線」時，只要說「transfer onto/to Line number ＋路線編號＋ at ＋站名」就行了。路線編號中的 number 可以省略。

SPEAKING PRACTICE

1 **Take Line Two and then transfer to Line Three** at Gyodae Station.

搭乘 2 號線，然後在教大站轉乘 3 號線。

2 If you **take Line Two**, you can **get onto Line Four** at Sadang Station.

如果你搭乘 2 號線，那你可以在舍堂站搭上 4 號線。

3 Where should I **transfer** to go to Gyungbokgung Station?

要到景福宮站的話，我該在哪裡轉車呢？

APPLY AND MORE

基於地鐵和捷運等大眾交通工具所帶來的便利性，各條路線的延伸也是周邊居民非常關心的事情。在表達「延伸路線」時，要用動詞 extend。描述自己「正在搭捷運」時，可用動詞 take 來表達，但實際上也可用 get on/ get off 或 hop on/hop off 來描述「上／下」捷運，這裡的 hop 是「快速跳上（或跳下）」的意思。

1 They're going to **extend Line One** so it meets **Line Four**.

他們打算要延伸 1 號線，這樣一來它就會與 4 號線交會了。

2 This way is easier but takes **20**
   twenty
   minutes longer. Instead of hopping on and then having to transfer, just stay on the same line.

這個方法比較簡單，但會多花 20 分鐘。不需要上上下下再轉車，只要一條線搭到底就好。

DIALOGUE

A So, let me see. I need to **take Line Two, and transfer at Euljiro 3-ga Station, onto Line Three**?

B The other way around. You start on **Line Three** and then **transfer to Line Two**.

A：好，我來看看。我得坐 2 號線，然後在乙支路三街站轉搭 3 號線嗎？

B：反過來才對。你先搭 3 號線，然後再轉乘 2 號線。

單程票是台幣 300 元，來回票是台幣 500 元。

The tickets are three hundred N T dollars one way and five hundred N T dollars round trip.

「單程」是 one way，「來回」是 round trip。描述這兩種票價時，只要簡單說「價格＋one way/round trip」就行了。金額的單位標示在前後皆可，當標示在後方時，貨幣單位也可省略。

SPEAKING PRACTICE

1 She said the tickets are
NT$55,000
fifty-five thousand N T dollars
one way and NT$100,000
one hundred thousand
(N T dollars)
round trip.

她說單程票是台幣 5 萬 5 千元，來回票則是 10 萬。

2 **One-way tickets are NT$5,000,**
five thousand N T dollars
but round-trip tickets are only NT$7,000.
seven thousand (N T dollars)

one-way 跟 round-trip 都是以連字號連結而成的形容詞，會擺在欲修飾的名詞之前。

單程票是台幣 5 千元，但是來回票只要 7 千。

3 On the website, the tickets are
ten thousand one way and **a few hundred more round trip**.

網站上的單程票是一萬，來回票則是再多加幾百元。

APPLY AND MORE

飛機或火車等交通工具對號座位的降價促銷，英文稱作 **a seat sale**，而進行降價促銷的「動作」則會用 **have a seat sale** 來表達。補充說明一下，讓人即使把機票退掉，仍能獲得退款的保險稱作 **flight cancelation insurance**。

1 They were having a seat sale, so I got a couple of cheap flights to California.

他們那時在降價促銷，所以我買了兩張飛加州的便宜機票。

2 Make sure to get flight cancelation insurance. You never know what could happen.

一定要買旅程取消保險。你永遠不知道會發生什麼事。

DIALOGUE

A Check out this online deal I just found. Tickets to Mexico are **$300**
three hundred dollars
one way and $550
five hundred and fifty dollars
round trip.

B Sounds good. Ah, here's the catch. You can only use them in off peak season.

catch 做為名詞時，表示「隱藏的問題點」或「可能的不利因素」。

A：你看我剛剛發現的這個網路優惠。飛墨西哥的單程票是 300 美金，來回票是 550 美金。
B：聽起來不錯。啊，問題在這裡。你只能在淡季用這些機票。

CHAPTER 6

跟宗教、政治、音樂、 軍隊有關的數字表達用語

UNIT 1 　　　　創世記第 23 章第 4 節

UNIT 2 　　　　貝多芬的第九號交響曲

UNIT 3 　　　　有 10 首曲子的 CD

UNIT 4 　　　　排行榜上的第二名

UNIT 5 　　　　他是三屆議員。

UNIT 6 　　　　林肯是美國第 16 任總統。

UNIT 7 　　　　根據第 32 條第 4 款

UNIT 8 　　　　這張專輯收錄了 12 首曲子。

UNIT 9 　　　　（排成）一直排

UNIT 10 　　　　（排成）一橫排

UNIT 11 　　　向左走三步。／前進三步。／後退三步。

創世記第 23 章第 4 節

Genesis, Chapter

23 Twenty-three,

Verse

4 Four

當參加英文禮拜（**service**）或觀看相關 Youtube 影片時，常會聽到「聖經第幾章第幾節」這類的話。首先，「聖經」的英文是 **the Bible**，「舊約」是 **the Old Testament**，「新約」則稱作 **the New Testament**。即使不信奉基督教，也會因為電影或連續劇中經常提及，而覺得如創世紀（**Genesis**）、出埃及記（**Exodus**）與啟示錄（**Revelation**）等名詞耳熟能詳。在提到聖經中的「章」時，要用「**Chapter** ＋數字（基數）」，提到聖經中的「節」則要用「**Verse** ＋數字（基數）」。因為都是專有名詞，請別忘了書寫時的第一個字母都必須大寫。

SPEAKING PRACTICE

1   Please open your books to **Matthew, Chapter 7,** <u>**Seven**</u> **Verse 7.** <u>**Seven**</u>

請打開你的書翻到馬太福音第 7 章第 7 節。

2   We're going to look at **Genesis, Chapter 3,**
Three
Verses 15
<u>**Fifteen**</u> **through 20**
Twenty
in today's Bible study group.

在今天的聖經讀書會中，我們將看到創世記第 3 章的第 15 到 20 節。

3   He got a tattoo of his favorite Bible passage, **Job, Chapter 23,**
Twenty -three
Verse 10.
Ten

他把自己最喜歡的聖經經文，即約伯記第 23 章的第 10 節紋在身上了。

APPLY AND MORE

讚美詩和聖經密不可分，英文是 **hymn**，字尾的 **n** 不發音（**silent sound**）。

1   Please rise and open your books to **hymn 208.**
<u>**two hundred eight**</u>

請起立並打開你的書，唱讚美詩第 208 首。

2   The congregation ends each service singing **hymn 139.**
<u>**one hundred and thirty-nine**</u>

會眾在每次禮拜都是以唱讚美詩第 139 首來收尾。

DIALOGUE

A   Wow, dude. That's an awesome tattoo. What's it say? I can't make out the fancy lettering.

B   It's my favorite passage from **Matthew, Chapter 7,** <u>**Seven**</u> **Verse 7.** <u>**Seven**</u>

A：哇，老兄。這紋身好讚。它是什麼意思？我看不懂這些花哨的字體。

B：這是我在馬太福音第 7 章的第 7 節最喜歡的經文。

貝多芬的第九號交響曲

Beethoven's Ninth Symphony

Beethoven's Symphony No. 9

number nine

大家應該都經常聽到「某某人的第幾號交響曲」或「第幾號奏鳴曲」等等說法。在提到古典樂的曲名時,都是以作曲者的名諱當作所有格來命名,並以序數來描述曲名編號。另一種描述法則是用「作曲家的名諱's＋曲子類型(**Symphony, Concerto, etc.**)＋No.＋數字(基數)」來表達。

SPEAKING PRACTICE

1 His all-time favorite is **Dvorak's Symphony No. 9**

number nine

in E minor, "From the New World".

他一直以來的最愛都是德弗札克的 E 小調第 9 號交響曲《自新世界》。

2 He expected everyone in the orchestra to already know **Mozart's Symphony No. 41**

number forty-one

in C Major "Jupiter".

他預期在管弦樂團中的所有人都已經知道莫札特的 C 大調第 41 號交響曲《朱比特》了。

3 The radio show was playing **Brahms's Third Symphony**.

這個廣播節目當時在播布拉姆斯的第三號交響曲。

APPLY AND MORE

「古典樂」的英文是 **classical music**,**classic music** 是錯誤的說法。補充說明一下,**classic** 做為形容詞時,表示「典型的」或「經典的」,當作名詞時,則是「經典」或「名作」的意思。

1 Most people would listen to rock or pop and play air guitar, but my dad loved classical music, so he would wave his arms around like he was the conductor.

大部分人會邊聽搖滾或流行音樂邊彈空氣吉他,但我父親熱愛古典音樂,所以他會在身周揮舞著雙臂,就像他是指揮家一樣。

2 What a classic and predictable ending the movie had!

這部電影的結局真是既經典又老套!

DIALOGUE

A How are the piano lessons going? I guess it's been a month since you started, right?

B I'm just a bit frustrated. I'm still stuck learning *Twinkle, Twinkle Little Star* when I want to be playing **Beethoven's Piano Sonata No. 8**.

number eight

A:鋼琴課上得怎麼樣?應該已經開始差不多一個月了吧,是嗎?

B:我只覺得有點挫敗。在我想彈貝多芬的第 8 號鋼琴奏鳴曲的時候,我還卡在學《小星星》怎麼彈。

UNIT 3

有 10 首曲子的 CD

a CD with

10
ten

tracks

a ten-track CD

　　收錄於音樂 CD 中的曲子被稱作音軌（**track**），所以想描述 CD 中收錄了幾首曲子時，可說「**a CD with** + 數字 + **tracks**」或是「**a** + 數字 -**track** + **CD**」。不過，最近 CD 在市面上正漸漸消失，或許在未來會變成必須在博物館才看得到的骨董也說不定。

SPEAKING PRACTICE

1 His band just released
a 12-track CD.
a twelve track C D

他的樂團剛發行了一張有 12 首曲子的 CD。

2 It was the all-time best-selling
10-track CD.
ten track C D

這是收錄 10 首曲目的 CD 中，有史以來最暢銷的。

3 It took Elton years to write all the songs for **a CD with 10 tracks.**
a C D with ten tracks

Elton 花了數年的時間才寫出能夠收錄在一張有 10 首曲子的 CD 裡的全部歌曲。

APPLY AND MORE

CD 光一個面就能收錄所有的音軌（曲子），但以前的唱片或卡帶則有著 A 面（**A-side**）與 B 面（**B-side**）。A 面收錄的是唱片公司的主打歌，所以是較有名的曲目。B 面收錄的則是較不知名的曲目，所以 **B-sides** 也能用來表示較冷門的曲子。除此之外，知名歌手也會推出集結了眾多曲目、燒錄成多張 CD，放在同一套裝盒中的精選輯。

1 I know all his famous songs and all the B-sides, too.

我知道他所有的名曲和冷門歌曲。

2 He decided to get the box set, so now he has all their CDs plus a bunch of bonus tracks.

他決定買盒裝精選輯，所以他現在擁有他們所有的 CD，還有一堆彩蛋曲目。

DIALOGUE

A I still think it's a bit too expensive. I mean, it's over **$20.**
twenty dollars

B Too expensive? What are you talking about? It's **a CD with 20**
twenty
tracks.
It's like a buck a song.

A：我還是覺得它有點太貴了。我是説，它超過 20 美元耶。

B：太貴了？你在説什麼啊？這張 CD 有 20 首曲子。也就是一塊美金一首歌耶。

排行榜上的第二名

No. 2
number two

on the chart

在音樂排行榜上名列第 1 或第 2 的情況，可以用 **number one[two] on the chart** 來表達。不過，也能用動詞的 **chart** 來表達，這時會用「**chart at number one/two...**」來表達。

SPEAKING PRACTICE

1 That song was **No. 2**
number two

on the Billboard charts.

那首歌在告示牌排行榜上排名第二。

2 The song **charted at No. 6**.
number six

那首歌排名第六。

3 Jimmy's new song is **No. 2**
number two

on the charts

with a bullet.

> **with a bullet** 可用來描述在某個排行榜上走勢強勁或上升速度極快的情況。

Jimmy 的新歌快速竄升到了排行榜的第二名。

APPLY AND MORE

只有一首熱門歌曲，且只憑這首歌就大紅大紫的歌手真是不勝枚舉，這類歌手被稱作 **a one-hit wonder**。除此之外，歌曲的告示牌榜單，就相當於電影的票房（**box office**），「票房排名」的英文說法是「**number**＋排名數字＋ **at the box office**」。

1 Later on in his career, he never had a song that charted. A lot of people dismissed him as a one-hit wonder.

在他後來的職業生涯之中，沒有一首歌進過榜。很多人都認為他只是個一片歌手。

2 The new *Batman* is **No. 1**
number one

at the box office

this week.

新版《蝙蝠俠》是本週的票房冠軍。

DIALOGUE

A He is going to have a concert here next month. Want to get tickets?

B Nah. I liked him before he had that song that was **No. 1**
number one

on the chart.

Now he's too popular. I'm over him.

A：他下個月要在這裡辦演唱會？你想要買票嗎？
B：不了。我在他唱那首登上排行榜第一名的歌之前是喜歡他。他現在太受歡迎了。我已經不喜歡他了。

他是三屆議員。

He's a three-time senator.

He's a three-time congressman.

「三屆議員」表示當選過三次的國會議員，所以會用連字號將 **three times** 連結起來構成形容詞，放在想要修飾的 **senator** 或 **congressman** 等對象之前即可。除了國會議員，當然也能放在 **MVP** 等這類單字的前方。利用連字號來構成形容詞時，緊接其後的名詞必須是單數形。補充說明一下，以擁有參眾兩院的美國來說，眾議院的議員稱作 **representative**，參議院的議員則是 **senator**，眾議院的議員也可稱為 **congressman**。

SPEAKING PRACTICE

1　He's
a three-time congressman
and his father was also
a four-time congressman.

他是三屆議員，他的父親也擔任過四屆議員。

2　He's **a two-time Hall of Famer**.

他在兩個領域中都進入了名人堂。

3　They waited outside the locker room to get **the three-time MVP**'s autograph.

他們在更衣室外面等待，希望那位拿過三次 MVP 的選手替自己簽名。

APPLY AND MORE

既然都提到 **three-time** 了，那就順便認識一下結構相同的其他表達用語吧！英文裡有一個詞叫做 **a three-time loser**，指的是因為非常不幸或無能，而不斷落入失敗之中的倒楣鬼，不過，根據上下文，也有可能是指「入獄三次的犯人」。補充說明一下，美國有一個名叫 **three-strike law**（三振法）的法案，內容是針對犯三次以上重罪的累犯者，處以加重量刑的法案。

1　He's hopeless. He's **a three-time loser**. I don't think he will try again.

他感覺毫無希望。他是個一直失敗的倒楣鬼。我不認為他會再試一次。

2　Since the enactment of **three-strike laws**,
some states have seen dramatic decreases in their crime rates.

自三振法頒布以來，可以看到有些州的犯罪率大幅下降了。

DIALOGUE

A　All that guy ever does is make sure he gets re-elected. I don't think he's ever actually tried to help people.

B　Yeah, he's really good at getting people to vote for him, and he's already **a three-time senator**.

A：那傢伙的所做所為都是要確保他能再次當選。我不認為他真的有想要去試著幫助民眾。

B：是啊，他真的很擅長讓人們把票投給他，所以他已經是三屆參議員了。

林肯是美國第 16 任總統。

Lincoln was the sixteenth president of the United States.

「第幾任總統」是利用序數，以「the＋序數＋president」來描述。第一任總統稱作 **the first president**，後方可加上「of＋國家名稱／機關名稱」來描述這是哪個國家的總統或什麼機關的主席。這個句型也可以用來描述除 president 外的其他職位。

SPEAKING PRACTICE

1 Who was **the third president of Korea**?

韓國的第三任總統是誰？

2 At the age of just seventeen, he was elected **the first president of the new club**.

在年僅十七歲時，他被選為新社團的首任會長。

3 Barak Obama was **the first African-American president of the United States**.

歐巴馬是美國第一位非裔美國人的總統。

APPLY AND MORE

除了獨裁國家之外，通常都是透過投票選出一國的總統。想描述人們「（投票）選出～」的情況時，可利用動詞 elect 來表達，在稱呼或描述當選者時，則要用 elected 這個字。

1 She was **the second female elected to the board of directors**.

她是第二位當選為董事會成員的女性。

2 Sunny Tam was **the first visual minority elected President**.

> visual minority：在白人社會中，指的是那些光看外表或膚色，就可以看出擁有外來移民血統，如亞洲人或黑人等，看上去明顯非白人的人。

Sunny Tam 是第一位非白人的總統當選人。

DIALOGUE

A Did you see *Who Wants a Lot of Money* last night? I couldn't believe how easy the final question was.

B I was a bit surprised, too. "Who was **the sixteenth president of the United States**?"

is not hard at all for the final question.

A：你昨晚有看《誰要大筆錢》嗎？我不敢相信最後一題會那麼簡單。

B：我也有點驚訝。以最後一題來說，「美國的第十六任總統是誰？」一點也不難。

根據第 32 條第 4 款

according to article

32,

thirty-two

section

4

four

合約或法案的內容中會出現第幾條第幾款等用字,「條」的英文是 **article**,「款」則是 **section**,數字要接在這些單字的後方。

SPEAKING PRACTICE

1 The lawyer referred the judge to **article 32, thirty-two section 4 four**

of the statute.

律師請法官參考法規中的第 32 條第 4 款。

2 According to **article 40, forty section 1 one**

of the homeowners' associate handbook, front lawns had to be cut at least twice a month.

根據屋主協會手冊中的第 40 條第 1 款,門前的草坪每月至少要修剪兩次。

3 The whole case revolved around the interpretation of **article 12, twelve section 15 fifteen**

of the employment contract.

這整個案子都圍繞著聘僱合約的第 12 條第 15 款的解讀。

APPLY AND MORE

合約或條款中常會以較小的字體印刷一些附屬條約或施行細則,稱為 **fine print**(附屬細則),這裡的 **fine** 是「細微(而難以察覺)的」。此外,簽名處通常會用虛線,所以叫 **dotted line**。任何內容都必須在合約或條款中載明,才能做為法律依據,而這種「載明」也就是 **in black and white**(白紙黑字)。

1 You'll need to read all the fine print before signing on the dotted line.

在虛線上簽名之前,您必須看過所有的附屬細則。

2 It's right here in the contract in black and white. You won't be able to get out of this agreement.

這個就白紙黑字地寫在合約這裡。你沒有辦法逃脫這項協議的。

DIALOGUE

A What do you mean I signed away the rights to my character, Billy the Mouse? Are you saying I'm not going to see any money from the movie?

B It's right here in the contract, **article 32, thirty-two section 4. four**

You gave them exclusive use of the character in movies.

A:你說我簽名讓渡了我的角色 Billy the Mouse 的相關權利是什麼意思?你是說我無法從這部電影裡拿到一毛錢嗎?

B:這部分就在合約裡的第 32 條第 4 款這裡。您授予了他們該角色在電影中的獨家使用權。

這張專輯收錄了 12 首曲子。

This album has

12 twelve

tracks.

描述「擁有～」時，可用 **have/has**，或者也可用 **there is/there are** 來表達。當然，這兩種描述方式並不相同。使用 **have** 描述時，會明確指出持有者和被持有物之間的持有關係，**there is/there are** 則更強調「存在」的概念，要使用哪種方式表達，取決於說話者的意圖與想法。補充說明一下，請記得收錄於 CD 或專輯中的曲子，英文是 **track**，不是 **song**。

SPEAKING PRACTICE

1 His first album had **12**

twelve

tracks, but no hit singles.

他的第一張專輯有 12 首曲子，但沒有熱門的單曲。

2 You have to sit through **3**

three

tracks before you get to the really good songs.

你必須先耐心聽完 3 首曲子，才能聽到那些真的很棒的好歌。

3 I listened to about **5**

five

tracks before the music put me completely to sleep.

在這音樂讓我完全睡著之前，我大概聽了 5 首曲子。

APPLY AND MORE

「錄製」收錄於 CD 中的音軌（**track**），可以用 **lay down a track** 來表達。從字面上看，這個片語的意思是「鋪設軌道」，這裡將其代入「製作音軌」方面使用。

1 He's in the studio laying down some new tracks.

他正在錄音室裡錄製一些新的曲子。

2 For this track, they sampled a bunch of cool bass lines from hit songs from the **70s**.

seventies

節錄或選錄，指的是擷取現有音檔中的一部分，再將其運用於新曲之中。

為了這首曲子，他們從 70 年代的熱門歌曲中節錄了一些很酷的低音旋律。

DIALOGUE

A After all that time in the studio, we have almost **20**

twenty

great tracks.

Let's tell the music company we're ready to release the album.

B They're never going to let you release everything at the same time. Remember, most albums have only about **10**

ten

tracks.

A：在錄音室待了這麼久之後，我們有將近 20 首很棒的曲子了。我們去跟唱片公司說我們已經準備好要發專輯了吧。

B：他們絕對不會讓你一次發表所有曲子的。別忘了，大部分的專輯都只有大概 10 首曲子。

UNIT 9

（排成）一直排
in single file

　　通常「（排成）一直排」的說法，會在軍隊或樂隊練習時出現，指的是「縱向排成一直線」，在英文的說法中使用了「**file**（排成一直排的人或動物）」這個單字，稱作 **in single file**。

SPEAKING PRACTICE

1 Several people protested on the street marching **in single file**.

幾個人排成一直排在街上前行抗議。

2 The officer said "Keep **in single file**!"

那位軍官說：「好好排成一直排！」。

3 When I was in the school marching band, we marched **in columns of five**.

當我在學校軍樂隊時，我們是採五路縱隊向前行進。

APPLY AND MORE

就如同上面例句所示，軍隊或樂隊會排成一直排向前行進，另外，當在日常生活中想描述「五路縱隊」、「四路縱隊」等時，可用「**in columns of** ＋ **four/five**」或「**in** ＋ **four/five** ＋ **columns**」來說，這些表達用語反而才是一般人更常會用到或聽到的。**column** 的原意是「圓柱」，在此句型中則表示「縱隊」，而 **file** 這個單字，事實上更常用來表示「檔案」或「資料夾」。

1 She followed her manager's instructions and all the data was entered into the spreadsheet **in three columns**.

她按照經理的指示，將所有數據分別輸入試算表中的三個直欄裡。

2 Put all the images into **a single file**.

將所有的圖像放入一個資料夾之中。

DIALOGUE

A Did you see the parade?

B Yeah, but it was different from all the other parades I've seen before. Strangely, everyone was walking **in single file**.

Ａ：你有看到那個遊行了嗎？
Ｂ：有啊，但這場和我以前看過的其他所有遊行都不一樣。很奇怪，所有人走路的時候都排成一直排。

（排成）一橫排

in a single row

in a single line

這次要談的是「排成一橫排」，也就是橫向的一列。「一列（a row）」亦常見於 EXCEL 中，當然也可以用 a line 來表達。因此，「以／成一列」或「排成一橫排」的英文是 in a single row 或 in a single line。

SPEAKING PRACTICE

1 All the students were made to stand **in a single row** so it would be easier to count them before the teacher let them into the classroom.

所有的學生被要求站成一列，方便老師在讓他們進教室之前清點人數。

2 He lined up all the chairs **in two rows** so that everyone could see the screen during the presentation.

他將所有的椅子排成兩列，以便讓所有人都能在簡報期間看到螢幕。

3 She entered all the data into the spreadsheet **in three rows**.

她將所有數據分三列輸入到試算表之中。

APPLY AND MORE

來多看幾個使用 EXCEL 時會用到的、與 row 相關的表達方式吧！

1 Please delete **the second and the third rows**.

請刪除第二和第三列。

2 If you click the number on the far left, it selects the whole row.

如果你點最左邊的數字，那就會把整列選起來。

DIALOGUE

A We need to hurry. The presentation starts in **20**
   twenty
   minutes.

B I will arrange the chairs **in two rows** so that everyone can see the speaker.

A：我們要快一點。簡報在 20 分鐘後開始。
B：我會把椅子排成兩列，這樣所有人都能看到講者。

UNIT 11

向左走三步。

Three steps to the left.

前進三步。

Three steps forward.

後退三步。

Three steps backward.

這是在拍照時或訓練時經常聽到的一些指示。「向左」是 **to the left**、「向右」是 **to the right**、「向前」是 **forward**、「向後」則是 **backward**。**the left** 跟 **the right** 是名詞，要跟介系詞 **to** 搭配使用，但 **forward** 跟 **backward** 都是副詞，本身已具有地點或方向的語意，所以不需要添加介系詞 **to**。

SPEAKING PRACTICE

1. Life often feels like **one step forward, two steps backward**.

   生活常感覺像是往前一步又退後了兩步。

2. The dance moves are simple: **three steps forward, three to the left, and then two steps back**.

   這支舞的動作很簡單：向前三步、向左三步，然後再後退兩步。

3. You roll a die and **move forward** according to the number.

   你先擲一顆骰子，再根據數字向前移動。

APPLY AND MORE

right 跟 **left** 也可做為表示「往右」跟「往左」的副詞，此時雖然不需要加介系詞 **to**，但大多會搭配動詞 **turn** 一起出現。

1. Turn right at the corner of Portage and Main.

   在 Portage 街和 Main 街的交叉口右轉。

2. Go along the street and turn left after **100 m**.
   one hundred meters

   沿著這條街走 100 公尺後左轉。

DIALOGUE

A OK, everyone, please gather around the bride. The person behind the bride, please **go two steps to the right**.

B Are you talking to me? Oh, OK.

   A：好了，大家請過來到新娘的身邊。新娘後面的人，請向右走兩步。
   B：你在說我嗎？噢，好。

立正	Attention
稍息	Parade rest
稍息	At rest
休息	Rest
敬禮	Bow
原地踏步	Mark time, march
齊步——走	Forward, march
跑步	Double time, march
立定	Halt
向左前進	Left wheel
向右前進	Right wheel
向右看	Eyes right
向左轉	Left turn/Left face
向右轉	Right turn/Right face
半向右轉	Half face
向後轉	About turn/About face/Right about
向前看齊	Eyes front/Forward dress
向左看齊	Left dress
向右看齊	Right dress
臥倒	Fall
起身	Rise
舉槍	Port arms
持槍立正	Order arms
架槍	Pile arms
槍上左肩	Left shoulder arms
槍上右肩	Right shoulder arms
舉槍致敬	Present arms

CHAPTER 7

跟時間、期間、時代及數值有關的
數字表達用語

UNIT 1   上午 10 點 23 分 36 秒

UNIT 2   少 5 分鐘 2 點／再 3 分鐘 2 點

UNIT 3   7 點 15 分

UNIT 4   他是第二代的韓裔美國人。／這間店的老闆是第三代。

UNIT 5   我們家有四個人。我在三個小孩中排行第二。

UNIT 6   在 17 世紀中葉（期）

UNIT 7   凱薩大帝在西元前 44 年被殺害。

UNIT 8   在 1970 年代

UNIT 9   我在 2 點多抵達。

UNIT 10   其中一個角是 40 度的圖形／這個坡的坡度是 30 度。

UNIT 11   第 10 號颱風往都會區直撲而來。

UNIT 12   週五高溫 10 度、低溫 2 度。

UNIT 13   100 公尺高的建築物

上午 10 點 23 分 36 秒
10:23:36 a.m.
ten twenty-three, thirty-six (and) seconds a.m.

　　即使顯示的是包含秒數的時間，讀法還是跟基本的時間讀法相同，只要在後方加上表示秒數的 seconds 就行了。若為上午時間，則在後方加上拉丁文 antemeridian 的縮寫 a.m.，若為下午時間，則在後方加上拉丁文 post meridian 的縮寫 p.m.。

SPEAKING PRACTICE

1　The doctor called the time of birth at **2:34:12 a.m.**
two thirty-four, twelve seconds a.m.

醫生宣布出生時間是凌晨 2 點 34 分 12 秒。

2　The doctor called the time of death at **10:15:30 p.m.**
ten fifteen and thirty seconds p.m.

醫生宣布死亡時間是晚上 10 點 15 分 30 秒。

3　The giant apple in Time Square fell a bit too fast and stopped at exactly **11:59:50.**
eleven fifty-nine and fifty seconds

在每年的最後一天，紐約的時代廣場都會舉行倒數活動，在倒數計時結束前會掉下一個巨大的水晶球（大蘋果）。

時代廣場的大蘋果掉得有點太快，正好停在了 11 點 59 分 50 秒的時候。

APPLY AND MORE

當分秒都以 00 結尾，也就是「整點」時，英文的說法是在小時之後緊接 on the dot 或 sharp。除此之外，「及時」的英文是 in time。說到秒數，我們生活中常說的「只差短短幾秒就～」，英文裡也有類似的 seconds away from ～ 說法，表示「離～只差一點」。

1　Hurry up! We're going to be late for the movie. It starts at nine on the dot.

快點！我們看電影要遲到了。它在九點整開始。

2　And then he moved just in time, right before the axe fell off the wall. He was seconds away from getting killed.

然後他就在斧頭從牆上掉下來之前，剛好及時閃開了。他差一點就被殺了。

DIALOGUE

A　I'll never forget it. The day you were born, my whole life changed. It was July third, exactly **10:23:36 a.m.**
ten twenty-three, thirty-six seconds a.m.

B　Mom, I was born July fourth.

A：我永遠不會忘記。你出生的那一天，我的人生徹底改變了。那天是 7 月 3 日，就在上午的 10 點 23 分 36 秒。

B：媽，我是 7 月 4 日出生的。

UNIT 2

少 5 分鐘 2 點

five to two

再 3 分鐘 2 點

three minutes to two

「少 5 分鐘 2 點」的英文會用「再 5 分鐘就到 2 點」的語意來表達，因此會說成 **five to two**，這類的表達方式，主要只會用在差 10 分鐘或 5 分鐘的情況，如果差的時間更長，就不太會用這種表達方式來說，而是會直接採用一般的時間讀法。

SPEAKING PRACTICE

1 He arrived early for the interview, **at ten to two**.

他在 1 點 50 分時提早抵達面試。

2 According to my watch, it's only **ten to five**.

從我的手錶來看，現在只差 10 分鐘就 5 點了。

3 She handed in her homework just before the deadline, **at three minutes to five**.

她在差 3 分鐘就 5 點的截止期限前交了她的回家作業。

APPLY AND MORE

before 也能用來描述「幾點前幾分鐘」，要說這兩種說法差在哪裡，那就是以 **to** 來描述時，前方的 **minutes** 可加可不加，但若以 **before** 來描述，那麼就像 **five minutes before three** 般一定要加上 **minutes** 或 **seconds** 才行。「離截止期限差 3 分鐘」這句話，會給人一種「非常驚險、剛好趕在最後一刻」的感覺吧？這種感覺可以用英文 **under the wire** 來表達。

1 The countdown usually starts about **ten seconds before midnight**.

倒數通常會在大概差 10 秒就到半夜 12 點的時候開始。

2 He got there just under the wire, and was able to pay his parking ticket without having to pay any late fees.

他剛好在最後關頭趕到了那裡，而且繳停車費時還能不用付任何延遲費用。

DIALOGUE

A Finally. I was wondering if you were going to make it at all. You're always late.

B What are you talking about? I'm actually early this time. It's only **five to two**. It's not even two.

A：終於。我還在想你到底趕不趕得上。你老是遲到。

B：你在說什麼啊？我這次其實是提早到欸。現在差 5 分鐘才 2 點。甚至還不到 2 點。

UNIT 3

7 點 15 分
7:15
seven fifteen

或

a quarter past [after] seven

描述時間時，15 分鐘通常會稱作 **a quarter**，這是因為 **a quarter** 表示四分之一，15 分鐘就是 60 分鐘（一個小時）的四分之一。雖然使用一般的時間讀法也行，但英文中還有另一種時間表達方式，那就是「幾點又過了一刻」，此時只要說「**a quarter past[after]**＋小時」就行了。30 分鐘也能以「幾點又過了半小時」來描述，此時請改用 **half**。

SPEAKING PRACTICE

1 The movie starts **at 8:15**.
　　　　　　　　　　　　　eight fifteen

那部電影在 8 點 15 分開始。

2 I told her to meet me in front of the station **at a quarter past 7**.
　　　　　　　　　　　　　seven

我告訴她 7 點 15 分的時候在車站前和我見面。

3 You'll need to arrive
no later than half past 7
　　　　　　　　　　　seven

if you want to catch that flight.

如果你想要趕上那班飛機，你最慢必須在 7 點半到才行。

APPLY AND MORE

以前我家裡有一個在整點會報時的布穀鳥鐘（**cuckoo clock**）。英文中表達「每個小時整點」的說法是 **every hour on the hour**。

1 I used to love that old cuckoo clock my grandma had. That little bird would come out every hour on the hour.

我以前很喜歡我奶奶的舊布穀鳥鐘。那隻小鳥每個小時整點都會出來。

2 Set the alarm to go off
at half past 6.
　　　　　six

That'll give you enough time to have a shower, eat breakfast, and catch the early bus.

把鬧鐘設在 6 點半響。這樣你就會有足夠的時間沖澡、吃早餐和趕上早班公車。

DIALOGUE

A Oh my gosh! I'm late. I have an important meeting with a client **at 8:45 a.m.**
　　　　　　　　　　　　eight forty-
　　　　　　　　　　　　five a.m.

B You should've set the alarm to go off
at 6:15.
　　six fifteen

Don't worry. I'll give you a ride to work.

A：噢天啊！我遲到了。我在早上 8 點 45 分跟一個客戶有個重要的會議。

B：你應該把鬧鐘設在 6 點 15 分響的。別擔心，我會載你去上班。

他是第二代的韓裔美國人。

He is a second generation Korean American.

這間店的老闆是第三代。

The owner of this store is the third generation.

句子裡的「第二代」，指的是「第二個世代」。「世代」的英文是 **generation**，前面會用序數，表示「承繼家族世代所為、世襲」的「第幾代」概念，此時的 **generation** 做為單數使用。

SPEAKING PRACTICE

1 Rachel is **a fourth generation doctor** in her family but she hates her job.

Rachel 是醫生世家的第四代，但她痛恨自己的工作。

2 Kevin is **a second generation Korean Canadian** so it's often easier for him to express himself in English.

Kevin 是第二代的韓裔加拿大人，所以對他來說用英文表達意見常是更加容易的。

3 He's **the third generation** to graduate from law school.

他是第三代從法學院畢業的人。

APPLY AND MORE

除了世代以外，**generation** 也能用來描述三代同堂、父執輩、兒輩等各種世代，此時前方會接基數，且 **generation** 可以是複數形。

1 There are **three generations** living in that tiny apartment.

在那間小公寓裡住著三代同堂。

2 *Kim's Convenience* is about **two generations of a Korean-Canadian family** who owns a convenience store in Toronto.

《金家便利商店》的內容和一個在多倫多開便利商店的韓裔加拿大家庭的兩個世代有關。

DIALOGUE

A Have you talked with Jane? She sounds kind of funny. Her accent is off sometimes.

B Oh, it's because she is **a second generation Korean American**.

At least she speaks Korean.

A：你有和 Jane 說過話嗎？她講話聽起來有點好笑。她的口音有時怪怪的。

B：噢，這是因為她是第二代的韓裔美國人。不過至少她會說韓文。

UNIT 5

我們家有四個人。
我在三個小孩中排行第二。

We are a family of four.
I'm the second of three children.

在談論家中成員的人數時，可用「a family of＋數字」來描述，表達「總共有幾個人的一家」的語意。除此之外，想描述在兄弟姊妹中排行第幾時，是用「幾個小孩（基數）中的第幾（序數）個」來表達，英文的說法就是「the＋序數＋of＋數字（基數）＋children」。如果是沒有兄弟姊妹的獨生子或獨生女的話，只要說 **an only child** 就 OK 了！

SPEAKING PRACTICE

1 We'll need a bigger car once we become **a family of four**.

一旦我們變成四口之家，我們就會需要一台更大的車。

2 That hotel room is too small for **a family of five**.

那個旅館房間對一家五口來說太小了。

3 He's the baby of the family, **the third of three children**.

他是家裡的寶貝，三個孩子中的老么。

APPLY AND MORE

a family of four 指的是「總共有四個人的一個家庭」，但 **a party of four** 則是「一行共四人」，主要會在餐廳服務人員詢問用餐人數時做為答覆。有時會在 Instagram 上的自我介紹中，看到「三寶媽（三個孩子的媽媽）」這類的表達方式，英文的說法是 **a mother to three children**。

1 There will be **a party of twelve** from Saramin tonight.

今晚 Saramin 一行總共是十二個人。

2 Samantha is **a mother to four children**, ages between one and eight.

Samantha 是四個年齡介於 1 到 8 歲的孩子的媽媽。

DIALOGUE

A Tell me about yourself and your family.

B We are **a family of three**. I am an only child. Oh, to be exact, I am **the first of two children**. My mom calls the dog her second child.

A：介紹一下你自己和你的家人。
B：我們一家共有三個人。我是獨生子。噢，準確來說，我是兩個孩子中的老大。我媽媽說狗狗是她的第二個小孩。

在 17 世紀中葉（期）

in the mid- 17th
seventeenth
century

「第幾世紀」的英文說法是「the ＋序數＋ century」。一般來說，時間單位的前方可接 in、at、on 等等，但遇到世紀時，大多都會用 in。補充說明一下，想描述「～世紀前葉（期）／後葉（期）」的話，只要分別在序數前方加上 early 或 late 就行了。

SPEAKING PRACTICE

1 This style of painting was very popular **in the late-18th**
eighteenth
century.

這種畫風在 18 世紀後期非常受歡迎。

2 **By the mid-17th**
seventeenth
century,
the country was already producing a wide variety of wines.

到了 17 世紀中葉，那個國家已經在生產種類繁多的葡萄酒了。

3 It wasn't
until the mid-19th
nineteenth
century
that people understood the importance of hygiene.

一直到 19 世紀中葉，人們才了解衛生的重要性。

APPLY AND MORE

一起來認識一些著名的歷史時期的英文說法吧！14-16 世紀的文藝復興時期是 **the Renaissance**，19 世紀的工業革命被稱為 **the Industrial Revolution**，我們目前則正處於第四次工業革命。

1 The title of the keynote speech is "What skills will survive in **the Fourth Industrial Revolution**?"

專題演講的題目是：「什麼技能得以在第四次工業革命中存活？」。

2 Michelangelo is the greatest artist of the Renaissance.

米開朗基羅是文藝復興時期中最偉大的藝術家。

DIALOGUE

A Have you been to the Sistine Chapel?

B No, but who doesn't know about Michelangelo and his paintings on the ceiling of the chapel? Can you believe that he painted those
in the early 15th
fifteenth
century?
He's a genius.

A：你有去過西斯汀禮拜堂嗎？

B：沒有，但誰會不知道米開朗基羅和他在禮拜堂天花板上的畫作呢？你能相信他是在 15 世紀前期畫得這些畫的嗎？他是天才。

凱薩大帝在西元前 44 年被殺害。

Caesar was murdered in

44 BC.

forty-four B C

雖然這是在 PART 1 中就已經提過的內容，但現在就當作是複習吧。西元前的英文 **BC** 是取自 **Before Christ** 的首字母，會擺在年份之後。另一方面，西元（後）的英文 **AD** 則是取自 **Anno Domini** 的首字母，但會擺在年份之前。

SPEAKING PRACTICE

1 The first five books of the Old Testament reached their present form by **332 BC**.

three hundred and thirty-two B C

舊約的前五本書在西元前 332 年發展成了它們現在的型式。

2 Archeologists believe the temple was completed in **10 BC**.

ten B C

考古學家認為這座寺廟是完成於西元前 10 年。

3 Alexander the Great lived

from 356 BC to 323 BC.

from three hundred and fifty-six B C to three hundred and twenty-three B C

亞歷山大大帝是西元前 356 年至西元前 323 年的人。

APPLY AND MORE

如果是史前時代（**prehistoric age**），那距今已超過百萬年了吧？百萬的英文是 **million**，若「330 萬」寫成 3,300,000 並讀作 **three million three hundred thousand** 的話，會顯得過於複雜累贅，因此多半會以 **3.3 million** 這種方式來簡單稱呼，中間的小數點應讀作 **point**。

1 Human prehistory dates back

3.3 million

three point three million

years ago when stone tools were first used.

人類的史前史可以往回追溯到首次使用石器的 330 萬年前。

2 The most recent ice age began about

2.5 million

two point five million

years ago.

最近一次的冰河期大約始於 250 萬年前。

DIALOGUE

A Have you watched the movie *300*? These **300** three hundred Spartan warriors fought against millions of Persia's army in **480 BC**.

four hundred and eighty B C

B What? **300** three hundred against millions? No way! I don't buy it.

> **I don't buy it.**：表示「不同意或不相信（對方說的話）」，不是「不買什麼東西」的意思。

A：你有看過電影《300 壯士》嗎？這 300 名的斯巴達戰士在西元前 480 年對抗了數百萬的波斯軍隊。

B：什麼？300 對幾百萬？不可能！我不相信。

在 1970 年代

In the
nineteen-seventies

　　想用「1970 年代」來統稱 1970~1979 年的這段時期時，只要把 **70**［**seventy**］改寫成複數形的 **seventies**，並在年份之前加上 **the** 就可以順利表達了。除此之外，大家應該對 **It was popular in 70's.** 這種句子並不陌生，這裡的 **70's** 正是 **nineteen seventies** 的另一種表現方式。

SPEAKING PRACTICE

1　Folk music was very popular
in the 1960s.
nineteen-sixties

民歌在 1960 年代非常流行。

2　Reagan was the US president
during the 1980s.
nineteen-eighties

雷根在 1980 年代擔任美國總統。

3　It wasn't **until the 1940s.**
**nineteen
-forties**

that women started working in factories in large numbers.

直到 1940 年代，女性才開始大量投入工廠工作。

APPLY AND MORE

除了世紀以外，也能在「70 年代」、「90 年代」等等之前加上 early、mid、late 來表達「這段期間的初、中與晚期」。補充一下，在美國會以 **baby-boomer**（戰後嬰兒潮（**baby boom**）世代）來稱呼於 40 年代末到 60 年代初期出生的人。

1　Baby boomers are people who were born **between the late-1940s and early-1960s.**
between the late nineteen forties and early nineteen sixties

嬰兒潮世代是指出生於 1940 年代晚期到 1960 年代初期的人。

2　Do you know what the **386**
three eight six

generation is?

你知道 386 世代是什麼嗎？

DIALOGUE

A　When were you born? You sound like someone who was born
in the 2010s.
twenty-tens

B　Uh… thank you? I was born
in the early 1990s.
nineteen nineties

A：你是什麼時候出生的？你聽起來像是在 2010 年代出生的人。

B：呃……謝謝？我是在 1990 年代初期出生的。

205

我在 2 點多抵達。
I arrived
at two something.

英文母語者們在談論時間時，如果只知道幾點，但不知道確切幾分時，則會將 **something** 擺在分鐘的位置，這麼一來就可以表達從該整點到下個整點間的 5 分到 55 分的這個較大範圍的時間。

SPEAKING PRACTICE

1 I'm not sure of the exact time, but I think it was **around two something**.

我不清楚確切的時間，但我認為大概是 2 點多左右。

2 His shift started at noon, but he didn't bother to show up **until one something**.

他的班從正午開始，但他一直到 1 點多才姍姍來遲。

3 He said the delivery would be here **around six something**.

他說貨會在 6 點多左右送到這裡。

APPLY AND MORE

如果在表示幾點的數字後方加上「-ish」的話，那麼描述的就不是確切的時間點，而是帶有「大概～」、「～左右」等語意，但其所涵蓋的範圍會小於前面提到的「將 **something** 擺在分鐘位置」的表達方式。

1 Should we meet, let's say, **6-ish**
        six-ish
tonight?

我們今晚要不要見個面？6 點左右之類的怎麼樣？

2 The ticket says the movie starts
at 2:15
    two fifteen
but after all those ads and trailers, I think it will start **at 2:30-ish**.
                two thirty-ish

票上說電影會從 2 點 15 分開始，不過在那堆廣告和預告片之後，我覺得它大概會在 2 點 30 分左右開始吧。

DIALOGUE

A Rod said he's going to be here around **nine something**.

B **Nine something** when? **9:10-ish**? **9:30-ish**? **Or 9:45-ish**?
Nine ten-ish / nine thirty-ish or nine forty-five-ish

A：Rod 說過他 9 點多會到這裡。
B：9 點多是幾點？9 點 10 分左右？9 點 30 分左右？還是 9 點 45 分左右？

其中一個角是 40 度的圖形

a shape with one angle of

40 <u>forty</u>

degrees

這個坡的坡度是 30 度。

This slope has an incline of

30 <u>thirty</u>

degrees.

　　「角（度）」的英文是 **angle**，**degree** 則是指確切的角度數字，如 30 度或 50 度等的「度」。「其中一個角是 40 度的圖形」的英文要怎麼說呢？用 **angle** 來描述角，然後用 **with one angle of 40 [forty] degrees** 來表達即可。「40 度的斜坡／坡度」的英文說法是 **an incline of 40 [forty] degrees**。別忘了，當度數是 2 以上時，**degree** 必須使用複數形。

SPEAKING PRACTICE

1　The teacher drew a shape with
one angle of 20 degrees
<u>twenty degrees</u>
on the board.

老師在黑板上畫了一個有一個角是 20 度的圖形。

2　The old house's floor has
**a dangerous incline of
15 degrees**.
<u>fifteen degrees</u>

那棟老房子的地板危險地傾斜了 15 度。

3　The bunny hill at this ski resort has
**an incline of only
30 degrees**,
thirty degrees
which makes it perfect for real beginners.

> bunny hill：意指適合初學者練習、坡度較平緩的滑雪雪道。

這座滑雪渡假村裡的新手練習雪道的坡度只有 30 度，非常適合真正的初學者。

APPLY AND MORE

在查看用手機拍攝的照片時，有時必須旋轉照片才能看得清楚，這種旋轉會用 **rotate**，可在 **rotate** 的後方加上角度，補充說明旋轉的角度為何。若想描述將照片往左或往右旋轉的話，請加上 **to the right/to the left**。

1　I think you hung the artwork the wrong way; you need to rotate it
180 degrees.
<u>one hundred and eighty degrees</u>

我覺得你掛那件藝術品的方式錯了；你得把它旋轉 180 度。

2　Rotate the picture **90 degrees**
<u>ninety degrees</u>
to the right.

將那張圖片往右旋轉 90 度。

DIALOGUE

A　This is a regular triangle with
one angle of 60 degrees.
<u>sixty degrees</u>
Then what are the other two angles?

B　**60 degrees** each.
<u>Sixty degrees</u>

> A：這是一個其中一個角是 60 度的正三角形。那麼另外兩個角是幾度呢？
> B：各為 60 度。

MP3 149

第 10 號颱風往都會區直撲而來。

Typhoon 10
Typhoon number ten

hit the metropolitan area head on.

夏天多半會遇到颱風（**typhoon**）來襲，且因為每年都會有好幾個颱風，所以常以編號或名字來稱呼，第 10 號颱風的英文寫法為 typhoon 10，讀作 **typhoon number ten**。

SPEAKING PRACTICE

1 The current prediction is that
typhoon 6
typhoon number six

will hit the coast early tomorrow morning.

目前的預測說第 6 號颱風會在明天一大早襲擊沿海地區。

2 ## Typhoon 9
Typhoon number nine

is expected to make landfall within the next few days.

預期第 9 號颱風會在未來幾天內登陸。

3 ## Typhoon 3
Typhoon number three

subsided after claiming **90**
ninety

lives in Japan.

第 3 號颱風在日本奪走了 90 條人命之後減弱了。

APPLY AND MORE

當熱帶風暴形成於國際換日線以西的西太平洋時，被稱作颱風，若形成於東太平洋，則被稱作颶風。颱風跟颶風都常會以名字來稱呼。

1 Hurricane Katrina caused about
$100 billion
one hundred billion dollars

in damage.

颶風 Katrina 造成了約 1,000 億美元的損害。

2 The country is usually hit by
several typhoons every summer.
The deadliest ever to hit the country was Sara in **1959**.
nineteen fifty-nine

這個國家通常每年夏天都會遭受數個颱風的襲擊。1959 年的 Sara 颱風是有史以來襲擊該國的颱風之中最致命的。

DIALOGUE

A Did you see the weather forecast? A typhoon is heading our way.

B Come on, it's already fall.
This is **typhoon 11**.
typhoon number eleven

I wonder what they named it this time.

A：你有看天氣預報嗎？有個颱風正朝著我們而來。

B：拜託，都已經秋天了。這是第 11 號颱風。我很好奇他們這次給它取了什麼名字。

MP3 150

週五高溫 10 度、低溫 2 度。

Friday saw a high of ten degrees and a low of two degrees.

在談論氣溫時，最高溫會用「**a high of** ＋數字 **degrees**」、最低溫則用「**a low of** ＋ 數字 **degrees**」來表達。主題句中的「**Friday saw...**」是電視上的氣象預報員或報紙上的 **weather news** 欄位裡的天氣預報（**weather forecast/weather prediction**）上經常使用的 語句，而非一般人在討論氣溫時會使用的表 達方式。一般人在談論「氣溫如何」時，會 用「**It was...**」或「**We had...**」來表達。

SPEAKING PRACTICE

1 The weather service is predicting **a high of 10 °C**
ten degrees Celsius
and **a low of 2 °C**.
two degrees
Celsius

> 因為 degree 前面出現過，所以後面的 degree 可以省略。

氣象局預測高溫是攝氏 10 度、低溫是攝氏 2 度。

2 Winnipeg has **a low of -20 °C**
minus twenty degrees Celsius
in the winter but it feels more like **-35 °C**.
minus thirty-five degrees Celsius

溫尼伯的冬季最低溫是攝氏 -20 度，但感覺 起來更像是攝氏 -35 度。

APPLY AND MORE

談論到最高溫與最低溫時，有時會提到「平 均溫度」。「平均最高」的英文是 **the average high**，「平均最低」則是 **the average low**。除 此之外，想描述「跟～一樣高」或「跟～一樣 低」時，也可利用 **as high as** 或 **as low as** 來 表達最高和最低溫。

1 During the summer, **the average high is 25 °C**
twenty-five degrees
Celsius
while **the average low is 5 °C**.
five (degrees) Celsius

在夏天的時候，平均最高溫是攝氏 25 度， 但平均最低溫是攝氏 5 度。

2 It goes up **as high as 35 °C**
thirty-five
degrees
Celsius
in the summer and down **as low as -15 °C**
minus fifteen degrees
Celsius
in the winter.

夏季最高溫可高達攝氏 35 度，而冬季最低 溫可低到攝氏 -15 度。

DIALOGUE

A I wonder what the weather will be like tomorrow.

B Oh, this weather app says it will be sunny and mild with **a high of 18 °C**
eighteen
degrees
Celsius
and **a low of 5 °C**.
five degrees Celsius

A：我想知道明天的天氣怎麼樣。
B：噢，這個天氣的 App 說會晴朗又溫和，高溫攝 氏 18 度、低溫攝氏 5 度。

UNIT 13

100 公尺高的建築物

**a building
a hundred meters high**

**a building
a hundred meters in height**

**a hundred-meter-high
building**

「幾公尺高的建築物」有很多種表達方法。首先，以 **a building** 來說，在 **building** 之前加上「數字-meter-high」是其中一種，此外，也能在 **building** 的後方加上「數字＋meters high」或「數字＋meters in height」，這兩種表達方式中省略了做為關係代名詞的 **which is/that is**。

SPEAKING PRACTICE

1 In the downtown area, there are **many buildings a hundred meters or more high**.

   在市中心這區裡，有很多建築物的高度都在 100 公尺以上。

2 If you are planning on base jumping, you'll need **a building that's less than a hundred meters in height**.

   > base jumping：從高樓或水壩等地方往下跳的跳傘活動。

   如果你打算要低空跳傘，那你會需要一座高度低於 100 公尺的建築物。

3 His grandfather was the first to erect **a hundred-meter-high building** in the city.

   他的爺爺是第一位在這座城市裡建造百米高樓的人。

APPLY AND MORE

當描述建築物高度時，除了 **high**，也可以用 **tall**。

1 How tall is Sears Tower?
   It seems like you can see it from everywhere in Chicago.

   西爾斯大樓有多高？感覺你在芝加哥的任何地方都可以看到它。

2 New York is famous for its skyscrapers that are **more than three hundred meters tall**.

   紐約以其超過 300 公尺高的摩天大樓聞名。

DIALOGUE

A I don't think we have **any buildings a hundred meters or taller** in the city.

B We are on the prairies so everything is spread out. It's wide open. No need to build a tall building here. It's not like New York.

   > A：我不認為我們市裡有任何建築物是高 100 公尺以上的。
   > B：我們是在大草原上，所以所有東西都很分散。範圍超廣。沒有必要在這裡蓋高樓大廈。這裡跟紐約不一樣。

一個有趣的颱風小故事

颱風的英文 typhoon 一字，源於希臘神話中的人物——堤豐（Typhon）。堤豐是大地之母蓋亞與冥界深淵塔爾塔羅斯之子，是擁有 100 個蛇頭與四肢力大無窮的妖魔，生性邪惡且具有強大的破壞力。在幾經波折後，堤豐被宙斯奪走了所有力量，只留下了製造風暴的能力。typhoon 一字就是將「堤豐」與「風暴」連結後所創造出來的英文單字。

就如同梅米颱風、莎拉颱風等等，在 typhoon 之後出現的可能是編號，也可能會是名字。據說最早為颱風命名的人是澳洲的氣象預報員們，他們會以自己不喜歡的政客名字來為颱風命名。第二次世界大戰後，美國空軍與美國海軍開始正式為颱風命名，當時是以自己的妻子或情人的名字來命名，所以一直到 1978 年為止，颱風的名字都是女性名字，後來才開始交替使用男性與女性的名字來命名。

一直到 1999 年為止，都是沿用美國關島聯合颱風警報中心所訂定的颱風名稱。1997 年在香港舉行的颱風委員會的第 30 次會議上，美國與亞洲會員國合議，各會員國可依各自使用的語言來命名颱風，此後從 2000 年開始就以現在的方式來命名了。

那麼，現在是如何命名颱風的呢？世界氣象組織（WHO）指定了 14 個受颱風影響的國家，分別為南韓、北韓、美國、中國、日本、柬埔寨、香港、菲律賓、泰國、馬來西亞、越南、寮國、澳門和密克羅西亞，每個國家均分別提出 10 個颱風名稱的名單，一共 140 個的颱風名字就此誕生。將其分成 5 組，每組 28 個，並根據這 14 個國家的英文國名，照順序來使用。

每年一般會出現 30 多個颱風，因此平均 4~5 年才會輪完一遍。當這 140 個名字都輪過後，就會回到第一個重新開始。

CHAPTER 8

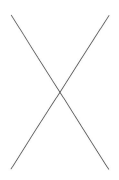

跟技術、播放有關的
數字表達用語

UNIT 1	試著將格式設定成每行 30 個字元、20 行一頁。
UNIT 2	以 2 倍速播放。
UNIT 3	這是一個半小時的電視節目。／ 這是一個 40 分鐘的電視節目。
UNIT 4	（廣播）第 7 頻道在播什麼？
UNIT 5	這個影集有 10 集。
UNIT 6	我們德國使用的電壓是 220 伏特。
UNIT 7	時下電視的螢幕長寬比是 16:9。
UNIT 8	這個的能源效率是第 1 級。

MP3 **152**

試著將格式設定成每行 30 個字元、20 行一頁。

Try to set the format to

30 thirty

characters per line and

20 twenty

lines.

在指派作業時，當提及 Word 檔案的段落（paragraph）或頁面（page）格式（format）的設定時，可能會講到與每行（line）幾個字元（characters）以及每頁幾行（line）相關的要求。遇到這種情況，只要將想說的數字直接放進這個表達方式裡就行了。

SPEAKING PRACTICE

1　Can you set the printer to **35** thirty-five **characters per line and 25** twenty-five **lines per page**?

你能把印表機設定成每行 35 個字元、每頁 25 行嗎？

2　If you're preparing text for a magazine ad, don't go smaller than **40** forty **characters per line and 30** thirty **lines per page**.

如果你在為雜誌廣告撰寫文案，每行不要少於 40 個字元、每頁不要少於 30 行。

3　We need the posters to be really easy to read, so set it for **10** ten **characters per line and 5** five **lines per page**.

我們這些海報必須非常好讀，所以把它設定成每行 10 個字元、每頁 5 行吧。

APPLY AND MORE

撰寫報告或文章時，經常會聽到「每頁幾個字（words）」。除此之外，在 job description 中偶爾也會看到「打字每分鐘（per minute）幾個字（words）」的條件內容，可簡寫為 wpm（words per minute）。

1　When you're going to write a paper at university, set the word processor to **250 two hundred and fifty** words per page.

你在大學要寫報告的時候，要把文書軟體設定成每頁 250 字。

2　We want someone who can type **55** fifty-five words per minute.

我們想要可以每分鐘打 55 個字的人。

DIALOGUE

A　Does this look too scrunched up? It's sort of hard to read, right?

B　Yeah. I mean, all those colors are nice, but the text is tiny. Try setting it for **30** thirty **characters per line and 20** twenty lines per page.

A：這看起來是不是太擠了？有點不好讀，對吧？
B：是啊。我的意思是，配色很好，但字太小了。
　　用每行 30 個字元、每頁 20 行設定看看吧。

UNIT 2

以 2 倍速播放。

Play it at double speed.

介系詞 **at** 描述的是「準確指向某一點」的意象，就像是時速錶上的指針那樣，準確指著的一個點，因此可以利用 **at** 來描述「以～的速度」，例如「以 2 倍速」的英文說法是 **at double speed**，「以 3 倍速」的英文說法則是 **at triple speed**，「以 4 倍速」的英文說法就是 **at quadruple speed**。

SPEAKING PRACTICE

1 If you play the record **at double speed**,

it sounds like chipmunks are singing.

如果你以 2 倍速播放這張唱片，聽起來就會像花栗鼠在唱歌。

2 The online lecture was so boring he played it **at triple speed** to get done quicker.

線上課程無聊到他為了快點上完而用 3 倍速播放。

3 He played the movie **at quadruple speed**,

trying to find his favorite scene.

他用 4 倍速播放這部電影，試圖要找到他最喜歡的那場戲。

APPLY AND MORE

「以 0.5 倍速」的英文說法是 **at half speed**。如果有人要你「以兩倍速動作」時，就會說 **double time**，其實就是要你「加快速度」的意思。

1 If you play the music **at half speed**, it sounds like the singer is about to fall asleep.

如果你以 0.5 倍速來播放音樂，聽起來就會像是那個歌手快要睡著了。

2 The sergeant wanted them to march faster, so he yelled "**Double time**!"

那名中士想要他們加快行軍速度，所以他大喊：「加快速度！」。

DIALOGUE

A For the life of me, I can't figure out this new audio player. This app is super confusing.

> for the life of me：表示「儘管很努力了，還是～」的意思。

B Ha! I tried that one, too. I could never figure out how to make it not play **at double speed**.

Deleted it and downloaded another one.

A：儘管我很努力了，我還是搞不懂這台新的音樂播放器要怎麼應用。這個 App 真的超令人困惑。

B：哈！那個我也用過。我永遠搞不懂要怎麼讓它不要用 2 倍速播放。把它刪掉然後下載其他的吧。

這是一個半小時的電視節目。

It's a one-and-a-half-hour TV program.

這是一個 40 分鐘的電視節目。

It's a forty-minute TV program.

這是在提到節目或電視表演時常會用到的表達用語。這種表達方式是在 **a program** 或 **a TV show** 之間，加入表示「一個半小時的」或「40 分鐘的」的形容詞，先前已提過數次這種修飾方式了，相信大家對此並不陌生。在兩個單字之間加上連字號（-）相連而成的形容詞詞組，即使前方的數字大於 1，後方的單位仍寫作單數形。補充一下，**show** 除了表示我們已知的「表演」之外，也能用來指稱電視或廣播的節目。

SPEAKING PRACTICE

1 When you see movies on TV, they've been cut down to fit **a one-and-a-half-hour time slot**.

你在電視上看到的電影，都已經為了要配合一個半小時的時段而被剪輯過了。

2 Without all these silly commercials, it's only **a twenty-two-minute program**.

把這些愚蠢的廣告全都拿掉之後，這個節目只有 22 分鐘。

3 Back in the **80s**,
eighties

when they aired the original *Superman* movie on TV, it was **the extended three-and-a-half-hour version**.

回想在 80 年代時，當他們在電視上播出原版的《超人》電影時，播的是三個半小時的加長版。

APPLY AND MORE

也可以用「那個電視節目是 50 分鐘長」來表達，說法如下所示。

1 The season finale of the show will be **two hours long**.

那個節目的季末完結會有兩個小時長。

2 All the kids' cartoons on TV are **fifteen minutes long**.

電視上所有的兒童卡通片都是十五分鐘長。

DIALOGUE

A Do you have time to watch another episode? Come on! Don't you love binge watching this show?

B We're at the end of the first season already? Cool. Let's watch **the one-and-a-half-hour season finale**.

A：你有時間可以再看一集嗎？拜託！你不是很想一口氣看完這個節目嗎？

B：我們已經看到第一季要結束了嗎？好吧。我們一起來看有一個半小時的季末完結篇那集吧。

UNIT
4

（廣播）第 7 頻道在播什麼？

What's on Channel

7
seven?

　　介系詞 **on** 的含義與用法不勝枚舉，其中一個就是用來描述「某事物被記錄下來後，播放或表演」的情境，所以 **on TV** 表示「在電視上（播放的）」，**on Channel** 7 則是「在第 7 頻道（播放的）」的意思。補充說明一下，因為頻道名稱或電視台名字都是專有名詞，請記得第一個字母都要大寫。

SPEAKING PRACTICE

1　What's **on Channel 13**
　　　　　　　　　thirteen?

　第 13 頻道在播什麼？

2　Has the news started **on Channel 2**
two
yet?

　第 2 頻道的新聞開始了嗎？

3　**Channel 12**
　　　　　　twelve

always has the best sports coverage.

　第 12 頻道總是有最棒的體育報導。

APPLY AND MORE

「轉台」的英文是 **change the channel**，當想描述「拿著遙控器（**a remote control**）一直轉台」的情況時，可用 **flip through the channels**。**flip** 表示「快速翻動（書頁等）」，這裡借用其語意來描述快速轉台的動作。

1　Can we change the channel?
HG TV, please.

　我們可以轉台嗎？轉到 HG TV，拜託。

2　I just like flipping through the channels. I don't particularly watch TV.

　我只是喜歡一直轉台。我其實沒有特別愛看電視。

DIALOGUE

A　I think my favorite show will be on soon.
Channel 13,
　　　　　thirteen
please.

B　Is it another one of those house flipping shows? What's
on Channel 160?
　　　　　　　one (hundred) sixty
Let's watch something else.

> house flipping show：這裡的 flip 表示「將房子稍微裝修或整修一下就快速賣出」，所以 house flipping show 就是那種記錄房屋翻新與出售過程的節目。

A：我最喜歡的節目好像快要播了。第 13 頻道，謝謝。
B：又是那種房屋大翻新的節目嗎？第 160 頻道在播什麼？我們看點別的吧。

這個影集有 10 集。

It's a ten-part series.

　　我們在看電視節目或影集時,也常會說「總共 16 集的迷你劇」或「一季八集」之類的話吧? 簡單來說,「幾集的影集」的英文說法為「數字-part + series」。近來也開始會說「幾集一季的影集」,此時只要在 season 前方加上說明集數的形容詞,像「數字-episode + season(s)」這般來簡單表達。

SPEAKING PRACTICE

1　Instead of doing a movie, they made the book into **a five-part mini-series**.

他們沒有把這本書拍成電影,而是拍成了一個 5 集的迷你劇。

2　*Parasite* will be made into **a six-part TV series**.

《寄生上流》將被拍成 6 集的電視劇。

3　*Friends* usually had **twenty-four-episode seasons**.

《六人行》通常是 24 集一季。

APPLY AND MORE

在談論連續劇時,可能會提到「總共 10 集裡的第 5 集」等內容,此時只要如下列例句般利用序數來表達就行了。

1　This is **the fifth episode out of ten**.

這是總共 10 集裡的第 5 集。

2　When you're watching **the fourth or fifth episode in a series of eight**, you often feel it is boring.

當你在看總共 8 集的影集中的第 4 或第 5 集時,常常都會覺得很無聊。

DIALOGUE

A　Have you finished the season yet? I don't want to spoil any of it for you.

B　Not yet. But it's only **a six-episode season**. I'm going to watch them all Sunday night.

> spoil:原意是「破壞」,但也有「暴雷」的意思。

A:你已經看完這一季了嗎? 我不想暴你雷。
B:還沒有。但這個一季只有 6 集。我打算星期天晚上把它們看完。

我們德國使用的電壓是 220 伏特。

We use

220 volts
two (hundred and)
twenty volts

in Germany.

伏特（volt）是電壓的單位，這是日常生活中常會用到的表達用語。唸的時候可以不把百位數的單位 hundred（and）唸出來。英文在提到伏特時一定要用複數形 volts。

SPEAKING PRACTICE

1　Because France uses
220 volts,
two (hundred and) twenty volts
your North American hairdryer isn't going to work here.

因為法國使用的電壓是 220 伏特，所以你在北美用的吹風機在這裡無法使用。

2　North American countries such as America and Canada use
110 volts.
one (hundred and) ten volts

如美國和加拿大等北美國家，使用的電壓都是 110 伏特。

3　Is it **110 or 220**
one ten or two twenty
in your country?

也可以像這個例句一樣只提到數字，省略 volts。

你們國家用的是 110 還是 220（電壓）？

APPLY AND MORE

有時也會用到語意為「220 伏特的」這種形容詞，此時只要用「220 [two (hundred and) twenty]-volt」來修飾後方的名詞即可。

1　If you have an adaptor, you can use your **220-volt**
two (hundred and) twenty volt
charger in a **110**
one hundred ten
outlet.

如果你有變壓器，那你可以在 110 伏特的插座上用你 220 伏特的充電器。

2　If you stick a **110-volt**
one (hundred and) ten volt
appliance into a **220-volt**
two (hundred and) twenty volt
plug, you'll see sparks.

如果你把 110 伏特的電器插進 220 伏特的插座，你就會看到火花。

DIALOGUE

A　Did you pack the converter? Remember, they use different plugs over there.

B　I know. I'm bringing the little one that fits over the **220-volt**
two (hundred and) twenty volt
plugs so you can stick it in
110-volt
one (hundred and) ten volt
plugs.

A：你帶轉接頭了嗎？別忘了，他們那邊用的插座不一樣。

B：我知道。我打算帶適合 220 伏特插頭的那個小的，這樣你就可以把它插進 110 伏特的插座裡了。

時下電視的螢幕長寬比是 16:9。

The current TV has a 16:9 sixteen to nine aspect ratio.

「長寬比（縱橫比）」是在設定電視機或螢幕等畫面時會出現的用語之一，英文是 **aspect ratio**，通常是 4:3 或 16:9。有些書上會寫成 **a horizontal to vertical ratio of** 16:9 這樣，但請記得其實沒有人會這樣用。

SPEAKING PRACTICE

1 When we watch classic movies, it's always in **16:9** sixteen to nine aspect ratio.

我們在看經典電影的時候，長寬比都用 16:9。

2 Old TVs had a **4:3** four to three aspect ratio.

舊電視的長寬比是 4:3。

3 Canada's famous IMAX technology uses a special lens to project movies with a **1.9:1** one point nine to one aspect ratio.

加拿大著名的 IMAX 技術會使用特殊的鏡頭以 1.9:1 的長寬比來投放電影。

APPLY AND MORE

談論到長寬比時，可簡單用 **in** 16:9 [sixteen to nine]，或是省略 **aspect**，以 **a** 16:9 [sixteen to nine] **ratio** 來描述也行。除此之外，**aspect ratio** 一詞只能用在電視或螢幕上，不能用來描述 Instagram 或照片。提到 Instagram 或照片時，只會用表示「比例」的 **ratio**。

1 Those black bars along the top and bottom of the screen mean the movie is in **16:9**. sixteen to nine

螢幕頂部和底部的那些黑條的目的是讓電影的長寬比呈 16:9。

2 If you want them to look good on Instagram, you need to use pictures with an **8:10** eight to ten ratio.

如果你想讓圖片在 Instagram 上看起來漂亮，你得用 8:10 比例的圖片。

DIALOGUE

A This show looks awful. Why is the screen so small and square?

B It's an old TV show, so it was shot in **4:3** four to three aspect ratio.

A：這個節目看起來好難過。為什麼這個畫面這麼小又這麼方？

B：這是舊的電視節目，所以它是用 4:3 的長寬比來拍攝的。

這個的能源效率是第 1 級。

This has the first grade energy efficiency rating.

「能源效率等級（**an energy efficiency rating**）」是在購買家電用品時會參考的資訊之一，等級越高越省電。一般家電在販售時，上面都會標示出能源效率等級，所以提到時都會在 **energy efficiency rating** 前方加上 **first grade**（第 1 級）、**second grade**（第 2 級）等等。

SPEAKING PRACTICE

1 We got a new space heater with **a first grade energy efficiency rating**.

我們買了一個能源效率是第 1 級的新電暖器。

2 You'll pay more for appliances with **a first grade energy efficiency rating**, but you'll save money over time.

能源效率第 1 級的電器買起來比較花錢，但時間一長就可以省錢。

3 What is **the energy efficiency rating** for this washer?

這款洗衣機的能源效率等級是多少？

APPLY AND MORE

除了等級以外，還能如何表示能源效率呢？美國、加拿大所在的北美地區是以 **high** 或 **low** 來標示 **energy efficiency**，即以「高／低能源效率」來表示。

1 This dryer has high energy efficiency, so you don't have to worry about your electricity bill.

這款烘衣機具有高能源效率，所以你不必擔心你的電費。

2 Even though a TV might be rated high energy efficiency, it might still use a lot of "vampire power" in its standby mode.

> vampire power：待機電力，形容像吸血鬼吸血一樣消耗電量，又稱為 standby power。

一台電視即使被評為高能源效率，但它在待機模式下仍有可能會消耗大量的待機電力。

DIALOGUE

A Still using that old flat screen TV? Aren't you worried about all the money you're wasting on vampire power?

B I went out and got a special plug adaptor, so now the TV uses as much stand-by power as one with **the first grade energy efficiency rating**.

A：你還在用那台老舊的平面電視嗎？你不擔心你會浪費一堆錢在待機耗的電上嗎？

B：我去買了一個特別的插頭變壓器，所以現在這台電視待機時耗的電跟能源效率第一級的電視一樣。

CHAPTER 9

跟經濟、工作有關的
數字表達用語

UNIT 1	租金是每個月 8 萬元。
UNIT 2	一個月的零用錢是 15,000 元
UNIT 3	100 美元的盈餘／100 美元的虧損
UNIT 4	～相當於 3 個月的薪水
UNIT 5	發薪日是每個月的 15 號。
UNIT 6	每人 30 美元／學生 10 美元
UNIT 7	價值 20 美元的水果
UNIT 8	每五個中國人才會有一個美國人
UNIT 9	用每個 2 美元來賣
UNIT 10	打八折
UNIT 11	原價打九折
UNIT 12	總共是 15 美元。
UNIT 13	第二季的銷售業績
UNIT 14	這幾乎是那個的兩倍價。
UNIT 15	我有 100 股的 Ace Electronics。
UNIT 16	道瓊指數下跌了 100 點。
UNIT 17	我不是 100% 確定。
UNIT 18	GDP 已經連三季衰退了。
UNIT 19	我付了台幣一萬元的訂金。
UNIT 20	你的薪水是我的兩倍。／我賺的是你的兩倍。／這是去年售價的一半。
UNIT 21	銷售額在過去三年間成長了三倍。
UNIT 22	它是世界第二大的公司。
UNIT 23	我的車分了 36 期。
UNIT 24	我有一半的水電費是用自動扣款來付的。
UNIT 25	請將這張 10 美元紙鈔換成 10 個 1 美分硬幣、4 個 5 美分硬幣、7 個 10 美分硬幣，4 個 25 分硬幣，剩下的換成 1 美元紙鈔。

UNIT 1

租金是每個月 8 萬元。

The rent is

80,000 NTD
eighty thousand
N T dollars

a month.

「租金」的英文是 **rent**，一般都是台幣數千到數萬元，不過也有高級住宅會到十萬（**hundred thousand**）以上，若是大型店面，則租金甚至會到百萬（**million**）！除此之外，租金若是每月支付，則後方會加上 **a month** 或 **per month**。

SPEAKING PRACTICE

1 The landlord jacked the rent up to
12,000 NTD
twlve thousand N T dollars
a month.
房東把租金抬高到每月台幣一萬二了。

2 The rent is **9,000 NTD**
nine thousand
N T dollars
a month, but that includes all the utilities.
房租是一個月台幣 9,000 元，不過有包所有的水電費。

3 Rent in this neighborhood is as expensive as **150,000 NTD**.
one hundred fifty thousand N T dollars
這個社區的租金高達台幣 15 萬元。

APPLY AND MORE

動詞 **split** 可用來描述「不是單獨支付租金，而是共同分攤支付」的情況，英文的說法是「**split**＋金額＋**in** 數字＋**way**」，表達「幾個人共同分攤支付」的語意。除此之外，想說「幾個月的租金」時，可利用所有格，即「數字＋**months' rent**」來表達，所以「一年份的租金」的英文是 **a year's rent**。在北美地區會以 **damage deposit** 為名義，收取兩個月左右的租金做為保證金，如果承租人在租約期間弄壞或破壞了什麼東西，就會從該筆保證金中扣除費用。

1 The roommates split the
80,000 NTD
eighty thousand N T dollars
rent three ways.
室友三人分攤了每月台幣 8 萬元的租金。

2 You should pay
two months' rent
for a damage deposit.
你應該付兩個月的租金當作損害保證金。

DIALOGUE

A How much do you pay for rent there?

B It's **5,000 NTD**.
five thousand N T dollars
But I pay my own utilities and Internet.
A：你那裡的租金是多少？
B：台幣 5000 元。不過我要自己付水電和網路費。

一個月的零用錢是 15,000 元

a monthly allowance of
15,000 NTD
fifteen thousand N T dollars

一般沒有兼職打工（**part-time job**）的學生們都會有零用錢，零用錢在北美地區稱為 **allowance**，在英國等地區則稱作 **pocket money**。因此，想描述「一個月的零用錢是多少」時，只要說「**a monthly allowance of** ＋金額」就行了。

SPEAKING PRACTICE

1 Most high school students get a monthly allowance of
1,500 NTD.
one thousand and
five hundred N T dollars

大部分高中生會有一個月台幣 1,500 元的零用錢。

2 Because his grades were terrible, his parents took away his monthly allowance of **1,000 NTD.**
one thousand
N T dollars

因為他的成績糟透了，所以他爸媽把他每個月台幣 1,000 塊的零用錢取消了。

3 He complained it was really hard to get by on a monthly allowance of
6,000 NTD.
six thousand N T dollars

他抱怨要靠每個月台幣 6,000 元的零用錢來生活真的很辛苦。

APPLY AND MORE

spending money 也能用來表示「零用錢」或「生活費」，這個說法源自於「花錢」的 **spend**，其表達方式為「金額＋spending money a month」。**allowance** 也可以用在這裡，只要改成「金額＋monthly allowance」就行了。

1 I get **15,000 NTD**
fifteen thousand N T dollars
spending money every month.

我每個月有台幣一萬五的生活費。

2 My sister gets **5,000 NTD**
five thousand
N T dollars
monthly allowance, which is
1,000 NTD
one thousand N T dollars
more than me.

我姐姐每個月有台幣 5,000 元的零用錢，比我多了 1,000 元。

DIALOGUE

A It must be tough being a student and having to work part-time on the side.

B Sure is. I really envy my roommate Tom.
He gets **15,000 NTD**
fifteen thousand N T dollars
spending money every few weeks.

A：一邊上課還必須一邊打工，一定很辛苦。
B：對啊。我真羨慕我的室友 Tom。他每幾個禮拜就會拿到台幣 15,000 元的零用錢。

100 美元的盈餘

in the black by

100 dollars

a hundred dollars

100 美元的虧損

in the red by

a hundred dollars

聽說以前作帳時，虧損會用紅筆寫，盈餘則會用黑筆記帳，所以「有～盈餘」的英文是「**be in the black by** ＋金額」，「有～虧損」的英文是「**be in the red by** ＋金額」。

SPEAKING PRACTICE

1 At the end of the month, the car wash was only **in the black by 200 dollars**.
two hundred dollars

到月底的時候，那間洗車行只有 200 美元的盈餘。

2 After having to pay for the boiler repairs, at the end of the month Tom was **in the red by 500 dollars**.
five hundred dollars

在不得不付錢修鍋爐後，Tom 到月底的時候虧損了 500 美元。

3 No matter how hard he tries not to spend money, at the end of every month, Mike was **in the red by 100 dollars**.
a hundred dollars 或

one hundred dollars

不管他有多努力不要花錢，Mike 到每個月底都還是會虧損 100 美元。

APPLY AND MORE

談論到「盈餘／虧損多少」時，也可用「金額 ＋ **in the black/in the red**」。補充說明一下，如果個人的收入與支出相當的話，則稱作 **make ends meet**（收支持平）。

1 With this monthly salary, I barely save anything. I just make ends meet. But I'm happy I'm not in the red.

拿這種月薪，我幾乎存不了什麼。我就是收支持平而已。不過我很高興我沒有透支。

2 Luckily, I am **1,000 dollars**
one thousand dollars

in the black a month probably because I don't have any children.

> 這裡的 1,000 dollar in the black 也可改成 1,000 dollars ahead。

幸運的是，我每個月會剩 1,000 美元，大概是因為我沒有孩子。

DIALOGUE

A So I stopped eating out and going to movies and buying comics. Now at the end of each month, I'm **100 bucks**
a hundred bucks

in the black.

B Sounds great, Tim. But, honestly, it also sounds really boring.

> 北美洲的人也會將 dollar 稱為 buck。

A：所以我不再去外面吃飯、看電影和買漫畫。現在我每個月底都會剩 100 美元。
B：聽起來很棒，Tim。可是，老實說，這聽起來也非常無趣。

～相當於 3 個月的薪水

~ worth
three months' salary

worth 做為形容詞時是「有～價值的～」或「相當於～的」，做為名詞則是「價值」。做為形容詞使用時，常用的表達型式是「**worth＋數字＋day's/week's/month's /year's salary**」表示「相當於幾天／幾週／幾個月／幾年的薪水」，主要會接在名詞或 be 動詞的後方。**worth** 做為名詞時，會以「**a day's/week's/month's/year's worth of＋名詞**」來使用，表示「一天／一週／一個月／一年份的～」的意思，這個句型相當好用，請務必牢記在心。補充說明一下，當前方的數字是複數形時，請記得後方的單位也要改成複數形，即 **days'/weeks'/months'/years'**。

SPEAKING PRACTICE

1　The rule of thumb is the engagement ring should be **worth three months' salary**.

> rule of thumb：經驗談或經驗法則，源自經驗而非科學方法的一般規矩或手段。

根據經驗，訂婚戒指的價值應該要相當於三個月的薪水。

2　He got lucky at poker and won a pot **worth six months' salary**.

他在玩撲克的時候很走運，贏得了一筆相當於六個月薪水的獎金。

3　That one speeding ticket, the one he got trying not to be late for work, cost him **a month's (worth of) salary**.

那張他為了上班不要遲到而收到的超速罰單，花了他相當於一個月的薪水。

APPLY AND MORE

想描述「相當於一生（分量）的東西」，可用 **a lifetime** 來表達。

1　Because he won the contest, he got a lifetime supply of toothpaste.

因為他贏得了這場比賽，所以他拿到了可以用一輩子的牙膏。

2　That old photo album contained a lifetime's worth of memories for my grandmother.

那本舊相簿裡有著我奶奶一生的回憶。

DIALOGUE

A　I heard things are going really well for you at work. I even heard you got a big bonus recently.

B　Yeah. Things are going great. That bonus? It was **worth three months' salary**.

A：我聽說你工作非常順利。我甚至還聽說你最近拿到了一大筆獎金。

B：是啊，一切都進行得很順利。那筆獎金嗎？它相當於我三個月的薪水。

發薪日是每個月的 15 號。

Payday is
the 15th
the fifteenth
of the month.

　　發薪日的英文是 **payday**，後方加上日期可用來描述發薪日是在幾號，此時的日期一定要用序數，即「**the＋日期（序數）＋of the month**」，表達「該月的幾號」的語意。因為月薪是每個月都會支付，所以可解釋為「每個月的幾號」。

SPEAKING PRACTICE

1　HR says payday is **25th**
the twenty-fifth
of the month.

> 前方雖然沒有 the，但讀的時候還是要加上 the 再唸。

人資部說發薪日是每個月的 25 號。

2　His mortgage payment is due
on 1st
the first
of the month.

他的貸款是每個月的 1 號要付。

3　This month's paydays are
the 6th and
the 20th.
the sixth and the twentieth

這個月的發薪日是 6 號和 20 號

APPLY AND MORE

要怎麼用英文表達「領薪水」呢？領薪水的英文是 **get paid**，在北美大多都是每兩週發一次薪水，所以準確來說領的應該是週薪。「每兩週」的英文是 **every two weeks**、**every other week** 或 **every second week**。

1　When is your payday?

你的發薪日是什麼時候？

2　In North America, people
get paid every two weeks,
usually every second Friday.

在北美，人們每兩週領一次薪水，通常是在第二週的星期五領。

DIALOGUE

A　You know it feels like my paycheck just goes through my bank account. Within a week of payday, all the money is gone.

B　Same here. My pay day is **the 25th**.
twenty-fifth
Let's go out for a drink around that time. OK?

A：你知道這感覺就像是我的薪水只是從我的銀行帳戶經過一下而已。發完薪水的一個禮拜內，錢就都花光了。

B：我也是這樣。我是 25 號發薪水。我們到時候找個時間出去喝一杯吧，怎麼樣？

MP3 165

每人 30 美元

30
thirty
dollars per person

學生 10 美元

10
ten
dollars for students

　　想描述「每個人要多少錢」時，只要說「金額＋per person」就行了。如果是 2 個人，只用「金額＋each」也可以。除此之外，票券在販售時，學生、老人、小孩的票價都不盡相同，此時就能用「金額＋for students/for seniors/for children」來表達，這些表達方式在電影院、體育館或遊樂場的售票處都經常看到。

SPEAKING PRACTICE

1　We divided the check and it came out to about

30 bucks
thirty bucks
per person.

我們平分了帳單，結果每個人大概是 30 美元。

2　Tickets are **10**
ten dollars
for students and 7
seven
for seniors.

學生票 10 美元、敬老票 7 美元。

3　He was selling the old records
3
three for 10
ten dollars.

他用 10 美元 3 張的價格在出售舊唱片。

APPLY AND MORE

在超市或賣場中應該曾看過「3 個 1000 元」這類的售價標示吧？英文的說法是 **three for 1,000** [**one thousand**]。

1　The bagels are **3**
three for 7
seven
dollars.

這些貝果是 3 個 7 美元。

2　The donuts are **2**
two dollars each
or **2**
two for 3
three
dollars.

這些甜甜圈是 1 個 2 美元、2 個 3 美元。

DIALOGUE

A　The eggs are **10**
ten for 5
five dollars
but **20**
twenty for 8
eight dollars.
How many would you like?

B　Why don't we get **20**
twenty and pay
4
four dollars per person
或 **4**
four dollars each?

A：這些雞蛋是 5 美元 10 個、8 美元 20 個。你想要幾個？
B：我們要不要買 20 個，然後各付 4 美元？

價值 20 美元的水果
20 dollars'
twenty dollars'
worth of fruit

　　這個表達用語的重點在於「價值～美元」。如果是中文，只須在金額前面加上「價值」兩字即可，但用英文描述時，必須以「什麼東西的多少美元的價值」這種較為複雜的方式來表達。最重要的是，在英文中，「時間」跟「價格」這兩個名詞雖然是事物名詞，但只要加上撇號（'）就能形成所有格。原本這種無生命的單字，必須搭配介系詞 **of** 才能形成所有格，因此，「金額 **s' worth of** ＋名詞」的語意為「價值某個金額的名詞」。補充說明一下，在英文中，複數名詞形成所有格的方法不是加 **'s**，而是只加 **'**。

SPEAKING PRACTICE

1 She sent him to the store to get

20 dollars'
twenty dollars'
worth of candy.

她派他去店裡買價值 20 美元的糖果。

2 We decided to get the kid

30 dollars'
thirty dollars'
worth of gifts for her birthday.

我們決定送給那個孩子價值 30 美元的生日禮物。

3 He caused **thousands of dollars' worth of damage**

when he hit my car.

他撞到了我的車，造成了要價數千美元的損傷。

APPLY AND MORE

表達時也可省略 **worth**，此時不會用所有格來修飾 **worth**，所以前方金錢單位的 **'** 也會一併刪除。雖然因為本來就是複數形，所以在閱讀時唸起來沒有變化，但在書寫時一定要特別注意。

1 I was in charge of buying **50 dollars**
fifty dollars
of party supplies, including candy and drinks.

我負責採購 50 美元的派對用品，包括糖果跟飲料。

2 Michael buys **100 dollars**
one hundred dollars
of lottery tickets every week.

Michael 每週都會買 100 美元的樂透。

DIALOGUE

A How's the cooking class going so far? I always wanted to take some myself, but they seem sort of expensive.

B I know what you mean. On top of paying the instructor, we have to buy

20 dollars'
twenty dollars'
worth of ingredients
every class.

A：烹飪課上到現在你覺得怎麼樣？我一直想去上幾堂課，但似乎有點貴。

B：我懂你的意思。除了講師費之外，我們每堂課都還得買 20 美元的食材。

UNIT 8

每五個中國人才會有一個美國人

one American for every five Chinese

　　前面已經學過利用 **every** 來寫成 **every two weeks** 表達「每 2 週」。照著這個方法依樣畫葫蘆，「每五個中國人對應到一個美國人」可改用「每五個中國人才會有一個美國人」來理解，但必須留意此時英文的語序和中文是顛倒的，是以「一個美國人 **for** 每五個中國人」的方式來描述，所以會寫成 **one American for every five Chinese**。

SPEAKING PRACTICE

1　The festival was very popular with the locals, with **one foreign tourist for every five Germans**.

　　這個節慶非常受當地人歡迎，每五個德國人才會有一個外國遊客。

2　You buy this brand's cards in packs, and there's **one good card for every three bad ones**.

> 「明信片」的英文 postcard 也可簡稱為 card。

　　你買的這個牌子的明信片套組，每三張醜明信片才會有一張漂亮的。

3　There are a lot more Chinese immigrants in Canada, so you can see **one Korean for every five Chinese**.

　　加拿大華人移民的數量多很多，所以你可以看到每五個中國人才會有一個韓國人。

APPLY AND MORE

如果是 5 個裡面有 1 個的比例，那就是 20% 嘛！若比例過半，可稱作 **more than half**，當其中一方多到成為多數時，則可稱作 **majority**。所以「大多數的～」的英文說法是 **the majority of ～**。

1　**More than half the students** are from north of Corydon St.

　　超過一半的學生都來自北 Corydon 街。

2　The majority of the people who attended the webinar are working in the same field.

> webinar：網路研討會，因 COVID-19 疫情而十分盛行。

　　大多數參加網路研討會的人都在同一領域中工作。

DIALOGUE

A　Did you go to the festival in Khaosan last weekend?

B　Yeah, it was supposed to be for foreign expats in Bangkok but it felt like there was **one foreigner for every ten Thais**.

> expat 是 expatriate 的口語說法，expatriate 是「（不居住在母國裡的）外籍人士」。

A：你上週末有去在考山舉行的慶典嗎？
B：有啊，這慶典原本應該是為居住在曼谷的外國人辦的，不過感覺慶典上每十個泰國人才有一個外國人。

UNIT 9

用每個 2 美元來賣

sell them for

$2
two dollars

each

　　想要表達「以多少錢販售某個東西」的語意，英文有固定的句型，就是「**sell something for**＋價格」。若想添加「每個」的語意，只要在後面加上 **each** 就行了。

SPEAKING PRACTICE

1 He stocked up hand sanitizers and tried to sell them **for $25**
twenty-five dollars
each
during the pandemic, but the government stopped him.

> pandemic 指的是如 COVID-19 般，全球大流行的疫情，epidemic 則是會出現在 pandemic 的初期，也就是傳染病疫情仍僅限於特定區域發生的情況。

他囤積了乾洗手，並試圖在疫情期間以每罐 25 美元的價格出售，但政府阻止了他。

2 The store sells apples three
for $3
three dollars
or **$2**
two dollars
each.
這家店用 3 個 3 美元或 1 個 2 美元的價格來販售蘋果。

3 The store sells the same fruits and vegetables <u>for much less money</u>.
這家店用便宜很多的價格販售相同的水果和蔬菜。

APPLY AND MORE

stock up 表示「囤積」或「大量儲備」，當戰爭好像一觸即發時，人們就會因為惶恐不安，想做好最壞的打算而開始囤積日用品，這種行為稱作 **panic buying**，動詞則是 **panic buy**。補充說明一下，想以具體金額描述「以多少錢販售」時，在價格前方會加上 **for**，但若使用 **price**（價格）這個單字來描述，則請記得要用 **at**。想表達「以低的／合理的／高的價格」來販售時，只要分別使用 **at a low/reasonable/high price** 即可。

1 Everyone went crazy panic buying toilet paper and canned food.
每個人都因為不安而瘋狂搶購衛生紙和罐頭食品。

2 Generally speaking, you can buy things at a lower price if you order online.
一般來說，如果你在網路上訂購，可以用較低的價格買到東西。

DIALOGUE

A I tried to get the tickets for Coldplay's concert but couldn't. The whole concert was sold out in a minute.

B I bet one person bought all the tickets, and will try selling each one
for NT$10,000.
ten thousand N T dollars

A：我想買 Coldplay 的演唱會門票但買不到。整場演唱會的票在一分鐘內就賣完了。

B：我敢說一定有人買到了全部的票，然後會用每張一萬台幣的價格來賣。

打八折

20%

twenty percent

off

想描述「打折」時，最簡單也最多人使用的表達方式是「數字＋percent off」，這是利用 off 來表現出「從原價中扣除百分之多少」的感覺。

SPEAKING PRACTICE

1 It's Black Friday and everything is

60%

sixty percent

off.

今天是黑色星期五，所有東西都打四折。

2 No one wanted last year's model, so the store had them for **30%**

thirty percent

off.

沒有人想要去年的型號，所以這間店用七折出售。

3 She tried to haggle them down to

20%

twenty percent

off,

but the guy would only go down to

10.

ten

她試著要殺到八折，但那個人只願意打九折。

APPLY AND MORE

在百貨公司或賣場中，很多地方都會張貼表示「打折」或「折扣」的 For Sale 標示，所以很多人都會認為 for sale 就代表「打折」或「折扣」，但 for sale 其實是「待售」或「販售中」的意思才對。「特價中」的英文是 on sale。很多商店都會選定一天進行大規模的促銷折扣活動，最典型的例子就是感恩節之後的年終超級特賣活動 Black Friday sale、聖誕節期間的 Christmas sale、年終盤點的 clearance sale。此外，在加拿大、英國、澳洲等地，聖誕節的隔天也有 Boxing Day sale。

1 Pork is on sale today. Everything is

15%.

fifteen percent

off.

豬肉今天特價。全部都打八五折。

2 The amount of money North Americans spend during Christmas sales is tremendous.

北美的人在聖誕特賣期間所花費的金額十分驚人。

DIALOGUE

A The homeware store is having a clearance sale. They say everything must go.

B Cool. I hope they have my favorite dishes

for **80%**

eighty percent

off.

I would buy all the stock.

A：那間居家用品店正在進行清倉特賣。他們說一件不留。

B：好耶。我希望我最喜歡的盤子能打到兩折。我會把它們全部買光。

MP3 170

原價打九折
at
10%
ten percent
off the regular price

前面有稍微提到，若使用 **price** 來描述「以某種價格」時，前方要用介系詞 **at**，所以 **at a regular price** 即表示「以原價」。當我們想描述「原價打九折」時，只要用 **at 10%** [**ten percent**] **off the regular price** 就可以了。

SPEAKING PRACTICE

1 He bought them **at 10%**
ten percent
off the regular price.

他以原價打九折的價格買了這些東西。

2 Near the end of each day, everything in the bakery is sold **at 15%**
fifteen
percent
off the regular price.

每天快打烊的時候，這間烘焙坊就會以原價打八五折的價格來販售所有商品。

3 She was happy when she found out she could buy the latest cell phone **at 5%**
five percent
off the regular price.

當她知道能用原價打九五折的價格買到最新款的手機時，她覺得很開心。

APPLY AND MORE

想表示「以折扣價」時，一般通常會說 **at a discount**。這裡補充說明一下與價格有關的用語，「消費者價格」的英文是 **consumer price**、「工廠價格」是 **factory price**、「批發價格」是 **wholesale price**，「零售價格」則是 **retail price**。

1 Employees of this clothing store can buy any of the clothes at a discount.

這間服飾店的員工可以用折扣價買任何衣服。

2 I am a VIP customer, so I get all my shoes at a discount.

我是 VIP 客戶，所以我買所有鞋子都有折扣。

DIALOGUE

A There's no good bakery in my new neighborhood. I miss the bakery in my old neighborhood.

B I remember you telling me about it. Near the end of each day, they sold everything **at 15%**
fifteen percent
off the regular price.

A：我新搬進去的社區裡沒有好吃的麵包店。我想念我原本社區裡的麵包店。

B：我記得你跟我說過這件事。每天快打烊的時候，他們都會用原價打八五折的價格出售所有商品。

總共是 15 美元。

The total comes to

15
fifteen

dollars.

　　想描述「總計／總金額是多少」時，可以說「**The total is** ＋價格／總金額 數字」，不過「**The total comes to** ＋價格／總金額 數字」是更道地的美式說法，這是利用表示「來（到）」的 **come** 來呈現出「到（達）多少程度」的感覺。

SPEAKING PRACTICE

1 With those coupons,
your total comes to 55
fifty-five
dollars.
使用這些優惠券，你的總金額是 55 美元。

2 Including the price of the plastic bags, **your total comes to 15**
fifteen
dollars.
包括塑膠袋的價格，你的總金額為 15 美元。

3 After tax,
your total comes to 23
twenty-three
dollars.
加上稅後，你的總金額是 23 美元。

APPLY AND MORE

結帳時老闆可能會先開口告訴你總金額是多少，但還是會有顧客必須先開口詢問，才會知道總共是多少的時候，所以在商店或跳蚤市場等地點購物時，若想詢問「總共多少錢」，可以利用動詞 owe 來發問。owe 表示「欠（債等）」，可以用來表達「我要給你多少錢」的意思，當然，也可以用 **How much ~?** 來詢問。

1 How much do I owe you?
我要給你多少？

2 How much is the total after tax?
加上稅總共是多少？

DIALOGUE

A So, how much do I owe you?

B Three items, after **20%**
twenty percent
off, after tax,
the total comes to $67.
sixty-seven
dollars

A：所以我要給你多少？
B：三樣東西，打八折再加上稅後總共是 67 美元。

第二季的銷售業績
the second quarter
sales performance

a quarter 是 1/4 或 25% 的意思,所以這裡指的是「一年 12 個月中的 3 個月」,也稱作「季(度)」。因此,1-3 月是第一季,4-6 月則是第二季,以此類推。在英文中,因為季度被視為有序排列,所以會以 **first/second/third/fourth quarter** 來表達。大部分人看到 **performance** 時,多半都會想到「表演,演出」等字義,但在商務英文中,**performance** 常被用來表示「銷售額;績效表現」的意思。

SPEAKING PRACTICE

1 We're coming up to the end of **the second quarter**, and the numbers are looking good.

> numbers look good(數字看起來不錯)表示「業績不錯」。

我們快到第二季季末了,現在數字看起來不錯。

2 Our projections for **the third quarter** were off by about **10%**.
ten percent

我們對於第三季的預測差了大概 10% 的量。

3 Compared with last year's numbers, we're not doing well in **the first quarter**.

相較於去年的數字,我們在第一季的表現不佳。

APPLY AND MORE

「第一季跟第二季」可以合稱為 **the first two quarters**(前兩季),「第三季跟第四季」則合稱為 **the last two quarters**(後兩季)。另外,在圖表或表格中 **the first/second/third/fourth quarter** 也可簡寫為 **Q1**、**Q2**、**Q3** 跟 **Q4**。

1 **The first two quarters** of **2020**
twenty
twenty
was unprecedented.

2020 年的前兩季是前所未見的情形。

2 We are expecting to have the most revenue in **Q4**.
the fourth quarter

我們預期營收會在第四季最高。

DIALOGUE

A The manager and the director are quite pleased because **our fourth quarter** sales performance was unprecedentedly high.

B Good for you! All your hard work paid off.

> A:經理和董事都相當滿意,因為我們第四季的銷售業績前所未有的高。
> B:太棒了!你們所有的努力都得到回報了。

這幾乎是那個的兩倍價。

This is nearly double the price of that one.

　　想描述「～的兩倍價」時，可用 **double the price of ～** 來說，前方也可加上 **about**（大約）或 **nearly**（幾乎）等等副詞來加以修飾。

SPEAKING PRACTICE

1　Can you tell me why this is **nearly double the price of that one**?

這個的價格幾乎是那個的兩倍嗎？

2　It only has a couple additional features, but it's **nearly double the price of that one**.

這個只有多幾個功能，但價格幾乎是那個的兩倍。

3　I guess because this purse was made by hand in Italy, it's **nearly double the price of that one**.

我猜是因為這個包包是在義大利手工製作的，所以它的價格幾乎是那個的兩倍。

APPLY AND MORE

想描述「是～的兩倍」時，說法是 **twice as much as ～**，「是～的三倍」的話，則用 **three times as much as ～**，主要會搭配動詞 **cost** 一起使用。

1　It cost us **twice as much** to fly to Athens during the busy season **as** the slow season.

在旺季飛雅典的費用是在淡季的兩倍。

2　Purchasing a house in this neighborhood could cost you **three times as much as** buying the same size house in a different neighborhood.

在這個社區買房子的費用可能是你在不同社區買相同大小的房子的三倍。

DIALOGUE

A　Check out my new game station. I bought it for **$220**.
two (hundred and) twenty dollars

B　What? That's **double the price of the old model**.

Just because they changed the design?

A：你看我的新遊戲機，我花了 220 美元買的。
B：什麼？那是舊款的兩倍價。就只因為他們改了設計嗎？

MP3 **174**

我有 100 股的 Ace Electronics。

I have

100

one hundred

shares of Ace Electronics.

「股票市場（股市）」的英文是 stock market，所以一提到「股票」就會想到 stock 吧？其實除了 stock，英文中也能用 share 來表示「股票」。stock 代表的是「普遍而概念廣泛的股票」，share 則代表較小的概念，例如我們買賣股票時的「股份」。

SPEAKING PRACTICE

1　He sold **100**
　　　　　one hundred
shares of Apple stock
to invest in the restaurant.

他賣掉了 100 股的 Apple 公司股票來投資這間餐廳。

2　She quickly doubled her money by selling **100**
　　　　　one hundred
shares of blue chip stocks.

她透過賣出 100 股的績優股，讓她的錢迅速翻了一倍。

3　I would love to buy <u>some A-Mart shares</u>,
but they are too expensive.

我很想買一些 A-Mart 的股票，但它們太貴了。

APPLY AND MORE

接著來認識一些運用到普遍而概念廣泛的 stock 的說法吧！「投資股票」的英文是 invest in stocks。每當財團家族發生經營糾紛時，都會出現很多關於一方持股多少的討論，此時不能用 share，要用 stock。

1　Should I invest in stocks?

我應該投資股票嗎？

2　The thing is the founder's family only has **12%**
　　　　twelve percent
of the stock
but still acts like they own the company.

問題出在創辦人的家族只持有 12% 的股份，但仍然表現得像他們擁有這間公司似的。

DIALOGUE

A　It looks like everyone around me is investing in stocks.

B　I've had **100**
　　　　one hundred
shares of Google stock
for quite a while. In the long run, you can make money.

A：看起來我身邊所有人都在投資股票。
B：我手上有 100 股的 Google 公司股票已經滿久了。就長遠來看是可以賺錢的。

道瓊指數下跌了 100 點。

The Dow fell

100
one hundred

points.

道瓊指數是美國股市中最具代表性的股價指數之一，原本 full name 為 The Dow Jones Industrial Average，但現在多半會簡稱為 The Dow 或 Dow Jones。「指數」的英文是 index，S&P 500 Index（標普 500 指數）或 NASDAQ Composite（那斯達克指數）也是看新聞時常會聽到的經濟指標。這種指數的上漲或下跌可用 rise/fall 來表達。

SPEAKING PRACTICE

1 They just reported **the Dow fell 130**
   one hundred
   and thirty
   points.

   他們剛剛報導說道瓊指數下跌了 130 點。

2 As soon as the president sent out the tweet, **the Dow rose 100**
   one
   hundred
   points.

   總統一發推特，道瓊斯指數就上漲了 100 點。

3 It's not unusual **for the Dow to rise and fall a few points**
   during an average day.

   道瓊指數在普通的日子裡上漲和下跌個幾點並不罕見。

APPLY AND MORE

股市景氣繁榮「走勢看漲的市場（牛市）」的英文是 **a bull market**，股市景氣低迷「走勢下跌的市場（熊市）」則稱作 **a bear market**。

1 When the stock market goes up, it's called a bull market. When it falls, it's called a bear market

   股市在上漲時被稱為牛市。下跌時則被稱作熊市。

2 KOSPI **dropped over 3**
   three
   percent and **fell below 2,000**
   two thousand
   points for the first time in a year.

   韓國綜合股價指數（KOSPI）下跌了超過 3%，一年來首次跌破了 2,000 點。

DIALOGUE

A I bought some shares last week and I've already lost more than half of my money.

B Well, it's a bear market. **The Dow fell 20**
   twenty
   points. But if you forget about it, it will eventually go up again.

   A：我上週買了一些股票，結果我已經損失超過一的錢半了。

   B：嗯，現在是熊市嘛。道瓊指數下跌了 20 點。但如果你不要在意這件事，它最終還是會再次上漲的。

我不是 100% 確定。

I'm not

100%
a hundred percent

sure.

想表達「100% 確定」時，英文母語者會說 **100%** [**one hundred percent**] **sure**。這裡的 100 可讀作 **one hundred**，但也可以讀作 **a hundred**，只要根據自己的喜好擇一即可。

SPEAKING PRACTICE

1 That's a great question, and I am not **100%** **one hundred percent** **sure**.

這是個很好的問題，但我不是 100% 確定。

2 The police asked her if she was **100%** **one hundred percent** **sure** the man in the lineup was the thief.

警察問她是否 100% 確定隊伍中的那個男子就是小偷。

3 I think this is the right address, but I'm not **100%** **one hundred percent** **sure**.

我認為這是正確的地址，但我不是 100% 確定。

APPLY AND MORE

100% 確定的話，除了說 100% **sure**，也能用 100% **positive** 或 **a sure thing** 來表達。想表達「不太確定」或「可能性只有一半」的話，只要說 50/50 [**fifty fifty**] 就行了。

1 I am **100%** **one hundred percent** **positive** that I didn't say that to her.

我 100% 確定我沒有對她說那些話。

2 It's **50/50** **fifty fifty** that the school will resume before summer.

學校在夏天前重開的機率是一半一半。

DIALOGUE

A Are you **100%** **one hundred percent** **sure** that you can finish this by this weekend?

B Yeah, I am sure.

A：你 100% 確定你可以在這個週末以前完成這項工作嗎？

B：沒錯，我確定。

GDP 已經連三季衰退了。

GDP has shrunken for three quarters in a row.

GDP（**gross domestic product**）指的是「國內生產毛額」。在日常生活中經常會用到「連續（地）」這個字，後方若加上 **in a row**，表達的語意就會更完整，所以「連續三天」的英文說法是 **three days in a row**。可以將句中的 **days** 替換成其他的單位詞，例如若想描述「季（度）」的話，只要將 **days** 替換成 **quarters** 就行了。

SPEAKING PRACTICE

1   This company has not seen a profit **for three quarters in a row**.

這間公司已經連續三季沒有獲利了。

2   Our stock has steadily been rising **for four quarters in a row**.

我們的股票已經連續四季穩定上漲了。

3   **For two quarters in a row**, the board of directors has been trying to find a new CEO.

連續兩季，董事會都一直在努力要找到新的執行長。

APPLY AND MORE

除了 **in a row**，**consecutive** 這個單字也能用來表達「連續（地）」的意思。不過，因為 **consecutive** 的詞性是形容詞，和 **in a row** 不同，所以必須擺在名詞之前，表達時會寫成 **three consecutive days**。

1   GDP has been growing **three consecutive quarters**.

GDP 已經連三季成長了。

2   Due to the exchange rate, the automobile industry has seen revenue loss **for two consecutive quarters**.

受匯率影響，汽車產業已經連兩季虧損了。

DIALOGUE

A   Today's news said the unemployment rate has been shrinking **three quarters in a row**.

B   Great news. The economy has definitely picked up.

A：今天的新聞說失業率已經連三季下降了。
B：好消息。經濟一定是好轉了。

我付了台幣一萬元的訂金。

I gave a down payment of 10,000 NTD.
ten thousand N T dollars

在買東西的時候，有時會需要先付訂金或有預付款項，此時英文母語者會說「給（give）」a down payment，用字面來解讀就是「給一些放在下面的支付款項」，也就是「先付一部分錢」的意思。若想明確描述 a down payment 的金額時，只要說「a down payment ＋金額」就行了。

SPEAKING PRACTICE

1 I gave him a down payment of **NT$15,000**.
fifteen thousand N T dollars

我給了他台幣 15,000 元的訂金。

2 It's a million-dollar home, so you'll need **a down payment of at least $100,000**.
one hundred thousand dollars

這是一棟價值百萬美元的房子，所以你會需要支付至少 10 萬美元的頭期款。

3 I gave the sales guy <u>a down payment of a few thousand dollars</u> and said I'd be back with the rest of the money the next day.

我給了那個銷售人員幾千美元的訂金，並說我隔天會回來付尾款。

APPLY AND MORE

不分次付款，而是一次全部付清的情況，稱作 **pay in a lump sum** 或 **pay in full**。補充說明一下，租房時給的押金稱作 **a security deposit**。

1 He refused a down payment and insisted I pay him everything in one lump sum.

他拒絕收訂金，並堅持要我一次付清所有費用。

2 When we rented the apartment, the landlord asked for a security deposit equal to one month's rent.

我們租這間公寓的時候，房東要求的押金是一個月的租金。

DIALOGUE

A Are you sure the guy is going to hold the PlayStation for you?

B I made a down payment of **NT$1,000**.
one thousand N T dollars

I have until tomorrow to give him the rest or he's going to put the online ad back up.

A：你確定那個人會幫你保留那台 PlayStation 嗎？
B：我付了台幣一千塊的訂金。我最慢必須在明天給他剩下的錢，不然他會再把線上廣告放回去。

你的薪水是我的兩倍。
Your salary is twice as high as mine.

我賺的是你的兩倍。
I make twice as much as you.

這是去年售價的一半。
It's half as expensive as last year.

想描述「和～一樣」時，可用「as ＋形容詞／副詞＋ as」，如果在此句型的 as ～ as 之前加上 half/twice/three times/four times 等字詞的話，就可以傳達出具有比較意味的「比（起）～是一半／兩倍／三倍／四倍」語意。此外，根據上下文內容，後方的 as 可省略。

SPEAKING PRACTICE

1 He works **half as hard** but makes **twice as much as** his coworkers.

他工作的努力程度只有他同事們的一半，但產出卻是兩倍。

2 The CEO's salary is **twice as high as** the CFO's.

> CEO 是 chief executive officer 的縮寫，指的是公司的主要經營者，CFO 是 chief financial officer 的縮寫，指的是公司的「首席財務長」。

執行長的薪水是財務長的兩倍。

3 Since we had a baby, the water bill went up **almost twice as much**.

自從我們有了孩子，水費幾乎多了一倍。

APPLY AND MORE

既然我們都談到薪水了，就趁此機會多談一點吧！在形容「薪資微薄」的情況時，英文說法是 **pay peanuts**（支付花生）。沒有給其他東西，而是只給了花生，比喻薪水很少。

1 Compared to everyone else at the company, they're paying him peanuts.

跟公司的其他所有人相比，他們給他的薪水少的可憐。

2 Although my salary is **$60,000**,
sixty thousand (dollars)
after taxes my take-home pay is only about **$45,000**.
forty-five thousand (dollars)

雖然我的薪水是 6 萬美元，但稅後的實得薪資卻只有 4 萬 5 千美元左右。

DIALOGUE

A I don't get it. I went to a better school and have worked here **twice as long**, but your salary is **twice as high as** mine.

B I know, right? But remember, it's not what you know. It's who you know. Also, I'm married to the boss's daughter.

> A：我無法理解。我讀的學校更好，而且在這裡工作的年資是你的兩倍，可是你的薪水卻是我的兩倍。
> B：我懂，感覺難以理解對吧？可是你要記得，重點不是你會什麼。重點是你認識誰。而且，我娶了老闆的女兒。

銷售額在過去三年間成長了三倍。

In the last three years, sales have increased three fold.

We saw a threefold increase in the last three years.

　　看到「兩倍」、「不到兩倍」時，會想到的字是 double 吧？那麼，形容詞「兩倍的」或副詞「成兩倍地」又是哪個字呢？就是 twofold 這個字。另一方面，若想說「三倍的」或「成三倍地」時，只要用 threefold 就行了。這個單字既可當作形容詞，也能當作副詞，所以跟動詞搭配描述「減少／增加三倍」時，可用 increase/decrease threefold，跟名詞搭配時，則可用 a threefold increase/decrease。

SPEAKING PRACTICE

1　We've seen **a threefold decrease** in crime since we installed the cameras.

自從我們安裝了攝影機，就發現犯罪事件的發生率已經下降了三倍。

2　Complaints are **down twofold** and staff morale is much higher.

投訴減少了兩倍，員工士氣也高了許多。

3　The company saw **a threefold increase**

in sick days after it stopped asking for a doctor's note.

在停止要求繳交醫生證明之後，公司發現請病假的情況增加了三倍。

APPLY AND MORE

一起來多看幾個運用表示「翻倍」或「變兩倍」語意的 double 的句子吧！另外，既然都提到「升高」和「上升」了，那麼就請一起記住 markup 這個單字吧。makeup 有著「價格上漲（increase in price）」與我們所說的「加價幅度」等的意思。

1　The way the bet works, if you win, you double your money.

這項賭注運作的方式是，如果你贏了，你的錢就會翻倍。

2　He's making a killing on these shows. He imports them from overseas and then sells them at a **150%** **one hundred and fifty percent markup**.

> make a killing：獲取暴利、大賺一筆

他透過這些節目大賺一筆。他從國外引進了它們，然後加價以 150% 的價格出售。

DIALOGUE

A　Food prices have **increased twofold** in the last three years. It's nuts.

B　Tell me about it. And wages have lagged behind. I haven't seen a real raise in years.

A：食物的價格在過去三年間上漲了兩倍。太瘋狂了。

B：沒錯。而且薪資完全趕不上。我已經很多年都沒有真的有加薪的感覺了。

它是世界第二大的公司。

It's the world's second largest company.

在最高級的前方加上 **second/third...** 等等，就能表達「第二／第三最～的」的意思。這是日常對話中經常使用的表達方式，請一定要會用。

SPEAKING PRACTICE

1 The company has **the world's second largest factory** in China.

那間公司在中國擁有世界第二大的工廠。

2 It's **the world's third longest rollercoaster**.

這是世界第三長的雲霄飛車。

3 James holds the Guinness Record for **the world's tallest person**.

James 保有世界最高的人的金氏世界紀錄。

APPLY AND MORE

想要描述「在世界上」時，可以將所有格 **the world's** 擺在最高級的前方，或是也可以在句尾加上 **in the world**。

1 McDonald's is one of the most well-known brands in the world.

麥當勞是全世界最有名的品牌之一。

2 It might not be the tallest building in the world, but it's right up there.

這或許不是全世界最高的建築物，但也差不多了。

DIALOGUE

A I can't believe the government is going to bail them out.

B I know, right? What about the invisible hand of the market, and all that? Who cares they are **the world's second largest company**?

> invisible hand：看不見的手，即市場機制。英國經濟學家 Adam Smith 提到，市場機制是在每個人都追求自身利益極大化的同時，整個社會能有效分配資源。

A：我不敢相信政府會要給他們紓困。
B：我懂，真的很不合理對吧？不是説市場有一隻看不見的手什麼之類的嗎？它們是世界第二大公司又怎樣啊？

我的車分了 36 期。

> I financed my car on thirty-six-month installments.

> I financed my car on a thirty-six installment plan.

「分期」的英文是 **installment**,「用分期」則可說 **in installments** 或 **on installments**,不過最近好像更常用 **on installments**。除此之外,也很常使用 **plan** 這個字,會以 **on an installment plan/in an installment plan** 來表達,如果在中間加入以連字號連結形成的期間,如「36-month」的話,就可以表達「分 36 期」的意思。

SPEAKING PRACTICE

1 He bought his new TV on a thirty-six-month installment plan.

他買新電視分了 36 期。

2 He's going to pay for the new computer on twenty-four-month installments.

他的新電腦打算要分 24 期來付。

3 I told them I could pay for everything upfront, but they wanted me to pay in ten-month installments.

我告訴他們我可以預付所有費用,但他們希望我分 10 期支付。

APPLY AND MORE

「先付訂金,剩餘款項分次付清後再取貨」的購買方式,稱作 **layaway**,所以想描述「分次累計付款」時,只要說 **layaway** 就行了。想描述「刷卡付款」時,則可說 **put it on the credit card**。

1 He didn't have enough money to buy the stereo, so the store agreed to put it on layaway.

他沒有足夠的錢買那台音響,所以店家同意讓他用分次累計的方式來付款。

2 So I told the guy I would buy the car from him, and it would be half now, half on delivery.

所以我跟那個人說我會跟他買那台車,然後現在先付一半,交車的時候再付剩下的一半。

DIALOGUE

A Wow. Nice wheels! I didn't know you bought a new car. Sure looks fancy.

B Thanks. It was a bit more than I wanted to spend, but I'm going to pay for it on thirty-six month installments.

> A:哇。好讚的車!我不知道你買了新車。看起來有夠厲害。
> B:謝謝。這台比我原本的預算要高了一點,不過我打算要分 36 期來付。

我有一半的水電費是用自動扣款來付的。

I pay half of my utility bills by direct debit.

pay something by/through direct debit 表示「透過自動扣款支付」。補充說明一下，我們口中說的「簽帳金融卡」，英文是 a debit card。「一半的～」的英文是「half of＋名詞」，這裡的 of 也可省略。1 等於 2 個 1/2，所以 1/2 也能用 one half/the other half 來表達，one half 是 1/2，而 the other half 則表示扣掉前面出現的那個 1/2 後，「（剩下的）1/2」。

SPEAKING PRACTICE

1 I pay **half of my bills in cash** and the rest I put on my credit cards.

   我的帳單一半用現金、一半用信用卡來付。

2 I **pay half the utilities** and my roommate pays **the other half**.

   水電費我付一半、我室友付另一半。

3 **Half of the water bill** is covered by my roommate.

   我的室友付了一半的水費。

APPLY AND MORE

按人數共同分攤帳單上的金額或水電費用的情況，可以用 split 這個字。

1 They always split the bill down the middle, so Mike makes sure to order the most expensive thing on the menu.

   > down the middle：表示「平均分攤」或「把～分成相等的兩個部分」。

   他們總是平均分攤帳單上的金額，所以 Mike 一定會點菜單上最貴的東西。

2 They **split the utilities three ways** even though it's Jane who uses the most electricity.

   即使 Jane 用了最多電，他們還是把水電費除以三。

DIALOGUE

A I hear you're having trouble with your the body corporate. What's the matter?

   > 在北美，公寓大樓會由物業管理公司所持有、管理並收取租金，在這種情況下可以用刷卡付費。

B Well, it's insisting I pay for the utilities in cash. I want to pay **half of my utility bills** with my credit card, and the company hates banking fees.

   A：我聽說你和你們的物業管理公司之間出了問題。發生什麼事了？
   B：這個嘛，他們堅持要我用現金付水電費。我想要用信用卡付一半的水電費，可是公司不想付銀行手續費。

請將這張 10 美元紙鈔換成 10 個 1 美分硬幣、4 個 5 美分硬幣、7 個 10 美分硬幣，4 個 25 分硬幣，剩下的換成 1 美元紙鈔。

Please change this ten-dollar bill into ten pennies, four nickels, seven dimes, four quarters and the rest in one-dollar bills.

美國的硬幣包括了「1 美分（**a penny**）」、「5 美分（**a nickel**）」、「10 美分（**a dime**）」與「25 美分（**a quarter**）」，加拿大的硬幣則有「1 加幣（**a single** 或 **a loonie**）」跟「2 加幣（**a toonie**）」。想將紙鈔換成硬幣時，只要說 **change** 或 **give** 就行了。

SPEAKING PRACTICE

1   Could you change this into eight quarters?

可以請你把這個換成 8 個 25 美分硬幣嗎？

2   If I give you a five, can you give me four singles and four quarters?

如果我給你 5 美元，你能給我 4 個 1 美元硬幣和 4 個 25 美分硬幣嗎？

3   Can you give me ten dimes for a single?

你可以幫我把 1 美元硬幣換成 10 個 10 美分硬幣嗎？

APPLY AND MORE

當應付的金額很小，但身上卻只有大面額紙鈔時，也只能把大面額的紙鈔找開了吧？英文在表達這種情形時，為了保持語感也會用 **break** 這個字。換錢可以分成兩種，一種是將大額貨幣換成小額貨幣，另一種則是將一種貨幣換成另一種貨幣，此時必須使用表示「兌換」的 **exchange**。

1   Oh, I'm sorry but can you break a twenty-dollar bill?

噢，不好意思，不過 20 美元的鈔票你們可以找嗎？

2   I'd like to exchange $1,000 one thousand dollars into won.

我想換 1,000 美元的韓元。

DIALOGUE

A   You will need a lot of quarters to use a washer and a dryer at the Laundromat here.

B   Oh, then can you give me eighty quarters for $20? twenty dollars

A：你在用自助洗衣店這裡的洗衣機和烘乾機時，會需要大量的 25 美分硬幣。
B：噢，那你們可以幫我把 20 美元換成 80 個 25 美分硬幣嗎？

▶ 兩人三腳	a three-legged race
▶ 一人分飾兩角	play a double role
▶ 2~3 人份	2-3 servings
這道食譜是 6 人份。	The recipe makes six servings.
▶ 三大營養素	the three macronutrient
▶ 升息 1%	interest rates rise by 1%
▶ 走遍五大洋六大洲	go around all five great oceans and six continents
▶ 一石二鳥	kill two birds with one stone
▶ 三寒四溫	three cold days then four warm days
▶ 人心不同，各如其面。	So many men, so many minds.
▶ 百萬分之一的機會	a one-in-a million opportunity
▶ 眼見為憑。	Seeing is believing.
▶ 人生的起落	the ups and downs of life
▶ 二選一	a choice between two
▶ 單行道	a one-way street
▶ 一週工作五天	a five-day week
▶ 法語的 2 個學分	two credits for French
▶ 平均分數：75 分	average mark: 75
▶ 合格分數：70 分	pass park: 70
▶ 2 張 10 號美術紙	2 sheets of No. 10 drawing paper
▶ 全音符	a whole note
▶ 二分音符	a half note
▶ 四分音符	a quarter note
▶ 八分音符	an eighth note
▶ 十六分音符	a sixteenth note
▶ 半音階	the chromatic scale
▶ 12 音階	the 12-tone scale
▶ 半八度	a half octave
▶ 一個八度	an octave
▶ 二拍子	double time
▶ 三拍子	triple time
▶ 四分之三拍	three-four time/three-quarter time
▶ 二重奏／二重唱	a duo/a duet
▶ 三重奏／三重唱	a trio
▶ 四重奏／四重唱	a quartet
▶ 第二幕、第二場、第二行	Act II, Scene II, line 2
▶ 60 歲退休	retirement at 60
▶ 六小時輪班制	six-hour shifts
▶ 二進制	the binary system
▶ 十進制	the decimal system

CHAPTER 10

跟運動、健康有關的
數字表達用語

UNIT 1 　　我們領先 2 分。

UNIT 2 　我們以 3 比 2 擊敗了他們。／我們以 1 比 0 輸了。

UNIT 3 　　這場比賽 3 比 3 平手。

UNIT 4 　　我們落後 3 分。

UNIT 5 　　下半場第 23 分鐘

UNIT 6 　他創下了 100 公尺 9.82 秒的世界紀錄。

UNIT 7 　　他進到了第二輪。

UNIT 8 　　他的整體成績是 20 勝 3 敗。

UNIT 9 　現在是八局上。／現在是九局下。

UNIT 10 　　他打了一支 3 分全壘打。

UNIT 11 　　他的打擊率是 3 成 32。

UNIT 12 　　他打了 3 打數 2 安打。

UNIT 13 　　那位投手 7 局失 3 分。

UNIT 14 　　他的賽季防禦率是 3.43。

UNIT 15 在 7 場比賽中先拿到 4 勝的那一隊就贏得世界大賽了。

UNIT 16 　他的脈搏在爬完樓梯之後飆破了 100。

UNIT 17 　　我左眼有遠視 80 度。

UNIT 18 　這個血壓計的最高讀數是 140。／
這個血壓計的最低讀數是 100。

UNIT 19 　　我的太太懷孕 8 個月了。

UNIT 20 　這種藥丸每天隨餐吃 3 次、每次 2 顆。

UNIT 21 　　他肺癌第三期了。

我們領先 2 分。

We're leading by two goals.

We're two goals in the lead.

在討論體育活動的得分，並提到目前處於領先時，會使用語意為「領先；引領」的 **lead**。**lead** 做為動詞表達「分數領先」時，要說「**lead by** ＋分數」，做為名詞時，則要說「分數＋ **in the lead**」。

SPEAKING PRACTICE

1 They were **leading by three goals** at the end of the first half.

他們在上半場結束時領先 3 分。

2 In the second period, we were **leading by one goal**.

下半場我們領先 1 分。

3 By the time he got in the game, his team was **leading by five goals**.

到他上場時，他們隊領先了 5 分。

APPLY AND MORE

也可以用其他句型來表達「分數領先」，那就是「**up** ＋較高分＋ **to** ＋較低分」或「**ahead by** ＋分數」。**up** 或 **ahead** 都是帶有「領先在前」意味的字，所以可用於此表達其意。

1 The Flyers was **up three to two**.

飛人隊以 3 比 2 領先。

2 His team was already **ahead by five goals**.

他們隊已經領先 5 分了。

DIALOGUE

A I heard they ended the game early. Was it called for bad weather?

B No, it was because one of the teams was **more than ten runs in the lead**.

> 在某些棒球賽事中設有「提前結束比賽（called game）」的機制，例如比賽在 7 局之後，兩隊分差超過 10 分時，即可提前結束比賽。

A：我聽說他們提前結束比賽了。是因為天氣不好嗎？

B：不是，是因為其中一隊領先了超過 10 分。

UNIT 2

我們以 3 比 2 擊敗了他們。
We beat them three (to) two.

我們以 1 比 0 輸了。
We lost one (to) nothing.

在體育競賽中想表達「擊敗（對方隊伍）」時，可用 **beat** 這個字。**beat** 在做為動詞時，表示「擊敗～」或「打敗～」。若想描述「以～幾比幾擊敗～」時，可用「**beat someone** ＋分數 to 分數」。當然，既然是比賽，一定是有贏有輸。描述「輸掉」，通常會用 **lose** 這個字，以「**lose (the game)** ＋分數 to 分數。」來表達。描述幾比幾時，一般會以「較高分＋ to ＋較低分」來說，不過也可省略中間的 **to**。補充說明一下，「0 分」讀作 **nothing**，請記住這點。

SPEAKING PRACTICE

1　We **lost the game three (to) one**.

我們以 3 比 1 輸掉了這場比賽。

2　The A Team **beat the B Team two (to) nothing**.

A 隊以 2 比 0 擊敗了 B 隊。

3　The Bombers **lost five to nothing**.

轟炸機隊以 5 比 0 落敗了。

APPLY AND MORE

「贏得比賽」的英文是 **win the game**，若想描述「以幾分之差贏得比賽」或「以幾比幾贏得比賽」的話，只要分別在後方加上「**by** ＋分數」跟「分數＋ **to** ＋分數」就行了。

1　The Jets **beat us by three goals**.

噴射機隊以 3 分之差擊敗了我們。

2　The Dodgers **won the championship eight to five**.

道奇隊以 8 比 5 贏得了冠軍。

DIALOGUE

A　Did you see the game? Too bad that the Pirates **beat us ten to two**.

B　Yeah, I was on the edge of my seat the whole time.

A：你有看那場比賽嗎？海盜隊以 10 比 2 擊敗了我們，有夠糟。

B：是啊，我整場比賽都如坐針氈。

UNIT 3

這場比賽 3 比 3 平手。

The game was tied at three.

The game was tied three to three.

在談到體育競賽時說「打平、平手、平局、同分、不分勝負、握手言和」等等，表達的都是同一個意思，不過英文裡多半都是用 **tie** 這個字來描述。使用「**be tied at** ＋分數」表示「被綁在那個分數上」，意指雙方在該分數上僵持。除此之外，有時也會用「**be tied** ＋分數 **to** 分數」來表達。比賽以平手作收時，會說 **end in a tie**。如果想跟聽你說話的人詳細說明，比賽結果是「跟哪一隊以幾比幾握手言和」的話，也可以說「**tie** ＋分數 **to** 分數＋ **with** ＋隊名」。

SPEAKING PRACTICE

1 The final match **was tied at seventy-five**.

決賽打成了 75 比 75 的平手。

2 England **tied two to two** with Spain.

英格蘭隊與西班牙隊以 2 比 2 戰成平手。

3 Even after a dragging overtime, the game **ended in a tie**.

即使經過了漫長的延長賽，這場比賽最終仍以平局收場。

APPLY AND MORE

想描述「平局」或「平手的比賽」時，可以說 **a tie game**。除此之外，也可以用 **a draw** 來表達平手的比賽。**draw** 一字起源於賭博和撲克遊戲，若想利用 **draw** 來描述「以幾比幾平手」，只要說「**a draw at** ＋分數」就可以了，後方可以加上 **all** 來強調兩隊同分。

1 It was **a tie game**, so they have to have another one.

因為比賽打平了，所以他們必須再打一場。

2 The game was **a draw at three all**.

這場比賽是 3 比 3 平手。

DIALOGUE

A Did you watch the game? It was nerve-racking.

B Yeah, when it **was tied at 67 sixty-seven** after all that, I got so angry.

A：你有看那場比賽嗎？有夠令人緊張。

B：真的，結果比到最後變成 67 比 67 平手，我真的超級火大。

我們落後 3 分。

We are three goals down.

We are down by three goals.

還記得前面提到過，在比賽中「領先幾分」會用 **up** 這個字吧？這次要談的則是「落後」的情況。為了營造出與 **up** 相反的感覺，所以會使用 **down**，以「**down by** ＋分數」或「分數＋ **down**」來描述「落後幾分」的狀態。

SPEAKING PRACTICE

1 It's only been five minutes and we're already **down by three**.

開賽才 5 分鐘，我們就已經落後 3 分了。

2 By the end of the first inning, they were **down five runs**.（棒球比賽）

到第一局結束時，他們就落後 5 分了。

3 The only reason the coach let Rudy play was because the other team was already **down by ten points**.

教練讓 Rudy 上場的唯一原因，是因為另一隊已經落後 10 分了。

APPLY AND MORE

既然「領先」的時候可以用 **ahead**，那麼「落後」當然會用 **behind** 吧？只要用「**behind by** ＋分數」來描述就行了。

1 The Penguins are **behind by ten points**.

企鵝隊落後 10 分。

2 I can't believe my school volleyball team is already **behind by five points**.

我不敢相信我們學校的排球隊已經落後 5 分了。

DIALOGUE

A Can we switch to another game? This one is sort of boring?

B What? You're just saying that because you're **down by three goals**. Pick up the controller and let's keep playing.

A：我們能換個遊戲玩嗎？不覺得這個有點無聊嗎？

B：什麼？你會這麼說只是因為你落後 3 分了。把控制器拿起來，我們繼續玩吧。

UNIT 5

下半場第 23 分鐘

in the twenty-third minute of the second half

　　在體育競賽中，「上半場」稱作 the first half，「下半場」稱作 the second half。想描述「在上半場或下半場的第幾分鐘」時，請利用時間介系詞 in，以序數描述該比賽的第幾分鐘（minute）。除了上下半場，這個句型也能用來表示「在整場比賽的第幾分鐘」。

SPEAKING PRACTICE

1　He scored **in the twenty-third minute of the second half**.

他在下半場的第 23 分鐘進球了。

2　The ref showed him a yellow card **in the tenth minute of the game**.

> ref 是「（比賽的）裁判」的意思，是 referee 的縮寫。

裁判在比賽的第 10 分鐘給了他一張黃牌。

3　The coach was ejected from the game **in the fifteenth minute of the first half**.

教練在上半場的第 15 分鐘被驅逐出場了。

APPLY AND MORE

描述「最後一瞬間」時，比起「分鐘」，用「秒（second）」更會給人一種緊張急迫的感覺吧？所以在英文中會以 final second 來表達，不過說 last minute 當然也可以。補充說明一下，表達「比賽」語意的常用英文字詞有 the game、the match、the championship 跟 the competition。

1　He scored a touchdown in the final seconds of the game.

他在比賽的最後幾秒達陣得分。

2　He finished three Rubik's Cubes **in the first minute of the competition**.

他在比賽開始的一分鐘內就完成了三個魔術方塊。

DIALOGUE

A　So, how was it? Finally getting a chance to play in a real NBA game! Must have been a lifelong dream come true.

B　Well, it was, but it sure didn't last long. **In the twenty-third minute of the second half**, my shoelaces came undone and I tripped and twisted my ankle.

> A：那麼，感覺怎麼樣？終於有機會打真正的 NBA 了！一定覺得實現了畢生的夢想了吧。
>
> B：這個嘛，是這樣沒錯啦，但這個夢想實現的時間實在沒有持續太久。我在下半場的第 23 分鐘，就因為鞋帶鬆了而絆倒，結果扭傷了我的腳踝。

MP3 190

他創下了 100 公尺 9.82 秒的世界紀錄。

He set the world record of

9.82 seconds
nine point eight two seconds

in the

100 m.
one hundred meters

---

set a record 的語意是「創下紀錄」，所以當想描述在某項目創下新的世界紀錄時，只要說「set the world record of/with/for/by ＋紀錄＋ in ＋項目」就行了，這幾乎已經成為固定的表達型式了。

SPEAKING PRACTICE

1 Before being stripped of the title, Lance Armstrong <u>set the world record for winning the Tour de France</u> seven years in a row.

在被剝奪冠軍頭銜之前，Lance Armstrong 創下了連續七年贏得環法自行車賽冠軍的世界紀錄。

2 Yuna Kim **set the world record with 228.56 points**
two hundred and twenty-eight point five six points
at the Winter Olympics and won the gold medal.

金妍兒在冬奧上獲得了創下世界紀錄的 228.56 分，並奪下了金牌。

3 The movie director <u>set the world record by winning all the major movie awards</u>.

這位電影導演贏得了所有的電影大獎，創下了世界紀錄。

APPLY AND MORE

補充說明一下，當談論到「新的世界紀錄是多少」時，比起 be 動詞，使用 stand 會更好，因為用 stand 可以表現出「立於該紀錄之上」的感覺。除此之外，若想表達「保持著新紀錄」的語意，則會使用 hold。

1 The world record for the one hundred meters currently **stands at 9.82 seconds.**
nine point eight two seconds

目前的百米世界紀錄是 9.82 秒。

2 The retail store **holds the world record for**
$1.3 million
one point three million dollars
in daily revenue among their **700**
seven hundred
stores.

這家零售商店旗下的 700 間門市保有每日營收 130 萬美元的世界紀錄。

DIALOGUE

A The world record set by Yuna Kim was broken by a Russian figure skater.

B Well, it was a matter of time. She
set the new world record with 229.71 points.
two hundred and twenty-nine point seven one points

A：金妍兒創下的世界紀錄被俄羅斯的花式溜冰選手打破了。

B：嗯，破紀錄只是時間問題啦。她創下的新世界紀錄是 229.71 分。

UNIT 7

他進到了第二輪。

He advanced to the second round.

advance 的語意是「前進；（使）向前移動」，搭配後方的 to 就能表達出在淘汰賽中「晉級／進入下一輪」的意思。運動競賽中的「第一輪、第二輪」裡的「第～輪」可用 round 來表達。

SPEAKING PRACTICE

1 Only the top four players **advanced to the second round**.

只有排名前四的選手才能晉級第二輪。

2 With a combined total of thirty points, the team **advanced to the third round**.

該隊以總積分 30 分晉級了第三輪。

3 England failed to **advance to the final round**.

英格蘭未能晉級最後一輪。

APPLY AND MORE

round 也能用來表示「繞一圈」，所以繞高爾夫球場一圈（打完所有球道的一圈）也稱作 round，另外，按照某種規則來進行活動的「一個回合」、向所有人都敬一次酒的「一輪」也都是用 round 這個字。

1 He went to the bar with all the money he'd won in the casino, he bought **five rounds** for the house.

> house：這句中的 house 是「觀眾」的意思，指的是在酒吧圍觀他請客的所有人。

他帶著他在賭場贏來的所有錢去了酒吧，請那裡的所有人喝了五輪酒。

2 Poor Mike. He has already had **two rounds of chemo**, but the cancer keeps coming back.

可憐的 Mike。他已經接受了兩次化療，但癌症仍不斷復發。

DIALOGUE

A Are you sure you want this guy to play on our team? His agent is asking for a lot of money.

B I know, but this kid has got tons of potential. Before he got injured, he was chosen **in the second round of the draft**.

> A：你確定要讓這個傢伙加入我們隊嗎？他的經紀人開了很高的價碼。
> B：我知道，但這孩子潛力無窮。他在受傷之前是在第二輪被選中的。

他的整體成績是 20 勝 3 敗。

His overall record is

20 twenty

wins,

3 three

losses.

「整體成績」的英文是 **overall record**，「勝」是 **win**、「敗」是 **loss**。描述幾勝幾敗時，只要用這幾個字搭配數字，並以逗號（,）相連接就行了。如果覺得用 **win** 跟 **loss** 太過直白的話，也可把它們省略掉，只說數字就好。

SPEAKING PRACTICE

1 He retired from boxing **with**
20 twenty wins,
3 three losses.

他以 20 勝 3 敗的戰績從拳壇退休。

2 His career was pretty short,
with 0 zero wins,
5 five losses.

他的職業生涯相當短暫，只有 0 勝 5 敗的成績。

3 Even though his record so far is
2 two and 5,
five
he won't give up his dream of being
a professional MMA fighter.

MMA：mixed martial arts（綜合格鬥）的縮寫，指的是結合了跆拳道、合氣道和功夫等等武術的搏擊運動。

儘管他目前的戰績是 2 勝 5 敗，他還是不會放棄成為職業綜合格鬥選手的夢想。

APPLY AND MORE

事實上，當你搜尋運動選手的生涯紀錄時，有時會發現除了勝敗以外，還會有「和局」的紀錄，這時會以連字號（-）連接「勝-敗-和」這三個數字，英文依序為 **wins-losses-draws**。

1 Corner McGregor's official MMA
Fight record is **21-4-0**.
twenty-one (wins),
four (losses),
and zero (draws)

Corner McGregor 的官方綜合格鬥戰績是 21 勝 4 敗 0 和。

2 That boxer's personal overall record
is **12-4-1**.
twelve (wins),
four (losses),
and one (draw)

那位拳擊手的個人整體成績是 12 勝 4 敗 1 和。

DIALOGUE

A I heard you and your dad like to bet on
golf. You're such a good player that you
must always beat him.

B Beat him? Who do you think taught me
to play? He's **20**
twenty
wins, 3
three losses.

A：我聽說你和你爸爸喜歡用高爾夫打賭。你打得那麼好，一定老是贏他吧。
B：贏他？你覺得是誰教我打球的啊？他的成績是 20 勝 3 敗。

現在是八局上。

It's the top of the eighth.

現在是九局下。

It's the bottom of the ninth.

　　棒球比賽由九局（**nine innings**）組成，比賽是按照第一局、第二局……這樣依序進行，所以會用序數來描述這九局，分別為 **the first**（inning）、**the second**（inning）**...**，**inning** 經常會被省略不說。除此之外，每個 **inning**（局）都分成「上半局」跟「下半局」分別稱作 **top** 跟 **bottom**。如果身為球員，想說「我們現在是五局上」時，可說 **We're at [in] the top of the fifth**，若做為觀眾想說「現在是五局上」，只要說 **It's the top of the fifth** 就行了。

SPEAKING PRACTICE

1 It's **the top of the eighth** and Johnson is up to bat.

現在是八局上，輪到 Johnson 上場打擊了。

2 It's **the bottom of the ninth** and the Astros are down three runs.

> 棒球的分數稱為 runs，可能是因為打者必須跑回來才能得分。

現在是九局下，太空人隊落後 3 分。

3 It's **the top of the second** and the teams are tied at three runs apiece.

現在是二局上，兩隊各得 3 分打成平手。

APPLY AND MORE

兩隊「各得幾分」的情況，會用「分數＋apiece」來表達，**apiece** 的語意是「各自，每個」。

1 Paul and Jim scored **a goal apiece**.

Paul 和 Jim 各進了一球。

2 So far the Goldeyes and the Blue Jays scored **two runs apiece**.

目前為止鯡魚隊和藍鳥隊各得了兩分。

DIALOGUE

A It's **the top of the eighth** and the Cardinals are up to bat.

B Let's see how Johnston does against a left-handed batter. Here's the pitch. He swings. And it's a miss!

> A：現在是八局上，輪到紅雀隊上場打擊了。
> B：我們就來看看 Johnston 要怎麼對付左打。球投出。他揮棒了。揮棒落空！

他打了一支 3 分全壘打。

He hit a three-run home run.

棒球比賽的「1 壘安打」是 **a single**,「2 壘安打」是 **a double**,「3 壘安打」是 **a triple**,「全壘打」則稱作 **a home run** 或是 **homer**。因為是「擊球」進攻,所以會用動詞 **hit**。不過,全壘打還有 2 分跟 3 分的吧?「2 分全壘打」會有兩名打者跑回來,所以稱作 **a two-run home run**,「3 分全壘打」則是有三名打者跑回來,因此是 **a three-run home run**。在滿壘情況下擊出全壘打的話,則被稱為「滿壘全壘打(滿貫砲)」,英文是 **a grand slam**。

SPEAKING PRACTICE

1 Jackson hit **a two-run home run** to win a losing game.

   Jackson 打了一支 2 分砲反敗為勝。

2 Johnson swings and hits! Looks like it's going to be at least **a double**.

   Johnson 揮棒,安打了!看起來至少是支 2 壘安打。

3 After he hit **that grand slam**, his baseball team was up by four runs.

   在他擊出那支滿貫砲之後,他們棒球隊取得了四分領先。

APPLY AND MORE

棒球裡有 3 分全壘打跟 3 壘安打,而籃球則有三分球,「三分球」用英文該怎麼說呢?就叫做 **a three-pointer**。

1 Yasiel Puig swings and it's going, going, gone! It's **a triple**!
He hit **a triple**! And the crowd goes wild.

   Yasiel Puig 揮棒了,球一直飛、一直飛,出去了!3 分全壘打!他打出了一支 3 分砲!觀眾都瘋了。

2 He scored the winning **three-pointer** just before the buzzer.

   他趕在哨聲響起前投進了制勝三分球。

DIALOGUE

A You should have seen it, Tina. I have never been prouder of my kid. He's a natural. Kid's got real talent.

B Mike, it was **a three-run home run**, but it was at a T-ball game. Your kid is only six.

> T-ball:不是由投手投球,而是像高爾夫球一樣揮擊置於球座上的球,是一種適合兒童進行的棒球比賽。

A:妳應該去看比賽的,Tina。我從來沒這麼以我的孩子為傲過。他是天生好手啊,真的非常有天分。

B:Mike,那是一支 3 分全壘打沒錯,可是那是樂樂棒球。你的孩子才 6 歲。

他的打擊率是 3 成 32。

His batting average is three thirty-two.

棒球打者（**batter**）的打擊率（**batting average**）是安打數除以打數得到的一種數據。另外，中文在講打擊率時，若打擊率是 0.266，會唸成 2 成 66，英文的讀法會省略小數點的 **point**，直接說 **two sixty-six**，就好像百位數會省略 **hundred** 直接讀一樣。

SPEAKING PRACTICE

1 At the end of last season, **he was batting three thirty-two**.

上個球季結束時，他的打擊率是 3 成 32。

2 He's in a bit of a slump and **his batting average is now one ninety**.

他現在狀態低迷，打擊率現在是 1 成 9。

3 Even the greatest hitters in the history of baseball had **batting averages well below five hundred**.

即使是棒球歷史上最偉大的打者，打擊率也遠低於 5 成。

APPLY AND MORE

除了「蝙蝠」之外，**bat** 在棒球中也表示「擊球」的意思。**at bat** 的語意是「打數」。補充說明一下，**bat a thousand** 常用來表達做某事做得「非常優秀、十分完美、非常成功」的意思。

1 Bob. It's your turn at bat. Don't blow it. Everyone is depending on you.

Bob，輪到你打擊了。別搞砸了，大家都靠你了。

2 Wow! Great work. **You're really batting a thousand** with these new designs.

哇！做得真好。你的這些新設計真的非常成功。

DIALOGUE

A So, when he was in the minors, his batting average was phenomenal.

B Sure, and even when he went up to MLB, and was facing much stronger pitchers, **his batting average was still three thirty-two**.

A：是說，他在小聯盟的時候，打擊率十分傑出。

B：沒錯，而且即使他升上大聯盟，面對強很多的投手，他的打擊率還是有 3 成 32。

他打了 3 打數 2 安打。

He had two hits in three at-bats.

He went

2 for 3.
two for three

在三打數中（**in three at-bats**）打出兩支安打（**had two hits**）的另一種表達方式，就是 went two for three，可以簡單理解成「三次裡面打出去兩次」，這樣應該就記住了。

SPEAKING PRACTICE

1 He **went 1 for 3**
    one for three
in the last game.
他上一場比賽是 3 打數 1 安打。

2 His all-time best streak was
2 two
hits in 3 three
at-bats.
他生涯擊出兩支安打以上的最佳紀錄是 3 打數 2 安打。

3 Wood **went 13 thirteen**
for 33 thirty-three
in 9 nine
games.
Wood 在 9 場比賽中的 33 打數裡擊出了 13 支安打。

APPLY AND MORE

如果是棒球迷，可能會關心某球員的打擊率是多少。不過，有時也會出現無安打的情況，遇到這種情況該如何用英文表達呢？

1 What is Yasiel Puig's batting average this season?
Yasiel Puig 本賽季的打擊率是多少？

2 The game didn't go well with him today. He **went 0 for 4**.
                zero for four
他今天比賽沒打好。4 打數 0 安打。

DIALOGUE

A Brent's been playing really well these last few games.

B He **went 2 for 3**
        two for three
in the last two games. I guess his contract is up soon, and he's trying to convince them not to trade him.

A：Brent 最近幾場比賽都打得非常好。
B：他前兩場比賽都是 3 打數 2 安打。我猜他合約快要到了，所以想要說服球團不要交易他。

那位投手 7 局失 3 分。

The pitcher gave up three runs over (the course of) seven innings.

在談到棒球的投手（**a pitcher**）時，會提到他的失分狀況，有趣的是失分的「失」，英文的說法會使用一般被認為只有「放棄」之意的 **give up**。在棒球比賽裡，分數被稱為 **run**，「失／掉幾分」則是以「**give up**＋分數＋**runs**」來表達。

SPEAKING PRACTICE

1 The pitcher **gave up five runs over seven innings**.

那名投手 7 局掉了 5 分。

2 By the second inning, the pitcher had already **given up ten runs**.

到第二局時，那名投手已經掉了 10 分。

3 The pressure must be getting to him; he's **given up seven runs over two innings**.

壓力應該影響到他了；他兩局已經掉 7 分了。

APPLY AND MORE

除了 **give up**，也可以用 **allow a run** 表達「掉分、丟分、失分」的語意，也就是「讓打者得以跑回來」的意思。

1 He pitched for six innings and **allowed only one run**.

他投了 6 局，只掉了 1 分。

2 Kevin managed to **allow only two runs** and led the team to a victory.

Kevin 成功設法只掉了 2 分，帶領球隊取得了勝利。

DIALOGUE

A And that's why they started to suspect he might be scuffing the ball when no one was looking.

B Makes sense. How else could he **give up only three runs over seven innings**?

A：然後這就是為什麼他們開始懷疑，他可能有趁無人注意的時候，在球上製造刮痕。

B：有道理。不然他怎麼能在 7 局裡只掉 3 分呢？

他的賽季防禦率是 3.43。

His ERA (earned-run average) for the season was

3.43.

three forty-three 或

(three point four three)

　　棒球投手防禦率的英文是 **earned-run average**，縮寫為 **ERA**，一般這個數據落在 3 左右，就會被視為不錯的投手。防禦率數據的讀法分成兩種，一種是省略小數點（.），像在讀百位數一樣直接讀出來，另一種則是將小數點讀作 **point**，再逐一讀出後方的數字，兩種都可以，只要選擇自己習慣的方式來讀就好。

SPEAKING PRACTICE

1　His career best was an ERA of

3.25,
three twenty-five
或
three point two five

which he got in his second season with his hometown team.

他的生涯最佳防禦率是他待在家鄉球隊的第二個賽季時的 3.25。

2　Once his ERA broke

3.30,
three thirty
或
three point three

a lot of scouts were interested in him.

他的防禦率一降到 3.30 以下後，很多球探就對他產生了興趣。

3　It says here on the back of his card that his ERA for the last season was **2.86**.

two eighty-six 或
two point eight six

他的球員卡背面這裡說他上個賽季的防禦率是 2.86。

APPLY AND MORE

在棒球比賽裡，若投手表現優異，投出「無失分」或「完封勝」的話，英文可以說 **pitch a shutout**，**a shutout** 即表示「對手一分未得的比賽」，也就是「無失分」或「完封勝」。足球比賽也可以用這個說法。

1　The pitcher pitched **a one-hit shutout**.

那個投手投出了只有 1 支安打的完封勝。

2　England's strong defense kept Spain from scoring. It was a perfect shutout.

英格蘭強大的防守讓西班牙無法進球。這是一場完美的完封比賽。

DIALOGUE

A　They say you're a walking baseball encyclopedia. OK. What was Jay Johnson's ERA in **1975**?

nineteen seventy-five

B　I knew you were going to ask me something challenging. His ERA (earned-run average) for the season was **3.43**.

three forty-three
或
three point four three

A：他們說你是行走的棒球百科全書。那麼，Jay Johnson 在 1975 年的防禦率是多少？

B：我就知道你打算問我一些很難的東西。他那季的防禦率是 3.43。

在 7 場比賽中先拿到 4 勝的那一隊就贏得世界大賽了。

The first team to win four games out of seven wins the World Series.

「先拿到 4 勝的那一隊」這類的話，對於喜歡淘汰制比賽的人來說，是很常用到或聽到的說法，英文說法是 **the first team to win four games**，後面會以 **out of** 連接賽制下的最大比賽場數，表達「在總共幾場的比賽之中贏得幾勝者獲勝」。「贏得」則是使用動詞 **win**，**win** 做為及物動詞時，後方必須接受詞，通常會以 **win the game** 的表達方式出現，請記住這個用法。

SPEAKING PRACTICE

1 **The first team to win three games out of five**

wins the World Championship.

在 5 場比賽中先拿到 3 勝的那一隊就贏得世界冠軍了。

2 **The first two teams to win seven games out of nine**

go to the final.

在 9 場比賽中拿到 7 勝的前兩支隊伍將進入決賽。

3 **Whoever wins five games first out of seven**

wins the gold medal.

誰先在 7 場比賽中取得 5 勝，誰就贏得金牌。

APPLY AND MORE

在進行猜拳等遊戲時，如果提到 **best of three** 時，很容易誤解成是在說「3 局（3 盤）」，但其實這句正確的意思是「三戰兩勝」。

1 She challenged me to a rock-paper-scissors **best of three**.

她要我跟她猜拳，三戰兩勝。

2 They've won **nine out of the last ten games**.

他們在過去的 10 場比賽裡贏了 9 場。

DIALOGUE

A I thought they were going to play seven games. How come the tournament is already over?

B The Rangers already won four games. **The first team to win four out of seven** wins the tournament.

A：我以為他們要打 7 場比賽。聯賽怎麼會已經結束了？

B：遊騎兵隊已經贏了 4 場比賽。在 7 場比賽中先拿到 4 勝的那一隊就贏得聯賽了。

他的脈搏在爬完樓梯之後飆破了 100。

After walking up the stairs, his pulse jumped to over

100
one hundred.

還記得 PART 1 裡提過的 **resting heart rate**（靜止心率）嗎？表示脈搏的 **pulse** 的語意其實等同於 **heart rate**（心率），所以在描述脈搏時，可以只說 **pulse**，但也可以稱作 **heart rate**，但請特別注意，**pulse rate** 的說法是錯的。當脈搏跳動的次數上升，可以說「**jump/race to** ＋ 數字」，下降時則可說「**drop to** ＋數字」。

SPEAKING PRACTICE

1 My pulse is usually **70-75.**
seventy to seventy-five
我的脈搏通常是 70 到 75。

2 The patient's pulse suddenly **dropped to 43.**
forty-three
這個病人的脈搏突然掉到了 43。

3 When you're in the "fat burning zone," your heart rate should be **120-130.**
one twenty to one thirty 或
one hundred and twenty to one hundred and thirty
你在處於「燃脂區間」時，心率應為 120 到 130。

APPLY AND MORE

脈搏或心搏的單位是 **beats per minutes**，縮寫為 **bpm**。除此之外，「把脈」的英文說法是 **take someone's pulse**。

1 His resting heart rate was **75**
seventy-five
beats per minute.
他的靜止心率是每分鐘 75 次。

2 The Chinese medicine doctor took my pulse.
那位中醫幫我把了脈。

DIALOGUE

A On the *Doctors* TV show last night, the patient I liked died. So sad.

B Tell me about it. Her pulse suddenly **jumped all the way up to 200**.
two hundred
And that was it.

A：在昨晚的電視節目《醫生》裡，我喜歡的病人死了。真難過。
B：真的。她的脈博突然一下子跳到 200。結果就這樣了。

MP3 201

我左眼有遠視 80 度。

I am

plus 0.8
plus point eight

in my left eye.

「視力」的英文是 **vision** 或 **eye sight**，但人們在談論「近視／遠視幾度」時，只會說「**I am ＋ plus/negative ＋ 度數 ＋ in my right/left eye**」。如果講的是雙眼的度數，句子中的 **in my right/left eye** 便可以省略。一般在台灣，只有在驗光後得到的數值單據上，才會看到出現在度數之前的「＋（**plus**）－（**negative**）號」，加號表示有遠視，數字會是「+0 以上」，以「**plus ＋ 度數**」表達，近視則會是減號，所以數字會是負數，用「**negative ＋ 度數**」表示，有小數點時讀作「(**zero**) **point ＋ 數字**」。

SPEAKING PRACTICE

1 I need reading glasses because I cannot see small letters anymore even though I am **plus 1.5/1.0**.
plus one point five and one point zero

提到雙眼視力時，會以這種方式來讀寫。這裡的斜線（ / ）請讀成 and。

我需要戴老花眼鏡，因為我再也看不到小字了，儘管我的雙眼度數是遠視 150 度和 100 度。

2 My right eye is **negative 0.9**
negative point nine
but my left is **plus 0.5**.
plus point five

我的右眼近視 90 度，但左眼是遠視 50 度。

3 If your eyes are more than **negative 0.5**,
negative point five
you have to wear glasses when you drive.

如果你近視超過 50 度，那你開車的時候必須戴眼鏡。

APPLY AND MORE

在英文中會用蝙蝠來比喻視力很差的人。除此之外，在談論到視力時，還有另一種表達方式，那就是「20/其他數字」。這種說法在台灣幾乎不會遇到，但在北美地區確實經常出現這種口語表達方式。後方的數字若小於 20，則表示視力優於一般人，也就是視力好的意思；若後方的數字大於 20，則表示視力較差。

1 He's as blind as a bat. Can't see anything that's more than an inch in front of his nose.

他的視力跟蝙蝠一樣差。看不到任何離他鼻子前一英寸以外的東西。

2 I heard that after laser surgery, Tiger Woods now has **20/10**
twenty ten
vision. What you can see at ten feet, he can see at twenty.

我聽說老虎伍茲的視力在經過雷射手術之後，現在變成 20/10 了。你在距離 10 英尺的地方能看到的東西，他在 20 英尺的地方就能看到了。

MP3 202

這個血壓計的最高讀數是 140。

The blood pressure gauge had a top reading of 140.
one forty

這個血壓計的最低讀數是 100。

The blood pressure gauge had a bottom reading of 100.
one hundred

還記得在 PART 1 裡有提到過血壓讀數嗎？收縮舒張範圍的描述方式為 **120/90 [one twenty over ninety]**。這裡我們要學習只提及其中一項數據的表達方式，例如血壓的最高或最低值。以血壓計（**the blood pressure gauge**）為例，其可測出的最高數字稱作「最高讀數」，英文為「**a top reading of ＋數字**」，最低數字則稱作「最低讀數」，英文為「**a bottom reading of ＋數字**」，並搭配動詞 **have** 一起使用。不過這種表達方式亦能用來描述同以刻度顯示數據的溫度計（**thermometer**）、掃描儀（**scanner**）、時速錶（**speedometer**）等的最高與最低讀數。

SPEAKING PRACTICE

1 The gauge has **a top reading of 140.**
one forty 或
one hundred and forty

這個測量儀器的最高讀數是 140。

2 The thermometer has **a top reading of 40 °C.**
forty(degrees Celsius)

這個溫度計的最高讀數是攝氏 40 度。

3 The scanner has **a bottom reading of 100.**
one hundred

那個掃描儀的最低讀數是 100。

APPLY AND MORE

想描述「數字上升到～」的話，就用「**go up to ＋數字**」，當想說某測量儀器「可顯示出的最高數值」時，只要說「**top out at ＋數字**」就可以了。

1 What makes these ones special is, these speakers **go up to 11.**
eleven

這些喇叭的特別之處在於它們最高可以調到 11。

2 The speedometer **tops out at 200 km/h,**
two hundred kilometers per hour
but the car can obviously go much faster.

這個時速錶最高可以顯示到時速 200 公里，但這台車顯然可以開得快很多。

DIALOGUE

A It doesn't look that bad. It says here it's only **140.**
one hundred and forty
That's not great, but it's also not terrible.

B This meter had **a top reading of 140.**
one hundred and forty
So, it might be a lot worse than we think.

A：看起來沒有那麼糟啦。這上面說只是 140 而已。雖然不能說很好，但也不算很糟糕。

B：這個錶的最高讀數就是 140。所以也有可能是比我們所想的還要糟糕許多。

我的太太懷孕 8 個月了。

My wife is eight months pregnant.

pregnant 是形容詞「懷孕的」。懷孕 8 個月，若以「正在懷孕 8 個月的狀態」的角度來思考，可用「**8 [eight] months pregnant**」來表達，但若以「已經懷孕 8 個月了」的角度來思考，就可以使用現在完成式「**have been pregnant for** 8 **months**」來說。不過，「**8 months pregnant**」才是比較常見的表達方式。

SPEAKING PRACTICE

1 She's gained twenty pounds but is **only three months pregnant**.

她懷孕才三個月，體重就增加了 20 磅。

2 Elephant pregnancies are really long; this one here **has been pregnant for twenty months**.

大象懷孕的時間真的很長；這裡的這隻已經懷孕 20 個月了。

3 By the time they're **five months pregnant**,

women find it hard to sleep all the way through the night.

女性在懷孕到 5 個月的時候，會發現變得很難一覺到天亮。

APPLY AND MORE

將女性懷孕的 9 個月期間，以 3 個月分為 1 期時，英文的「期」會用 trimester 這個字，初期、中期與後期分別稱作 **first trimester**、**second trimester** 跟 **third trimester**。因為是「正處於某一段期間內」，所以會使用介系詞 **in**。另外，因為懷孕必須度過 9 個月的孕期，所以在提到「懷孕幾個月」時，也可用「月份數＋**along**」來描述。

1 My wife is **in her third trimester**, and we're expecting the baby any day now.

我太太已經到懷孕後期了，所以我們現在隨時都在期待孩子的到來。

2 She's **eight months along**.

她已經懷孕 8 個月了。

DIALOGUE

A When are you expecting?

也可說 When is your due date? 來表達。

B I'm only **six months pregnant**.

I'm not due until December.

A：妳的預產期是什麼時候？
B：我懷孕才 6 個月。預產期要到 12 月了。

這種藥丸每天隨餐吃 3 次、每次 2 顆。

Take two of these pills three times a day during meals.

這是在藥局（**pharmacy**）可能會遇到的句子之一。「吃藥」的動詞是用 **take**，**pill** 指的是「藥丸」，**medicine** 主要是指「液體狀的藥物」，**antibiotics** 是「抗生素」，**cold medicine** 是「感冒藥」，**syrup** 則是「糖漿類藥物」。通常在藥局買藥時會被叮囑「一天要吃幾次」，而這裡的「次數」會用 **once**、**twice** 或 **three times** 來表達。補充說明一下，請將描述服藥方式的常用表達一併記住，包括「飯前服用（**before meals**）」、「隨餐服用（**during meals**）」跟「飯後服用（**after meals**）」。

SPEAKING PRACTICE

1 Take these antibiotics
three times a day,
after meals,
for ten days.

這種抗生素每天三餐飯後吃，連續吃 10 天。

2 You should take this cold medicine
twice a day,
after meals.

你應該要吃這款感冒藥，每天吃 2 次、飯後吃。

3 Use this ice pack and the heat pad
five times a day,

alternating five minutes on and five minutes off.

每天使用這個冰敷袋和熱敷袋五次，每 5 分鐘交替輪換使用。

APPLY AND MORE

軟膏跟乳膏等是用「塗抹」而不是「服用」，對吧？所以要使用動詞 **apply**。

1 Apply the ointment twice a day for seven days.

這條軟膏一天擦兩次，擦 7 天。

2 Apply the cream four times a day, or whenever you get your face wet.

這個霜一天擦 4 次，或你每次洗完臉後擦。

DIALOGUE

A So you'll need to **take two of these pills three times a day after meals**.

B **Three times a day?** But I only eat twice a day. I'm doing that new keto diet with intermittent fasting.

> keto diet：生酮飲食，指的是將碳水化合物的攝取量控至極低，強迫身體燃燒脂肪來產生酮體的高脂肪飲食方式。

A：那你得三餐飯後吃兩顆這種藥丸。
B：一天吃 3 次嗎？可是我一天只吃兩餐。我正在做搭配間歇性斷食的新式生酮飲食。

MP3 205

他肺癌第三期了。

He is in stage three of lung cancer.

「癌症」的英文是 **cancer**，「腫瘤」的英文是 **tumor**。在談論到癌症的嚴重程度時，會用「第一期、第二期……」的「癌症分期」來描述，這裡的「期」英文是 **stage**。就像書籍裡的篇章會採用 **Chapter One** 的這種方式來讀，癌症分期也是以 **stage one/two/three** 來描述。因為是「處於某個階段」，所以描述時要搭配介系詞 **in**。想傳達「他處於癌症第一期」的語意時，只要說「**He's in stage one of cancer.**」就行了。

SPEAKING PRACTICE

1 By the time the doctors discovered the tumor, he was already **in stage two of lung cancer**.

到醫生發現腫瘤的時候，他已經是肺癌第二期了。

2 Once you've reached **stage three of any cancer**, the chances of survival are much smaller.

任何癌症一旦到第三期，存活機率就會小非常多。

3 Fortunately, my aunt found her cancer so early that she wasn't even **in stage one**.

幸運的是，我阿姨發現她得癌症發現得非常早，甚至還不到第一期。

APPLY AND MORE

「死於癌症」的英文是 **die of cancer**，「切除腫瘤」則是 **have[get] a tumor removed**。

1 Luciano Pavarotti died of pancreatic cancer in **2007**.
two thousand seven

Luciano Pavarotti 於 2007 年死於胰臟癌。

2 My uncle has to get a tumor removed. His surgery is scheduled for tomorrow.

我叔叔必須切除腫瘤。他的手術安排在明天。

DIALOGUE

A Have you heard the news about Barry? I can't imagine what his wife is going through.

B I know he was **in stage three of lung cancer**, but somehow he went into remission. Good for them.

> remission：指的是「病情好轉」或「緩解」，所以 go into remission 可以用來表達「病情好轉」的意思。

A：你有聽説 Barry 發生的事嗎？我難以想像他太太現在的感受。
B：我知道他他肺癌第三期了，不過好像有比較好了。真替他們開心。

知道會更有趣的棒球術語

美國職棒大聯盟始於 1869 年辛辛那提紅長襪隊的成立。每年從春天到秋天，各大城市都會因為所屬球隊在主場舉辦的職棒賽事而變得非常熱鬧。若你是棒球迷，請一定要知道下面這些可以讓你聽懂 MLB 轉播的重要術語。

各守備位置與縮寫

P	Pitcher 投手
C	Catcher 捕手
1B	First Base 1 一壘手
2B	Second Base 2 二壘手
3B	Third Base 3 三壘手
SS	Short Stop 游擊手
LF	Left Fielder 左外野手
CF	Center Fielder 中外野手
RF	Right Fielder 右外野手
SP	Starting Pitcher 先發投手
RP	Relief Pitcher 救援投手
PR	Pinch Runner 代跑
PH	Pinch Hitter 代打
DH	Designated Hitter 指定打擊

投手相關術語

W	wins 勝投
L	losses 敗投
ERA	earned run average 防禦率
G	game 出賽數
GS	games started 先發
SV	save 救援成功
IP	innings pitched 投球局數
WHIP	walks plus hits divided by innings pitched 每局被上壘率
BS	blown save 救援失敗
HLD	holds 中繼成功
RW	relief wins 救援勝
CG	complete game 完投
SO	shutout 完封
R	runs 失分
ER	earned runs 自責分
UER	unearned runs 非自責分
NP	numbered of pitches 投球數

打者相關術語

AB	at bat 打數
R	runs scored 得分
H	hit 安打
RBI	runs batted in 打點
SB	stolen bases 盜壘
AVG	batting average 打擊率
OBP	on base percent 上壘率
OPS	on base plus slugging 整體攻擊指數

TB	total bases 壘打數
HBP	hit by pitch 觸身球
BB	base on balls 保送
SLG	slugging percentage 長打率
IBB	intentional base on balls 故意四壞球（敬遠）(= intentional walk)
CS	caught stealing 阻殺
GDP	ground into double plays 雙殺
E	error 失誤

CHAPTER 11

跟程度有關的
數字表達用語

UNIT 1　　　　　　　　若你支付的總金額在 3 萬元以上，～

UNIT 2　　　　　　　　　　　　　　3 萬元以下的罰款

UNIT 3　　　　　　　　　若參加人數不到 10 人的話，～

UNIT 4　　　　　　　　　若參加人數超過 10 人的話，～

UNIT 5　　　　　　　　　　　　　　最高 50,000 元

UNIT 6　　　　　　　　如果未達最低人數 12 人，～

UNIT 7　　　　　　　數十人／數百隻狗／數千座島嶼

UNIT 8　　　　　　　　　　這台機器要價一百萬元。

UNIT 9　　　　　　　每兩戶就有一戶擁有超過一台車。

UNIT 10　　　　　　　　我們要打棒球還少一個人。

UNIT 11　　　　用不到 10,000 元的價格買到相同的東西

UNIT 12　　　　　　　　　　　　　　每隔 2 公尺

若你支付的總金額在 3 萬元以上，～

If your total payment is

equal to or more than

thirty-thousand

N T dollars,

If your total payment is

thirty-thousand

N T dollars

or (and) more (over)

描述「等於或大於某金額」時，可用「**equal to or more than** ＋金額」或「金額＋ **or more**」。

SPEAKING PRACTICE

1　If your total payment is **equal to or more than NT$3,000**,
　　three thousand N T dollars
shipping is free.　如果你支付的總金額在 3,000 元以上，就有免運。

2　If your total payment is **equal to or more than NT$10,000**,
　　ten thousand N T dollars
you're automatically entered into our monthly draw.　如果你支付的總金額在 10,000 元以上，就可以自動參加我們的每月抽獎活動。

---

draw：意指「抽籤」或「抽獎」。monthly draw 的意思可理解為「每月抽獎活動」。

3　You get a free gift of some lovely soap if your total payment is **NT$5,000**
five thousand N T dollars
or more.

如果你支付的總金額在 5,000 元以上，就可以免費獲得一些可愛的肥皂禮品。

APPLY AND MORE

在 Amazon 上購物時，會看到如「消費 35 美元以上免運」等免運門檻的說明，有時就會因為想要達到門檻，而要加購更多東西，這些東西稱作 **add-on items**。

1　We offer free shipping on orders **over $35**.
　　　　　　　　thirty-five dollars
我們為超過 35 美元的訂單提供免運服務。

2　To qualify for free shipping, add items to your order. Here are some recommended add-on items.
為獲得免運資格，請在您的訂單中添加商品。以下是推薦的加購商品。

DIALOGUE

A　So then they told me I wasn't insured, which to me makes no sense. I thought all credit card purchases were insured automatically.

B　Well, you have to read the fine print. If the total payment is **equal to or more than NT$30,000**,
　　　　　　thirty thousand N T dollars
then you're insured. But the sunglasses are less than that.

A：結果他們說我沒有投保，但我覺得這沒道理。我以為所有信用卡的消費都會自動投保。

B：這個嘛，你必須要看看細則。如果支付的總金額在 30,000 元以上，那你才會有保險。但那副太陽眼鏡沒到那個金額。

3 萬元以下的罰款

a fine of equal to or less than

thirty-thousand

N T dollars

a fine of thirty-thousand

N T dollars or less

a fine of not more than

thirty-thousand

N T dollars

描述「等於或小於某金額」時，最具代表性的表達方式是「**equal to or less than** ＋金額」或「金額 ＋ **or less**」。也可用「**not more than** ＋金額」。想描述特定金額的罰款時，可以在 **a fine of** 後方加上金額。

SPEAKING PRACTICE

1　Parking here can result in

a fine of NT$5,000
　　　　　five thousand N T dollars
or less.

在此停車可能會被處 5,000 元以下的罰款。

2　According to the police officer, making an illegal U-turn means **a fine of not more than NT$3,000.**
　　　　　three thousand N T dollars

據那位員警所說，違規迴轉代表你可能會被處 3,000 元以下的罰款。

3　Between September and June, if you get caught speeding in a school zone, the police will issue you

**a fine of equal to
or less than
$200**.
two hundred dollars

在 9 月到 6 月間，若你在學校附近被抓到超速，那警察將對你處 200 美元以下的罰款。

APPLY AND MORE

not more than 語意是「不多於～」或「～以下」，看上去相似、但語意不同的 **no more than**，表達的則是「僅僅」或「只是」，請小心不要搞混了。

1　There is room for **no more than
four people**.

有最多只可容納四個人的空間。

2　The restaurant employs **no more than
three people,**
so they can get by in this severe economic recession.

這間餐廳最多不會請超過三個員工，這樣他們才能勉強度過這次嚴重的經濟衰退。

DIALOGUE

A　Don't you hate it when police ask, "Do you know why I pulled you over?"

B　Last time, I jokingly said, "To ask for my phone number?" He said, "No, it's to give you **a fine of equal to
or less than NT$7,000**."
　　　　　seven thousand N T dollars

A：聽到警察問：「你知道我為什麼叫你靠邊停嗎？」的時候，你不覺得很討厭嗎？

B：上次我開玩笑說「你想要跟我要電話？」。結果他說：「不是，是要罰你 7,000 元以下的罰款。」

若參加人數不到 10 人的話，～

If the number of participants is under/below/less than 10, ten

「未達」、「不滿」或「低於」表達的都是「不包含且小於某數字」的情況，英文會用 under、below 或 less than。

SPEAKING PRACTICE

1 If the number of participants is **under 50,**
fifty
the event will be cancelled.

若參加人數不到 50 人，這次活動將會取消。

2 If the number of participants is **under 10**
ten,
please move to one of the smaller rooms.

若參加人數不到 10 人，請移動到其他較小的房間。

3 If the number of participants is **less than 20,**
twenty
we can't negotiate a lower price.

若參加人數不到 20 人，我們就談不到更低的價格。

APPLY AND MORE

描述「未滿／不到幾歲」的年紀時，通常會用 under。

1 If you are **under 21,**
twenty-one
you can't drink at a bar in America.
The drinking age is **21.**
twenty-one

如果你未滿 21 歲，那你就不能在美國的酒吧喝酒。飲酒年齡是 21 歲。

2 If it's an X-rated movie, no one
under 17
seventeen
is admitted.

如果是 X 級的電影，未滿 17 歲的人禁止入場。

DIALOGUE

A Are you sure we're going to make money on this concert? It's costing us an arm and a leg just to rent the venue.

B If the number of tickets we sell is
less than 500,
five hundred
we'll have to call the whole thing off. But I'm sure we'll sell more than enough.

A：你確定我們可以在這場演唱會上賺到錢嗎？光是租借場地就花了我們一大筆錢。

B：如果我們賣不到 500 張票，那我們就得把這整件事喊停了。但我很確定我們會賣超過啦。

若參加人數超過 10 人的話，～

If the number of participants is over/ above/ more than 10,

ten

「超過」和「多於」表達的都是「不包含且大於某數字」的情況，英文會用 over、above 或 more than。

SPEAKING PRACTICE

1 If the number of participants is

over 20,
    twenty

additional discounts apply.

若參加人數超過 20 人，可享額外折扣。

2 If the number of participants is

over 50,
    fifty

please inform us prior to the date of the event.

若參加人數超過 50 人，請在活動當日之前通知我們。

3 If the number of attendees is

more than 10,
        ten

we'll need to move to a bigger boardroom.

如果出席的人超過 10 人，我們就必須移動到更大的會議室了。

APPLY AND MORE

at most 表示「最多」或「充其量」，一般會用來表達「（預期）頂多～」或「最多～」的語意。

1　We expect **30**
        thirty

people at most will sign up for this event.

我們預期最多會有 30 人報名參加這個活動。

2　At most, you can only fit ten balls in that bag.

你最多只能在那個袋子裡塞進 10 個球。

DIALOGUE

A　What do you mean we have to pay extra? We agreed on the price if the number of participants is

more than 10
        ten

back when I made a reservation.

B　Sir, please read the contract closely. If the number of participants is **above 10**,
                ten

you have to pay for a larger room.

> A：什麼叫做叫我們得再多付錢？當初我在預訂的時候，我們不是說好如果超過十個人參加，就是這個價錢嗎？
> B：先生，請你仔細看一下合約。如果參加的人超過 10 個，你們必須付錢才能用更大的房間。

最高 50,000 元

a maximum of

50,000 NTD
fifty-thousand N T dollars

maximum 是「最大值」的意思，所以可以用「**a maximum of** ＋數字或金額」來描述「最多幾個／幾人／多少」。

SPEAKING PRACTICE

1 You'll be charged an additional **NT$1,000**
one thousand N T dollars a day, to
a maximum of NT$5,000.
　　　　　　five thousand N T dollars

你一天會被多收 1,000 元，最多會收到 5,000 元。

2 Prices range **from NT$20,000**
　　　　　　　　twenty
to a maximum of NT$50,000.
　　　　　fifty thousand N T dollars

價格從 20,000 元到最多 50,000 元不等。

> 因為後方重複出現 thousand，所以前方原本的 twenty thousand 中的 thousand 可省略不唸出來。

3 He had the funds to pay
a maximum of NT$300,000,
　　　　three hundred thousand
　　　　　　　N T dollars
but he tried to negotiate a lower rate.

他的資金夠付最多 300,000 元的錢，但他試圖談到更低的價格。

APPLY AND MORE

當想描述「無法超過的最大量」，也就是「上限」時，可用 **the upper limit**。「下限」則是用 **the lower limit**。若在前方多加上 **absolute** 的話，聽起來會更具有強調意味。

1 The absolute upper limit is six people per vehicle.

每台車的人數上限就是六個人。

2 **NT$1.2 million**
one point two million N T dollars
per person is the absolute upper limit for us.

我們的最高上限就是每人 120 萬元。

DIALOGUE

A I hate playing poker at that casino. All the bets are big.

B You should go somewhere else. I know a nice small casino where bets can only be **a maximum of $100**.
　　　　　　　　　one hundred
　　　　　　　　　dollars

A：我很討厭在那間賭場裡玩撲克。那裡下注都下很大。

B：你應該去別的地方玩。我知道一間不錯的小賭場，那裡下注最多只能下 100 美元。

UNIT 6

如果未達最低人數 12 人，～

If the minimum of twelve people is not reached,

maximum 的反義詞是 minimum，語意是「最小值」。可用「the/a minimum of ＋數字、金額」來描述「最少幾個／幾人／多少」。

SPEAKING PRACTICE

1 If <u>the minimum of ten people</u> is not reached, the tour will be cancelled.

如果未達最低人數 10 人，這次旅程將會取消。

2 If <u>the minimum of four people</u> is not met, you'll lose your reservation.

如果未達最低人數 4 人，您的預約將被取消。

3 If <u>the minimum of a thousand people</u> is not reached, the company will cancel the cruise.

如果未達最低人數 1,000 人，那間公司將取消此次航行。

APPLY AND MORE

at least 的語意是「至少」或「起碼」，除了用在金額之上，也能用在其他情境之中。補充說明一下，at the (very) least 其實與 at least 意思相同，不過前者帶有強調意味。

1 Every family has at least one car nowadays.

現在每個家庭都至少擁有一台車。

2 At least five students need to register to open the course.

至少要有五個學生報名才能開這門課。

DIALOGUE

A I heard you guys won the game. Congrats! It's been a while since your basketball team won.

B Well, we only won because the other team didn't have enough players. The rule is

"If <u>the minimum of twelve players</u> is not reached, the team automatically forfeits."

A：聽說你們贏了那場比賽。恭喜！你們籃球隊已經好一陣子沒贏球了。

B：這個嘛，我們會贏只是因為另一隊的球員有少。規則是「如果未達最低球員人數 12 人，則該隊自動棄權。」

數十人
dozens of people
數百隻狗
hundreds of dogs
數千座島嶼
thousands of islands

想以「數十個（的）」、「數百個（的）」或「數千個（的）」等型式來描述數字時，「數十個（的）」會用原本表示「12個」的 dozen 的複數 dozens，而「數百個（的）」或「數千個（的）」則是將 hundred 和 thousand 改成複數形，接下來只要再用 of 連接後方的名詞即可。因此「數萬個的」的英文說法是「tens of thousands of」。

SPEAKING PRACTICE

1 **Dozens of people** were in line to try the new ice cream flavor.

數十個人那時在排隊想要試試新的冰淇淋口味。

2 **Hundreds of dogs** are abandoned at the shelter every year.

每年都有數百隻狗被遺棄在收容所。

3 **Thousands of families**

will benefit from this emergency benefit program.

數千個家庭將會受惠於這項急難福利計畫。

APPLY AND MORE

「數百萬（的）～」是 millions of ～、「數千萬（的）～」是 tens of millions of ～、「數億（的）～」則是 hundreds of millions of ～。然而，若想在不提及具體數字的情況下，形容「非常多」的話，請使用 gazillions of ～ 來表達，可以傳達出「比幾百幾千萬或幾億更多」的感覺。

1 **Millions of people** who have been laid off recently are requesting Employment Insurance.

最近被裁員的數百萬人正在申請就業保險。

2 **Gazillions of people** in the world are suffering from the **COVID-19**
nineteen
pandemic.

世界上有無數人正苦於新冠肺炎疫情的影響。

DIALOGUE

A I love her Instagram! She always looks so good. Check out this one. It's a candid pic of her and her kids at the park.

B Candid? I bet a photographer took **dozens of pictures** and then just used the nicest one.

A：我熱愛她的 IG！她總是看起來超美的。你看這張。這是她和她的孩子們在公園裡的寫實照。

B：寫實嗎？我敢說攝影師拍了數十張照片，然後只拿了最好的一張來用。

UNIT 8

這台機器要價一百萬元。

This machine costs

as much as

one million NT dollars .

This machine costs

no less than

one million NT dollars .

　　想要描述「和～一樣多的」時，可用 **as much as ~**，另一個說法則是 **no less than**，表示「不少於」、「少說」或「足足（有）」，這種說法會給人一種數量非常多的感覺。

SPEAKING PRACTICE

1 The fully-loaded versions of this machine cost
as much as $1,000,000.
one million dollars

這台機器的全配版要價 100 萬美元。

2 A good fur coat could cost
no less than **NT$500,000.**
five hundred thousand N T dollars

一件好的皮草大衣少說要 50 萬元。

3 He was a poor student back in art school, but now even a small painting sells for
as much as **$3,000,000.**
three million dollars

他以前在就讀藝術學校時是個窮學生，但現在即使只是一幅小畫作也能賣到要價 300 萬美元。

APPLY AND MORE

再來看一個運用了 **no less than** 的例句吧。除此之外，還有會令人感到困惑不已的 **not less than**。**not less than** 的語意和「至少」的 **at least** 相同，同樣都是「不低於或不少於某個標準」的意思，所以會給人「～以上」或「至少～」的感覺。

1 <u>No less than thousands of people</u> have died of the virus at the center of this epidemic.

在這次傳染病的中心地帶，少說有數千人因為這種病毒而死。

2 When you write a final report, keep in mind that it should be
not less than 3,000
three thousand
and **not more than 5,000**
five
thousand
words.

你在寫期末報告時，請記得字數應該要在 3,000 字以上且不超過 5,000 字。

DIALOGUE

A Have you seen this YouTube channel? It's all about exotic fish. Look at the colors on that fish!

B I've seen this video. The guy mentions each one of those costs no less than **NT$10,000.**
ten thousand N T dollars

A：你看過這個 YouTube 頻道了嗎？這個頻道都在講外來種的魚。你看那種魚的顏色！

B：我有看過這支影片。這個人說這種魚每條少說要 10,000 元。

每兩戶就有一戶擁有超過一台車。

Every other house has more than one car.

前面有說過,「每兩週一次」的英文說法是 **every two weeks** 或 **every other week**。因此,若從這個表達方式來思考,就可以知道「每隔一戶」就相當於「每兩戶」,所以這裡可以用 **every other house** 來表達。「**every other** ＋單數名詞」不僅能用來描述家戶,也能用來談論其他人事物。

SPEAKING PRACTICE

1 **Every other kid** at the restaurant was looking at their dad's phone.

在餐廳裡,每兩個小孩就有一個在看他們爸爸的手機。

2 **Every other car** in the parking lot is an expensive foreign brand.

在那個停車場裡,每兩台車就有一台是昂貴的外國牌子。

3 The bread was so old that **every other slice** had mold on it.

那個麵包放太久了,久到它每兩片就有一片發霉了。

APPLY AND MORE

如果間隔的數量超過兩個,例如「每隔三個有一個」的情況時,可用「**one in every three** ＋名詞」或「**one** ＋名詞＋ **in every three**」來表達。

1 **One house in every three** has more than one car.

每三戶就有一戶擁有超過一台車。

2 In this wealthy area, **one house in every three** has a backyard pool.

在這個富人區,每三戶就有一戶的後院有游泳池。

DIALOGUE

A I can't believe how violent this comic book is! Just look. **Every other page** has someone getting shot or killed.

B Let me see that. Yikes! And our kids have been reading this garbage?

　　A：我真不敢相信這本漫畫怎麼會暴力成這樣!你看看,每隔一頁就有人中彈或被殺。

　　B：讓我看看。好噁!結果我們的孩子一直在看這種垃圾?

我們要打棒球還少一個人。
We're one member short for a baseball game.

描述「不夠或不足多少／多少人」時，可利用 **short** 這個字來表達。此時的 **short** 語意不是「短的」，而是「欠缺的」，所以英文「**short for** ＋名詞」或「**short to** ＋原形動詞」表達的是「不足以做～」的意思。

SPEAKING PRACTICE

1 We wanted to play soccer, but were **one short for a game**.

我們想踢足球，但少一個人沒辦法比賽。

2 We're **two short for a paintball team**, so might have to pack up our gear and go home.

> paintball：漆彈遊戲，向對手發射漆彈而非子彈的遊戲。

我們要組一隊漆彈隊還差兩個人，所以可能得把東西收一收回家了。

3 We are **one board member short to pass this agenda**.

我們要通過這項議程還差一位董事會成員。

APPLY AND MORE

既然提到 **short**，順便再多告訴你們幾個有趣的表達方式吧。想描述某個人「有點呆呆的」或「腦袋少根筋」時，可用下面這種句子來表達。

1 He's **a few sandwiches short of a picnic**.

他的腦袋少根筋。

2 She's **a few bricks short of a full load**.

她有點呆呆的。

> 如果直譯上面兩個英文句子，分別是「去野餐卻少帶了幾個三明治」跟「離整個裝滿還差幾塊磚頭」，來描述某個人在思考上較遲鈍，行事方式常有疏漏或令人無法理解。

DIALOGUE

A So we spent months working on our costumes and weapons, and we were all set to go out to Comic Con.
But it turns out we were **a hundred bucks short for tickets**.

> Comic Con：大型動漫畫博覽會，活動上會有與各種動漫書籍、角色、電影等所有藝術創作相關的作品及活動資訊。
> 帶有連字號的 Comic-Con，指的是由 Comic-Con International 公司於聖地牙哥舉辦的活動。

B That's heartbreaking. But look on the bright side. You guys are going to absolutely crush it this Halloween.

> A：所以我們花了幾個月來弄我們的服裝和武器，而且全都準備好要去動漫展了。可是結果最後才發現我們的門票錢還差 100 美元。
> B：這太讓人傷心了吧。不過往好處想。你們在這個萬聖節絕對會輾壓所有人。

用不到 10,000 元的價格買到相同的東西

buy the same thing
for less than
NT$10,000
ten thousand N T dollars

在購物時，有時會碰到比別人花了更多或更少錢來購買相同物品或服務的情況。想描述「花多少錢買某個東西」時，可用「buy something for＋價格」，若在價格的前方加上 less than，就能表達「以比～便宜／不到～的價格買到某物品或服務」的意思。

SPEAKING PRACTICE

1 I asked him to lower the price because I knew I could buy the same thing
for less than NT$30,000.
thirty thousand N T dollars

我要求他降價，因為我知道我可以用不到 30,000 元的價格買到同樣的東西。

2 A lot of the tourists were willing to pay the high price because they didn't know they could buy the same thing
for less than NT$1,000.
one thousand N T dollars

許多觀光客願意付高價，因為他們不知道能用不到 1,000 元的價格買到相同的東西。

3 People love to get the fancy name brands, but you can actually get the same thing **for less than 5**
five
bucks
if you get the generic version.

人們熱愛買名牌，但其實你可以用不到 5 塊美金的價格買到沒有牌的同樣東西。

APPLY AND MORE

以「高於某特定價格」購買同樣的東西時，可以說「buy the same thing for more than＋價格」來表達。

1 I think I got ripped off because I bought the same thing
for more than NT$2,000.
two thousand N T dollars

我覺得我被詐騙了，因為我用超過 2,000 元的價格買了同樣的東西。

2 You need to haggle around tourist attractions if you don't want to get ripped off.

如果你不想被敲竹槓，那你在旅遊景點附近就得殺價。

DIALOGUE

A And I told him he could buy the same thing **for less than $10**
ten dollars
just over the border.

B Sure, but that's only if you don't get caught bringing them back. If you do, and you have to pay duty on them, they end up being actually more expensive.

A：所以我跟他説，只要跨過邊界，他就可以用不到 10 美元的價格買到同樣的東西。

B：是啊，但也要你把它們帶回來的時候沒被抓到。如果被抓到就得繳税金了，最後其實會更貴。

UNIT 12

每隔 2 公尺

at intervals of

2
two

meters

---

interval 的語意為「間隔」,可用來描述時間或距離的間隔。因此,想描述「以～的間隔」或「每隔～」時,可用「**at intervals of** ＋跟距離／時間有關的數字」。

SPEAKING PRACTICE

1 To give them enough room to grow, plant the trees
at intervals of 2
　　　　　　　　two
meters.
為了讓它們有足夠的空間生長,請以 2 公尺的間隔來種植這些樹木。

2 For a strong fence,
position your posts
at intervals of 1.5
　　　　　　　one point five
meters.
為了有堅固的柵欄,請每隔 1.5 公尺放置立柱。

3 The coach placed the jump boxes
at intervals of 3
　　　　　　three
feet.
教練以 3 英尺的間隔來擺放跳箱。

APPLY AND MORE

描述「個別間隔某特定的距離」時,也可用「**once every** ＋距離(每～有一個)」或「距離 ＋ **apart**(相距～)」。

1 There's a signpost
once every 20
　　　　　　twenty
miles.
每 20 英里有一個指示牌。

2 The rest stops are about **100**
　　　　　　　　one hundred
miles apart.
休息站在相距約 100 英里處。

DIALOGUE

A Everything in the store is carefully positioned to maximize sales. Take the in-store ads, for example. They're
at intervals of 2
　　　　　　two
meters.

B I've heard about that. They calculated how fast people walk and decided two meters was enough time for a shopper to switch from one thought to another.

A:為了盡可能提升銷售額,這間店裡的一切都經過精心布置。以店內廣告為例,它們的間隔是 2 公尺。
B:我有聽過這件事。他們在計算過人們的走路速度後,認為 2 公尺的距離可以給購物的人足夠的時間來轉換注意力。

台灣廣廈 國際出版集團
Taiwan Mansion International Group

國家圖書館出版品預行編目（CIP）資料

實用、速查、零失誤的英文數字表達/Jonathan Davis, 柳弦廷著；
許竹瑩譯. -- 初版. -- 新北市：國際學村出版社, 2024.07
　面；　公分
ISBN 978-986-454-354-0(平裝)

1.CST: 英語 2.CST: 詞彙 3.CST: 慣用語

805.12　　　　　　　　　　　　　　113005467

國際學村

實用、速查、零失誤的英文數字表達
史上最強！一本解決所有數字相關問題，即查即用最方便，上課、教學、工作、簡報
或考試測驗都好用！

作　　　者／Jonathan Davis、柳弦廷　　　編輯中心編輯長／伍峻宏・編輯／徐淳輔
翻　　　譯／許竹瑩　　　　　　　　　　　封面設計／陳沛涓・內頁排版／菩薩蠻數位文化有限公司
　　　　　　　　　　　　　　　　　　　　製版・印刷・裝訂／東豪・紘億・明和

行企研發中心總監／陳冠蒨　　　　　　　線上學習中心總監／陳冠蒨
媒體公關組／陳柔彣　　　　　　　　　　產品企製組／顏佑婷、江季珊、張哲剛
綜合業務組／何欣穎

發　行　人／江媛珍
法律顧問／第一國際法律事務所 余淑杏律師・北辰著作權事務所 蕭雄淋律師
出　　　版／國際學村
發　　　行／台灣廣廈有聲圖書有限公司
　　　　　　地址：新北市235中和區中山路二段359巷7號2樓
　　　　　　電話：（886）2-2225-5777・傳真：（886）2-2225-8052
讀者服務信箱／cs@booknews.com.tw

代理印務・全球總經銷／知遠文化事業有限公司
　　　　　　地址：新北市222深坑區北深路三段155巷25號5樓
　　　　　　電話：（886）2-2664-8800・傳真：（886）2-2664-8801
郵政劃撥／劃撥帳號：18836722
　　　　　　劃撥戶名：知遠文化事業有限公司（※單次購書金額未達1000元，請另付70元郵資。）

■出版日期：2024年07月　　　　　　　ISBN：978-986-454-354-0
　　　　　　　　　　　　　　　　　　版權所有，未經同意不得重製、轉載、翻印。